CB021258

CAMILA ANTUNES

DEIXA NEVAR

Preparação	*Becca Mackenzie e Daniela Vilarinho*
Revisão	*Beatriz Lopes Monteiro e Leonardo Dantas do Carmo*
Diagramação	*Sonia Peticov*
Capa	*Camila Gray*

Equipe editorial

Publisher	*Samuel Coto*
Editora	*Brunna Prado*
Assistente	*Camila Reis*
Estagiária	*Renata Litz*

Dados Internacionais de Catalogação na Publicação (CIP)
(BENITEZ Catalogação Ass. Editorial, MS, Brasil)

A642d Antunes, Camila
1.ed. Deixa nevar / Camila Antunes. — 1. ed. — Rio de Janeiro: Thomas Nelson Brasil, 2024.
272 p.; 15,5 × 23 cm.

ISBN 978-65-5689-914-5

1. Amor — Ficção. 2. Ficção cristã. 3. História de amor. I. Título.

03-2024/94 CDD B869.3

Índice para catálogo sistemático

1. Ficção cristã: Literatura brasileira B869.3

Bibliotecária responsável: Aline Graziele Benitez CRB-1/3129

Rua da Quitanda, 86, sala 601A — Centro
Rio de Janeiro — RJ — CEP 20091-005
Tel.: (21) 3175-1030
www.thomasnelson.com.br

PARA TODOS AQUELES

que enfrentaram o inverno
e, principalmente, para os
que ainda estão nele.

PREFÁCIO

NUNCA ESPEREI PREFACIAR UM LIVRO. No entanto, aqui estou eu, tendo a honra de escrever para você, querido leitor, algumas de minhas considerações sobre *Deixa nevar.* Embora eu acredite que seu interesse por essa história já tenha sido despertado, desejo que minhas palavras possam ser o combustível de que você precisa para virar estas páginas o quanto antes.

É inegável que todo leitor está em busca de uma boa história; mas *leitores de romance*, em especial, anseiam por histórias que os arrebatem. Queremos ser capturados, arremessados em uma espiral de emoções: rir, suspirar, apaixonar-nos, ter o coração acelerado e repleto de expectativas pelo que está por vir. Queremos ser envolvidos e amar cada segundo que passamos com a história.

Se você encontrou esta aqui, é porque está à procura de tudo isso e, talvez, de algo mais: a pérola contida em toda boa ficção cristã. Então, *Deixa nevar* é o livro certo para você.

Diante de uma vasta opção de romances que têm o fim em si mesmos, *Deixa nevar* se apresenta seguro, relevante, equilibrado, sensível e, o mais importante: aponta para o Amor Eterno e Verdadeiro.

A história é encorajadora, os personagens são honestos e vulneráveis. Somos capazes de nos identificar e aprender com eles. Além disso, a escrita habilidosa nos entrega um enredo maduro, divertido e profundo, tecido pela autora com um cuidado perceptível. Sem dúvida, é uma comédia romântica que traz ainda mais beleza para a ficção cristã nacional.

Camila Antunes é uma das minhas autoras de romance preferidas. Tenho acompanhado o trabalho dela ao longo de anos, e vê-la se dedicando a trilhar um novo caminho na ficção cristã enche o meu coração de alegria e orgulho. Posso afirmar que o livro que você tem em mãos é fruto de um coração humilde, de muita oração, de trabalho duro e do desejo de escrever para a glória de Deus e o bem dos outros.

Portanto, prepare o coração e aprecie a viagem! Você vai rir, se apaixonar e aprender verdades importantes e transformadoras enquanto se delicia com esse romance cativante.

Com carinho,
QUEREN ANE
Autora de *Meu sol de primavera*
e co-autora de *Corajosas*

UMA CANETA DE 50 MIL REAIS

Nunca fui supersticiosa nem nada, mesmo no tempo em que eu passava longe de igrejas, mas dois anos cuidando de um gato preto de agilidade surpreendente e dotado de um desejo inesgotável de fugir acabaram me ensinando algumas coisas sobre sextas-feiras 13. A principal delas é redobrar o cuidado com o acesso do bichano à rua. Se você não entende muito da espécie, preciso explicar que essa não é uma data muito apropriada para gatos com essa pelagem circularem livres por aí. Digamos que, para o azar do bicho, a ignorância humana ainda não foi erradicada por completo da face da Terra. Foi por isso que tranquei a porta da joalheria naquela tarde, em pleno horário de funcionamento e sob uma tempestade incompatível com a época do ano. E também porque eu tinha alguns milhares de reais em estoque — e, por favor, não era como se o Sr. Tumnus fosse um mestre das artes marciais disfarçado de felino.

Aquele era um dia terrível. Anote isso. Para começar, acordei chorando de um baita pesadelo e, como se não bastasse, ainda bati o dedinho na quina da cama. Depois vomitei e derramei café na minha blusa nova, mas nenhuma dessas coisas faria a menor diferença nas horas que se seguiriam.

"Let it Snow" tocava em uma caixa de som e uma guirlanda natalina enfeitava a porta por onde a Jô tinha acabado de passar. Para ser honesta, eu não podia imaginar que minha bexiga ficaria tão pesada logo depois de minha sócia ter saído para o almoço, ou que uma batida nervosa fosse sacolejar a porta antes que eu pudesse dar o último pulinho em direção ao banheiro.

— Pera aí! — gritei enquanto a calça pantalona ainda deslizava pelas minhas pernas. — Já vaaaaaai!

A Jô com certeza reprovaria o comportamento. As batidas ficavam cada vez mais impacientes e, como se o céu ajudasse no barulho, um trovão sacudiu os vidros. Terminei a coisa toda às pressas, tentando ser tão higiênica quanto possível, para depois atravessar correndo o pequeno salão do estabelecimento e apoiar, ofegante, uma das mãos na parede.

— Só um... — pausa estratégica para recuperar o ar — segundo.

Destravei a fechadura com um clique, olhei para trás, me certificando de que o Sr. Tumnus continuava deitado no balcão, e puxei a porta, sentindo a rajada de chuva invadir o lugar. Todo o carpete sob meus pés ficou encharcado conforme a figura irritada passava por mim. Ele fechou o guarda-chuva ao mesmo tempo que fechei a porta. Tentei não parecer desconcertada, mas, fala sério, se existisse tal título, então eu havia acabado de ser eleita a Pior Lojista da Barra da Tijuca, senhoras e senhores.

— D-desculpe, eu...

Juro que, em circunstâncias normais, sou ótima com discursos improvisados. Foi assim que ganhei todas as discussões que já tive na vida com meu irmão mais velho e também como eu acabei me safando em todas as apresentações em grupo para as quais não tinha estudado; mas já vimos que aquela não era uma circunstância normal, e nem é porque estava chovendo em pleno dezembro. Quando o homem levantou as íris cristalinas na minha direção, a frase se embolou na minha língua e fiquei, por três segundos inteiros, congelada na mesma pose. Eu sei, até parece coisa de adolescente, mas você não estava lá. Se estivesse, também teria perdido a fala. E aberto a boca. E derramado uma babinha. E talvez tivesse vestido um biquíni e mergulhado fundo naquelas duas poças d'água.

Se está duvidando de mim agora, saiba que eu tinha 27 anos, e não 17, na ocasião. Posso te mostrar uma foto do meu documento de identidade, se você julgar necessário. Eu não faria tão indelicada exigência, mas é você quem sabe.

Eu estava quase ficando presa em uma espiral de devaneios, mas duas batidas de pestana me despertaram da hipnose. Corrigi a postura e esbocei um sorriso amarelo, torcendo para que ele não percebesse as bochechas coradas.

— Desculpe, tive que trancar a porta porque estou sozinha.

Ele olhou ao redor, duvidoso. A arquitetura vitoriana, o lustre de cristal sobre nossas cabeças, a tapeçaria persa que ele provavelmente nunca saberia quanto havia custado. O melhor ponto da cidade. E tínhamos acabado de inaugurar essa filial. Era absurdo que não tivéssemos funcionários àquela altura; eu já os teria contratado se minha sócia não fosse tão impossível de agradar.

— Eu cuido disso. — Estendi a mão para o guarda-chuva e o pendurei na chapeleira ao lado da porta, então sinalizei para que o cliente me acompanhasse até o balcão.

— Hã... o senhor aceita alguma coisa? Um café ou uma água?

Um riso quase de escárnio sai pela boca do homem.

— Não, obrigado — disse ao estender uma mão. — Chega de água.

Ele apalpou a calça molhada e sacou um objeto do bolso. Reconheci a caixinha perolada antes que ela tocasse a superfície onde o famigerado Sr. Tumnus se espreguiçava sem saber o transtorno que havia causado.

— Vim devolver uma coisa. Ou trocar — disse, com os pensamentos perdidos. — Acho que você não vai me devolver cinquenta mil reais, não é mesmo?

Apertei os lábios. *Estúpido ele não é*, constatei, mas uma pontada de remorso logo seguiu o pensamento. O sorriso melancólico do homem só reforçou o que aquilo representava. O cara estava devolvendo um anel de noivado, pelo amor de Deus. Quanta insensibilidade da minha parte!

— É uma pena, sabe... — gaguejei, jogando o restante das minhas (outrora ótimas) habilidades sociais no lixo. — Fui eu que desenhei esse anel.

O homem apoiou o punho fechado no balcão, olhou nos meus olhos pela primeira vez desde que pisara naquele lugar e, para a minha mais legítima surpresa, sorriu.

Você já deve ter captado meu "abobalhamento" há algumas linhas, por isso creio que seja desnecessário dizer que, naquele momento, esqueci como se respirava.

— Eu não sabia que estava falando com uma fada — disse e fez um sinal sutil com o queixo, apontando para o logotipo na parede atrás de mim.

Prendi um sorriso. Fada do Brilhante, o nome da minha loja. Pareceu meio brega com o elogio, mas quem disse que eu me importei?

— É uma pena mesmo — concluiu ele com um brilho triste no olhar terrivelmente lindo.

Foi naquele exato momento que eu comecei a me perguntar quem poderia ter dito não para tudo aquilo. Não era só a cor dos olhos, que você já sabe, mas o cabelo loiro-dourado, que parecia ter sido tirado de um pôster dos Backstreet Boys, e um lindíssimo anel de cinquenta mil reais, pelo amor de Deus!

— Você é muito famosa — ele disse, brincando com a caixinha em cima do balcão de vidro.

Não sei se estava zombando de mim, porque parecia polido demais para isso — o homem estava ensopado e não tinha sido rude por um segundo —, mas um ronco nervoso escapou pelo meu nariz quando tentei segurar o riso.

— É verdade. — Ele arqueou uma sobrancelha. — Minha irmã foi enfática ao recomendar o seu nome para produzir o anel. Ninguém pensava que... Bem, imagino que você já tenha adivinhado o desfecho.

— Sinto muito. — Encolhi os ombros e, desesperada para mudar de assunto, puxei uma caixa com alguns relógios masculinos. — Temos algumas ótimas opções para troca.

O bonitão-sem-nome avaliou os relógios sem esboçar reação e, depois de quase vinte minutos analisando as joias, sem parecer se agradar de nada, ele acabou escolhendo uma caneta.

Bem nessa hora, o ranger característico da porta revelou o retorno da Jô. Olhei para o Sr. Tumnus como quem diz "nem ouse escapar". Minha amiga e sócia segurou a porta para o cliente passar e eles se cumprimentaram com nada mais que acenos discretos. Embora os olhos dela tenham pousado curiosos na bolsinha que ele carregava, Jô conseguiu segurar a língua até ficarmos sozinhas na loja.

— O que o Marco Remi estava fazendo aqui? — disparou, acabando com o apelido que inventei há dois parágrafos.

Preferi fingir que sabia o tempo todo que aquele era o herdeiro da rede de hotéis mais badalada do país, então apenas levantei a caixinha perolada na altura dos olhos dela.

— Veio para trocar isso.

Jô abriu a boca de um jeito dramático.

— Nosso design exclusivo! — lamentou. — Eu tinha ficado tão orgulhosa de fechar essa venda!

Levei a caixinha de volta ao mostruário mordiscando os lábios, ao passo que Joaline foi se ocupar de qualquer coisa no computador. Meus dedos, repousados na caixa, deslizaram sobre os entalhes enquanto eu secretamente tentava não demonstrar surpresa com o calor que surgia no peito à mera lembrança da profundidade daqueles olhos.

— Uma pena mesmo — sussurrei ao fechar o vidro de proteção.

UM HAPPY HOUR QUE ERA SÓ UMA DESCULPA PARA CONSELHOS NÃO SOLICITADOS

A parte ruim de ser sócia da sua melhor amiga é que, bom, vocês quase não têm tempo livre em comum. E isso pode piorar muito quando a amiga em questão jamais permite que você contrate um único funcionário. Nem unzinho sequer.

— A gente precisa resolver isso na semana que vem, sem falta — falei no fim da tarde. Depois de ter insistido no assunto a semana inteira, nem precisei contextualizar para que a Jô soubesse exatamente ao que eu estava me referindo.

Ela rodopiou com a chave da loja na mão.

— É sexta-feira, são sete da noite. Esquece isso. Vamos sair.

Segurei o riso. Eu tinha que admitir que minha amiga estava bastante empolgada para o nosso primeiro happy hour desde... er, sempre. A coisa fica ainda mais estranha quando consideramos que a ideia partiu, pasme, dela e não de mim. Pensando bem, eu nem deveria ter ficado espantada por ter chovido canivetes o dia inteiro.

— Semana que vem a gente decide. — Ela cutucou minha costela. — Juro de dedinho.

Enquanto eu conferia todas as luzes e pegava minha bolsa, Jô digitava, em uma velocidade frenética, uma última mensagem para o marido.

— Sério, amiga — falei, puxando-a pelo braço. — Depois de quatro crianças, duvido que o Rui não seja capaz de manter o Marcinho vivo por mais algumas horas.

Abasteci a tigela do Sr. Tumnus com ração suficiente para até o dia seguinte e a depositei ao lado da fonte de água. Depois, trancamos as portas, acionamos o alarme e cumprimentamos o homem de terno da equipe de segurança noturna que acabara de chegar. Enfim caminhamos uma distância minúscula até o meu carro, com a Jô espiando a toda hora o celular.

— Tem certeza de que não quer ir pra casa? — perguntei com a chave na ignição. — Não vou ficar chateada.

— De jeito nenhum, nós duas merecemos essa noite das garotas. — Ela balançou a cabeça e guardou o celular na bolsa.

Apesar do sorriso, dava para perceber que a minha amiga passava por uma genuína batalha interna entre a extrema empolgação com nossa saída e o remorso por deixar o bebê "sozinho". Não insisti. A gente merecia uma noite alegre mesmo.

Poucos minutos depois, eu saboreava um delicioso martíni, enquanto a alma da festa se esbaldava em um suquinho de uva (natural e sem açúcar, por favor). Ela pedia isso sempre, em qualquer situação, porque álcool não era uma opção mesmo quando não estava amamentando — embora, para ser honesta, eu não me lembre de uma só vez que a Jô não estivesse amamentando desde que nos conhecemos há uns sete anos.

Por sorte, só passamos os primeiros cinco minutos falando de causos que envolviam cocôs e golfadas e, depois, migramos para nosso passatempo preferido: colocar a fofoca em dia sobre a vida do pessoal da faculdade. Tudo acabou ficando tão divertido que eu quase me esqueci de que dia era aquele. Um dia terrível, como eu disse antes, mas você, é claro, não se lembrava, porque acabou perdendo o foco com o homem de olhos azuis. Quem parece adolescente agora, hein? É brincadeira. Continue comigo, eu imploro. Você vai entender daqui a pouquinho.

— Sabe, hoje faz um ano — comentei enquanto brincava de fazer o líquido incolor girar no recipiente.

O semblante da Jô mudou como mágica e, mesmo tendo sido discreta, pude notar que os olhos dela vagaram de leve entre mim e a taça.

— Não. Eu tô bem. — Levantei a mão em sinal de calma. — Mas não posso te culpar por ficar preocupada nem nada.

Uma risada tão sem jeito quanto desgostosa escapou pelos meus lábios. Foi inevitável constatar a mudança repentina de ares que pairou na nossa mesa.

— Vânia... — Jô repousou uma mão na minha e eu fiz uma careta.

— A gente nem era tão chegado assim. — Levei o martíni até a boca. — Porque, você sabe, eu nunca o deixei se aproximar.

Outra risada escapou pelo meu nariz e desviei os olhos para a taça. Talvez estivesse mesmo um pouco alterada.

— Amiga... — Jô disse com a voz branda, naquele tom meio maternal que, por algum motivo, sempre me trazia paz. — Você precisa deixar isso pra lá.

Tentei esboçar um sorriso em concordância, mas, francamente, é possível que eu não tenha movido um músculo.

— É sério. Não pode se culpar pra sempre.

Entreabri os lábios, em parte ofendida, em parte surpresa. Não era como se eu tivesse passado cada segundo dos últimos 365 dias remoendo a perda do meu pai e os nossos terríveis últimos momentos juntos. Eu estava um pouco sensível? Talvez. Mas não era o fim do mundo. Na verdade, eu era muito boa em ignorar a coisa toda e, na maior parte do tempo, bem-sucedida em varrer qualquer lembrança a respeito de tudo o que havia acontecido para um lugar bem escondido. Se o remorso tentava me atormentar, eu sacudia a cabeça para espantar os pensamentos, tratava de me entreter com qualquer coisa e, no geral, dava o incômodo por encerrado.

— Você não acha que o mais humano seria que, sei lá... talvez eu me culpasse? Não que ele merecesse.

Ela arqueou uma sobrancelha.

— E não é o caso?

Bufei, meneando a cabeça.

— Na verdade, eu nem ligo. — Cerrei os dentes. — Talvez devesse ligar, mas não ligo. Ou... quer saber? — perguntei, erguendo a mão de um jeito que fez o líquido na minha taça girar. — Devia nada. Não é todo mundo que é digno de perdão.

Joaline encolheu os ombros. Às vezes eu tinha a impressão de que minhas palavras podiam machucá-la de um jeito quase, hã, físico? O que era muito estranho, porque nada daquilo tinha a ver com ela.

Aquele era o ponto da conversa em que ela encerraria o assunto com alguma bobagem motivacional, uma promessa de oração — porque ela era dessas, já deu para notar? — ou uma lição de moral. Mas, dessa vez, a danada só me encarou em silêncio e, durante toda a noite, por nenhuma vez insistiu no assunto.

Conversamos sobre muitas outras coisas naquele happy hour, mas, para os fins dessa história — e para que você não seja obrigado a ler mais umas duas ou três páginas —, esse é o único tema que vale a pena registrar.

ALGUMAS LIÇÕES SOBRE O INVERNO, MESMO QUE ESTEJA FAZENDO QUARENTA GRAUS LÁ FORA

Agora, olhando para trás, é curioso pensar que conheci Marco Remi no mesmo dia do aniversário de morte do meu pai. Uma data que me marcou duas vezes de maneiras muito diferentes e, ao mesmo tempo, tão parecidas. No primeiro caso, porque o universo me deu a chance de resolver as pendências involuntárias do passado e eu, educadamente, dispensei. No segundo, porque, não satisfeita, fiz questão de criar novos problemas com minhas próprias mãos.

Se você pudesse me acompanhar por alguns dias, talvez na época da faculdade, e assistisse a algumas das brigas que tive com o meu pai, conseguiria sem dificuldade entender a natureza complexa do nosso relacionamento. Mas isso demandaria um flashback ou uma viagem no tempo. O primeiro não é meu recurso literário favorito e, a respeito da segunda opção, creio que já esteja evidente que não estamos em uma ficção científica. Como eu já era amiga da Jô durante o período conturbado, ela acompanhou a coisa toda de perto.

É provável que tenha sido por esse motivo que, dois domingos depois da nossa saída noturna, entre o Natal e o fim do ano, Jô me convidou para o fatídico almoço em família. Pelo menos ela esperou as crianças mais velhas saírem da mesa antes de introduzir o assunto.

— Sua mãe tem dado notícias? — começou com uma informalidade fingida enquanto Rui lavava a louça atrás dela.

— Ah, o de sempre: pra lá e pra cá com o espanhol.

Como estava de costas, minha amiga não viu que os ombros do marido chacoalharam. Pelo menos alguém estava se divertindo. Minha mãe era uma figura excêntrica, no auge dos sessenta e cinco anos, e não era segredo que Jô e Rui a adoravam. Eu não os culpava, dona Alba sempre foi muito sociável, a alegria do recinto, ainda mais para quem não a conhecia tão bem assim.

— A gente se viu agora no Natal — continuei.

— Que bom — Jô respondeu. — Pelo menos ela está feliz.

— Eu também estaria — o homem na pia retrucou — se morasse na Europa mês sim, mês não.

Esqueci de mencionar que minha mãe e o marido, o tal espanhol que ela conheceu no Tinder — eu sei, sem comentários —, resolveram inovar o conceito de casamento. Nenhum dos dois quis abrir mão da própria casa, então eles viviam meio lá meio cá, a seu bel-prazer.

— Qual é mesmo a cidade em que eles moram? — Jô perguntou.

Levei a mão até o centro da mesa e enfiei uma uva na boca. Estava começando a ficar curiosa sobre onde tamanha falta de sutileza ia dar.

— Málaga — respondi com a boca cheia.

Para olhares menos treinados, aquilo tudo podia parecer conversa fiada, mas quem conhece a Jô e a minha história conseguiria ser perspicaz o bastante para perceber o que estava nas entrelinhas. Nossa conversa no happy hour, se ainda não deu para sacar. Eu seria capaz de supor que ela remoeu o assunto ao longo de todos esses dias, pensando em qual abordagem escolher.

— Você foi a Málaga, não é, amor? — perguntou para Rui sobre os ombros. — Uma vez... a trabalho?

Ele parou de assobiar antes de responder:

— Sim, lugar lindo, terra de Pablo Picasso e Antonio Banderas. — Franzi o cenho com a menção a duas personalidades tão distintas em contemporaneidade e ocupação. — Você não sente vontade de conhecer, Vaninha?

Fiz uma careta.

— E me hospedar com os pombinhos? Essa eu deixo passar.

Foi a vez de Jô levar a mão até a fruteira. O brilhante de um anel solitário reluziu quando ela sacou uma uva do cacho e levantou os olhos para mim com jeito de quem está estudando o interrogado.

— Mas está tudo bem, não é? Quero dizer... com vocês duas.

Já era hora. Soltei um suspiro e prendi uma mecha de cabelo fujona atrás da orelha. Ela enfim tinha chegado ao ponto que queria.

— Com isso, você quer saber se eu ainda a culpo por todos os problemas que pairam sobre a minha insignificante existência?

— Ai, Vânia. — Jô revirou os olhos. — Deixa de ser dramática.

Precisei morder outra uva para evitar uma risada.

— Até que não. — Spoiler, isso era mentira. — Só a culpo pela minha inaptidão para relacionamentos mesmo.

E isso, cá entre nós, começou com algumas escolhas erradas que dona Alba fez. A pior delas vinha com um pacote completo: tinha nome, sobrenome e uma fortuna estimada em algumas centenas de milhões de reais — o que não seria um problema de forma alguma se o indivíduo em questão não fosse o chefe de uma das figuras mais importantes da vida dela na época, o cara com quem era casada.

Com isso, minha mãe conseguiu deixar dois filhos sem pai ao mesmo tempo: Júnior, o irmão que — em resumo — nunca foi com a minha cara, e o fruto do caso proibido, a quem você conhece como Vânia — que tinha exatos quatro centímetros quando a coisa toda explodiu.

É fácil perceber que os pais dessa história não são exatamente exemplos de caráter, mas, acredite, o meu ganhava tanto no quesito desprezo quanto no conta bancária. Eu precisava me esforçar para não invejar o Júnior nas poucas vezes que o pai dele dava as caras, fosse em um aniversário, fosse em uma data comemorativa — ou mesmo quando ele aparecia com as duas crianças que nasceram do segundo casamento.

Já cheguei a desejar que ele fosse meu pai também, mas o homem, é claro, mal suportava olhar para mim. A esporádica presença dele fazia que eu me sentisse a lembrança ambulante de uma família desfeita. Hoje percebo que, na verdade, eu era a personificação da vergonha pública que ele viveu quando fui concebida.

Já o meu pai, eu nunca tinha visto, mas sabia que mandava dinheiro. Muito dinheiro. Eu estudava na melhor escola da região, enquanto o Júnior frequentava uma escola pública. Em compensação, compartilhávamos a mesma casa linda, e o quarto dele não ficava atrás do meu. Mas, de verdade, eu teria trocado aquela escola pelo pai que ele via duas vezes por ano sem pestanejar.

Por isso, no auge dos meus quatorze anos, ainda que minha mãe tivesse ressalvas, aceitei com alegria a proposta de conhecê-lo. Meu pai, é claro. Eu não sabia o que tinha dado nele, mas o homem havia aparecido em um dia de sol, todo arrependido, oferecendo a mim o privilégio de ter o bonitão do pedaço como pai. Se eu tinha um fraco por olhos azuis desde essa época? Talvez sim.

O desenrolar daquele relacionamento acabou sendo tão maravilhoso quanto terrível. Durante os três anos seguintes, enquanto convivíamos na mais perfeita paz, eu gostava de fingir que éramos uma família normal. Quando ingressei na faculdade, estava decidida a fingir que ele sempre havia sido um pai presente. A coisa ia de vento em popa até o dia em que ele entrou em uma terrível discussão com a minha mãe. Tudo porque ela tinha pedido um dinheiro emprestado, e ele, farto da paixão que ela tinha pela fortuna que possuía, resolveu esfregar na cara dela todas as coisas que ele já tinha comprado, os milhares que havia gastado *comigo* e como tinha sido o responsável pela nossa manutenção. Ele chegou a acusá-la de ser uma "amante exclusiva do dinheiro e uma grande interesseira" e eu vi minha mãe perplexa, humilhada e envergonhada pela primeira vez na vida. Ela estava longe de ser santa e até podia ser uma biscate, como ele bem havia enfatizado na hora do "pega pra capar", mas era a biscate que nunca saiu do meu lado.

Foi ali que eu me dei conta do quanto ele se sentia superior a nós. Nunca seríamos mais do que um caso de caridade. Éramos a pena de serviço comunitário que ele precisava cumprir por causa de um erro que havia cometido anos atrás.

Aquilo tinha sido a pá de cal em nosso curto relacionamento e o que me levou até essa mesa na sala de jantar da minha melhor amiga.

— Você não tem "inaptidão para relacionamentos". — Jô simulou aspas com as mãos. — Isso é uma crença limitante.

— Ah, pronto! — Revirei os olhos. — Agora você é coach?

— Não é para tanto, talvez só um pouquinho mais vivida.

Apertei os lábios para forçar um sorriso. A constatação era justa? Nós tínhamos a mesma formação, além de uma empresa juntas, fala sério. Nossas formaturas tiveram apenas seis meses de diferença e até cursamos a mesma pós-graduação ao mesmo tempo. Jô era tão vivida assim por quê? Porque tinha se casado e eu não? Porque tinha quatro filhos?

— Sou dez anos mais velha — continuou, decifrando minha postura defensiva. — Isso deve contar alguma coisa, né?

— Detalhes — lamentei, contrariada, e minha amiga deixou uma risada escapar pelo nariz.

Jô era ótima, a amiga fiel e dedicada que se preocupava comigo e dava bons conselhos, e eu a amava na maior parte do tempo, mas às vezes ela passava um pouquinho dos limites e podia ser uma bela chata. Naquela tarde, por exemplo, ela não estava preocupada se eu chegaria em casa em segurança, como é provável que uma amiga normal estaria, ou se eu ia arrumar um namorado, como é provável que *você* esteja. No geral, a Joaline se preocupava com coisas mais profundas. Tipo, o que ia acontecer com a minha alma depois que eu morresse.

De verdade, ela disse isso uma vez.

— Bizarro — deixei escapulir.

Ela fez cara de ofendida.

— Nossa diferença de idade?

Arregalei os olhos.

— Não! Uma... coisa que eu estava pensando aqui. — Arranhei a garganta, tentando não dar bandeira, e tratei de mudar de assunto. — Mas, se formos falar de experiência, não dá pra comparar as nossas vidas.

Ela me encarou em silêncio por alguns segundos.

— Como assim?

— Ah, Jô, por favor! — Revirei os olhos outra vez e cruzei as pernas debaixo da mesa. — Você viveu uma vida de conto de fadas, não sabe como foi crescer com aqueles doidos. Quero dizer, com um deles, porque o outro só se lembrou que eu existia quando teve câncer.

Engoli em seco. Mencionar a doença do meu pai foi um golpe que eu não estava esperando sentir no coração. Minhas palavras pairaram no ar e o silêncio que se instaurou em seguida foi tão intenso que só naquele momento eu me dei conta de que Rui havia saído dali com o bebê. Estávamos sozinhas, Jô e eu, e ela me conhecia o bastante para perceber que aquela frase havia me desestabilizado.

— Primeiro — disse ela, ponderando as palavras —, minha vida não é um conto de fadas.

Cerrei a mandíbula. Eu tinha mandado mal, sabia disso, apesar de realmente acreditar que, de alguma maneira, era possível ser uma mulher casada com uma doença crônica em remissão, criar quatro filhos, trabalhar fora e ainda assim ter uma vida de conto de fadas.

— E segundo — continuou —, sobre seu pai, você sabe que isso não é verdade.

Levei a mão até a bochecha para me certificar de que tinha mesmo derramado uma lágrima. Mas que raios!

— Não me importo, Jô — falei sem conseguir conter o tremor dos lábios.

— Amiga... — Ela levou a mão até a minha. — Para com isso. Olha como você está.

— Não, eu... eu não me importo com o fato de ter me afastado dele, sabe? Eu era uma criança, é claro que ia tomar as dores da minha mãe! O que me importa é que ele tenha aceitado isso com tanta facilidade — despejei tudo de uma vez, então me permiti soluçar por alguns minutos, sentindo o acalento do carinho que ela fazia na minha mão. — Meu Deus, eu me importei tanto e por tanto tempo! Quando ele apareceu na minha porta dizendo que estava doente, pedindo pelo meu perdão... eu queria, eu... não achei que seria tão rápido. Não no mesmo dia.

Puxei o ar com força. Precisava me recompor. Não sabia que tinha guardado uma represa de sentimentos tão fortes, muito menos uma com paredes que já estavam rachando. Não. Aquilo não podia explodir.

— É o tipo de coisa que não tem como prever — ela respondeu. — Mas entendo a sua dor, amiga.

Não tinha como ela entender. Jô nunca disse para o pai que não precisava perdoá-lo. Nunca mandou embora um homem moribundo. Nunca rejeitou aquilo que sempre quis por causa de um rancor. Não precisou se obrigar todos os dias, com todas as forças, a acreditar que aquela tinha sido a escolha certa a fazer porque não conseguiria viver com a possibilidade de ter cometido um grande erro. Talvez ela nunca tivesse tido o que perdoar.

— Você não precisa carregá-la sozinha, sabe?

Esfreguei o rosto com as costas da mão e a sequei na ponta da camisa. Por algum motivo, quanto mais minha amiga tentava me consolar, mais eu precisava me esforçar para não me levantar da mesa e deixá-la falando sozinha.

— Sabe, faz uns dois anos que descobri o lúpus — soltou do nada.

Levantei os olhos para encará-la. Jô nunca mencionava essa doença, a menos que fosse extremamente necessário. Era quase impossível entrar no assunto sem gerar um clima desconfortável, então eu costumava fingir que a coisa não existia. Não conseguia imaginar o que aquilo podia ter a ver com o meu problema.

— Eu sei — respondi. — Por isso a gravidez do Marcinho foi tão complicada.

Minha amiga sacudiu a cabeça.

— Não é isso. Você lembra daquela temporada que passei com o Rui na Noruega enquanto ele terminava o mestrado? — Anuí. — Então... Naquele tempo, eu sentia muitas dores nas articulações, tantas que não conseguia dar alguns passos sem usar uma bengala. E descobri da pior maneira que as coisas sempre ficavam mais difíceis... no frio.

— Morando literalmente no Polo Norte, no caso — completei, sorrindo de um jeito melancólico.

— Pois é. — Ela se encolheu, como se a mera lembrança do passado causasse calafrios. — Então, em certos dias não tinha como fugir. Quando nevava, às vezes por quase dois meses, eu sabia que teria que aguentar... sentir aquela dor... enquanto o inverno durasse. Não importava o quanto eu me aquecesse, parecia que meu corpo sabia o que estava acontecendo com o tempo lá fora.

Franzi o cenho.

— Sinto muito, Jô, isso tudo é horrível... — Deixei o final da frase no ar, não queria admitir que estava procurando a conexão que aquilo tinha com a minha história.

Jô olhou bem dentro dos meus olhos e se inclinou um pouco para frente.

— O que estou dizendo é que nem sempre se cobrir vai resolver o problema. Quero dizer, você pode até camuflar o frio, usar um aquecedor, mas nada vai ser o bastante para fazer a dor desaparecer. Porque a neve continua caindo lá fora, sabe? E uma hora o verão vai voltar, mas não dá para simplesmente ignorar o inverno. Às vezes, tudo o que a gente pode fazer é deixar nevar.

Pestanejei, absorvendo a informação, e depois escondi a cabeça entre os braços na mesa.

— Eu preciso de álcool — gemi.

Juro que achei que ela diria em resposta que eu precisava de Jesus. Ou de neve. De uma lareira, sei lá. Mas ela apenas suspirou e se levantou para tirar o resto da louça da mesa. Dois dos meninos mais velhos passaram correndo por nós, e a menina mais nova se sentou ao meu lado. Nessa hora, com medo de que minha estadia se prolongasse por muito tempo e já pensando em atividades que poderiam me entreter o bastante para sair daquela espiral de sentimentos ruins, tratei de inventar uma desculpa e saí me despedindo.

Jô apertou os lábios em concordância e me acompanhou até a saída. Decerto ficou observando da porta enquanto eu me afastava. Não que eu estivesse olhando para trás nem nada, mas podia sentir o julgamento dela queimar a minha nuca. Suspeita confirmada quando, prestes a abrir a porta do meu carro, ela chamou por mim:

— Vânia, espera!

Inspirei com força antes de girar o corpo e fazer uma reverência exagerada.

— Pois não?

— Não faz besteira.

Levei as duas mãos ao peito e entreabri os lábios com a ofensa.

— Quando é que eu faço besteira?!

Esperava honestamente que ela não respondesse. Eu ainda nem tinha ficado bêbada naquele mês. Não de verdade, pelo menos.

— Relaxa, amiga. — Dispensei o pedido com um abanar de mão.

— Tá bom. — Ela prendeu o lábio inferior entre os dentes.

Achei que o assunto havia se encerrado e estava dando as costas quando ela completou, levantando a voz:

— Olha, pelo menos tenta, tá? Só... deixa nevar.

A NEVE QUE OS OLHOS NÃO VEEM

— Deixa nevar — resmunguei enquanto parava em um semáforo. — Mimimi.

Aproveitei a pausa para procurar no Waze um lugar no qual eu pudesse relaxar. Talvez eu não precisasse ir direto para casa e me trancafiar com todos aqueles sentimentos que minha conversa com a Jô tinha despertado. Talvez eu só precisasse de um drinque, mesmo que fossem umas três da tarde. Me inclinei para olhar a tela do celular mais de perto quando uma buzina insistente ressoou do carro ao lado e eu virei a cabeça, decidida a rechaçar o condutor. Mas, assim que meus olhos cruzaram com os dele, fui tomada por um genuíno sentimento de surpresa. Do outro lado, por trás de um vidro fumê entreaberto, estavam os olhos azuis de Marco Remi. Eles se apertavam, exibindo pequenos pés de galinha, enquanto o homem sorridente levantava uma caneta de cinquenta mil reais.

Eu ainda me lembrava de como ele era bonito, mas havia alguma coisa inexplicável na sensação que olhar para ele me causava. Todos os meus instintos para o drama ficaram, de repente, aguçados. Buzinei de volta, diminuí o volume do podcast que fingia ouvir e abaixei o vidro para devolver a cortesia.

— Caneta bonita! — gritei, apesar de na verdade querer gritar "você é lindo", e então completei com um: — Você tem bom gosto. — Já que "você é gostoso" também estava fora de cogitação.

— É para anotar seu número — respondeu, inclinando-se um pouco mais para a janela.

Meu coração acelerou. Enquanto eu berrava meu número para Marco Remi no meio de uma avenida, as mãos suadas apertaram o volante. O homem anotou tudo no celular; a caneta mesmo só serviu para a cantada. Fiquei me perguntando se ele realmente me ligaria um dia quando o semáforo abriu e o carro sumiu de vista, tão rápido que nem deu tempo de se despedir.

Precisei de um segundo e de uma buzinada malcriada do carro atrás de mim para processar o que havia acontecido. Mal dei partida para sair do cruzamento e um toque vibrante fez a tela do Waze se tornar uma sequência de números. Atendi tentando conter a empolgação. A voz dele ressoou pelo alto-falante preenchendo o carro.

— Quem diria que, dentre todos os bairros do Rio, você fosse morar justo em Copacabana?

O tom de surpresa me fez esboçar um sorriso.

— Não moro, meu apartamento do Rio é na Barra.

— Do Rio? Isso significa que você não mora só aqui?

— Eu me divido entre Rio e São Paulo, mas tenho preferido ficar mais aqui do que lá. E, quando estou aqui, fico nesse apartamento na Barra. É bem perto da loja, na verdade, assim consigo alimentar o Sr. Tumnus nos dias que não abrimos.

O silêncio dele durou segundos, o suficiente para eu dar seta e mudar de rua.

— O gato — concluiu.

— Isso.

— E por que o Sr. Tumnus não mora com você?

— Por causa da Galadriel.

— Galadriel, colega de apê alérgica a gatos e cujos pais são muito fãs de *O Senhor dos Anéis*?

— Galadriel, pastor-branco-suíço idosa que odeia gatos.

— Que mora no seu apartamento na Barra.

— Bingo.

— Cedo demais para perguntar o que acontece com eles quando você não está aqui?

Dei uma risada. Era cedo? Eu não sabia. Mas sabia que estava bastante satisfeita com todo aquele interesse.

— Tenho uma *pet sitter*.

— Huuum. Entendi.

Do alto-falante, veio o som característico de um portão de garagem se abrindo. Ele já tinha chegado em casa? Então Marco Remi morava em Copacabana, em algum lugar perto de onde tínhamos acabado de nos esbarrar.

— Entendeu?! — perguntei de olho na ultrapassagem. — Entendeu o quê?

— Que você é uma mãe de pet.

Juntei as sobrancelhas.

— Senti um tom de julgamento aí — acusei.

— E que gosta muito de livros clássicos de fantasia.

— É um bom palpite, mas eu só vi os filmes.

— Ah. — Será que ele estava desapontado com essa informação? Se era o caso, não deu indícios; logo tratou de emendar outro assunto. — Tem planos para esta noite?

Entreabri os lábios, mas não consegui dizer palavra alguma. Talvez devesse ter dito, porque foi a partir desse silêncio que minha vida virou um fuzuê.

— Gosta de comida japonesa? — Marco Remi insistiu.

E esse foi todo o esforço que precisou fazer para conseguir exatamente o que queria.

❄ ❄ ❄

Desviei da minha rota depois de não achar nenhum salão de beleza aberto em pleno domingo e fui até o shopping. Pedi uma hidratação e uma escova que desfez meus volumosos cachos de todo dia, e ainda aproveitei para fazer algumas compras na saída. Quando dei por mim, já era quase hora de me encontrar com Marco Remi, e eu não tinha passado mais do que dois minutos remoendo o assunto incômodo que me havia arrancado tantas lágrimas mais cedo.

Viu só? Nem todo mundo precisa ser afetado pelo inverno. Para algumas pessoas, um cobertor reforçado pode funcionar muito bem, obrigada.

Quem olhasse para mim naquele momento, com um sorriso satisfeito, o cabelo “boi-lambeu”, acessórios de ouro por todo lado e algumas sacolas de compra a tiracolo, nunca poderia supor que eu acordava no meio da noite depois de sonhar com meu pai. Ou que, quando ficava sozinha, eu era acometida pela memória do olhar magoado e aflito no rosto dele na última vez que nos vimos. Que eu ainda me lembrava da súplica moribunda enquanto fechava a porta. Que as palavras “por favor, não faça isso” ainda ecoavam no meu cérebro. E que era avassalador quando eu me dava conta de que jamais poderia consertar aquilo. Mas não naquele momento. Naquele momento, eu estava... hã... *coberta*.

De sacolas de roupas de grife e de um sapato de píton.

— Isso é cobra de verdade? — Marco Remi me perguntou mais tarde.

O homem encarava meus sapatos, que, na segunda garrafa de vinho, já deslizavam pela barra da calça dele.

— Pensei que você gostava de animais. Que hipocrisia...

Passei a mão por uma mecha do meu cabelo escorrido pós-salão e, por força do hábito, fiquei tentando enrolar um cacho que não estava mais ali. A sensação foi esquisita. Era mesmo impressionante como uma simples chapinha fazia todo o volume desaparecer.

— Cobra, Marco Remi, uma cobra. Não estamos falando de gatinhos.

Ele entortou o canto dos lábios de um jeito atrevido antes que a taça de vinho alcançasse a boca.

— Vai mesmo ficar me chamando assim, não é?

Soltei uma risada barulhenta pelo nariz.

— É o seu nome, ué!

— Nome completo, pra que isso? Parece até a minha mãe.

Encolhi a perna que o acariciava no mesmo segundo.

— Mãe? Sério?

— É, você sabe. Fica parecendo bronca de mãe. Me chama de Marco, vai. — Ele conseguiu tirar uma risadinha de mim quando empurrou a canela contra o meu sapato sob a mesa. — Ou Marquinho... ou... querido?

Eu o encarei girando o líquido na minha taça, ainda que isso quebrasse uma ou outra regra de etiqueta.

— Marquinho querido — refleti em voz alta. As palavras deixavam uma sensação boa na boca.

Minha visão estava um pouco turva, mas não a ponto de atrapalhar a bela vista que eu tinha dele. O cabelo engomado, o sorriso sedutor, a camisa de tecido fino marcando os músculos dos braços. E que braços! Marco Remi. Por que estava ali comigo, se insinuando sem nenhum pudor? Seria pela pura e simples testosterona ou ele também tinha algum inverno para ignorar? Teria a ver com o pedido negado havia algumas semanas? Era pouco tempo, não era?

Levei a taça até os lábios, imprimindo mais uma camada vermelha no vidro.

— Olha só — balbuciei. — Eu também posso ser um cobertor.

— O quê?

— Ou, quem sabe, um casaco — refleti. — Sobretudo.

— Você está muito bêbada. — Ele riu.

— Não, você que está.

Nós dois soltamos gargalhadas exageradas que, refletindo agora, soaram bastante ridículas. Marco Remi se recompôs primeiro.

— É melhor a gente ir para casa de táxi — disse, sinalizando para o garçom.

Não me lembro de termos rachado a conta nem discutido a respeito. Tudo que consigo lembrar dos momentos seguintes é o braço dele ao redor da minha cintura enquanto me arrastava para fora do restaurante e de ter tropeçado uma ou duas vezes com meu salto de píton.

Marco Remi fez sinal para o táxi e abriu a porta para mim. Eu sorri, grata por mais aquela cordialidade, e deixei um rastro de batom na orelha dele quando me inclinei para provocá-lo.

— *Marquinhoquerido...* — Um gemido quase imperceptível escapou da garganta do homem enquanto eu deslizava um dedo pela gola da camisa dele. — Nesta noite... quero ir para Copacabana.

Ignoramos o olhar enviesado no motorista e soltamos risadinhas por todo o caminho. Estávamos tão próximos um do outro que eu podia sentir o hálito etílico de Marco se misturar ao meu. Isso tornava a coisa ainda mais excitante.

A intimidade que trocávamos nos fazia parecer um casal antigo comemorando um aniversário, mas a química era forte como se estivéssemos saindo de uma boate onde tínhamos acabado de nos conhecer. Não demorou para que o motorista ficasse invisível. Em um instante, estávamos na presença daquela pessoa; no outro, só havia Marco e eu. Ele acariciou minha perna pela fenda do vestido, eu me inclinei para beijá-lo. Ele sussurrou palavras roucas, eu soltei suspiros.

Em algum momento, o táxi chegou ao destino, mas o tempo se tornara irrelevante. Entramos na casa dele pela cozinha. Marco abriu a geladeira enquanto eu me acomodava em um tamborete na bancada.

— Você quer alguma coisa? — Ele sacou uma latinha azul com água tônica. — Algo para beber?

— Não, eu tô bem — respondi, apoiando os braços no balcão. Enquanto isso, Marco passou o indicador pelo anel da latinha e o abriu com um estalo. — Prefiro só observar a vista.

Ele me encarou com surpresa e, depois de um segundo, esboçou um sorriso travesso.

— Você não é de medir as palavras, não é mesmo?

Meneei a cabeça e mordi os lábios de um jeito sedutor, embora, honestamente, isso não fosse verdade. Eu era ótima em medir as palavras. Modéstia à parte, apesar de nunca ter sido muito boa em pensar antes de agir, sempre fui excelente com discursos. Isso me ajudou nos estudos, nos negócios e até mesmo nos meus mais problemáticos momentos de tensão familiar. Mas eu estava bêbada e, é claro, não media as palavras quando estava bêbada.

Minha tentativa de sedução pareceu ter funcionado. Marco logo deu um jeito de se acomodar na banqueta ao lado da minha, trazendo consigo uma *bonbonnière* de cristal.

— Amendoim? — Observei com um sorriso torpe. — Sério?

Ele levou duas pequenas esferas à boca.

— Achei que seria propício. Dizem que é afrodisíaco.

— Aham. — Girei meu banco para ficar de frente para ele. — Sei... Acho que essa informação é de senso bastante comum.

Marco encolheu os ombros fingindo uma inocência que combinava perfeitamente com os olhos.

— Me preocupa — continuei, com uma centelha de animação crescente dentro do peito — o fato de que você tenha isso em casa, assim, ao alcance das mãos.

Ele fez uma careta.

— Não. Você é a primeira que eu trago em casa desde... — Ele se interrompeu com o rosto corado. — Você sabe.

Três semanas. Era, no mínimo, o tempo que tinha se passado desde que ele havia sido rejeitado. Pelo menos nos meus cálculos.

— Aham.

— Mas não vamos falar disso. — Ele deu um gole na latinha. — Vamos falar de você, eu imploro.

Eu arqueei a sobrancelha e, por algum motivo, isso o encorajou. Marco Remi se inclinou para mais perto, até que os lábios estivessem quase tocando o meu ouvido.

— De como você é linda... — O nariz deslizou de leve pela curva na minha mandíbula. Senti cada milímetro do meu pescoço arrepiar. A fragrância suave da colônia dele se misturava ao cheiro de álcool do hálito. Meu coração se agitou, fervendo de desejo. — E provavelmente a mulher mais interessante que já conheci. — Então desferiu um leve beijo sobre o lóbulo da minha orelha.

Afastei a cabeça para trás e o encarei com os pulsos apoiados nos ombros largos dele.

— Fala sério, você não precisa dizer isso. — Passei o polegar na nuca dele. — É bonitinho e tal, mas não precisa.

— Não estou dizendo porque preciso. — Ele franziu o cenho. — Estou dizendo porque estou com vontade. Você ficou na minha cabeça depois daquele dia.

Deixei escapar um riso baixo de escárnio.

Marco ignorou.

— Eu fui muito sortudo por encontrar você no trânsito — insistiu passando um braço pela minha cintura. — Dá pra acreditar no quanto eu fui sortudo?

Com um suspiro, parei de resistir ao jogo. Inclinei a cabeça com um biquinho.

— Aquilo foi bem inusitado mesmo.

Marco deslizou o nariz pelo meu, o que era estranho. Eu não estava contando com tanta gentileza. Tinha achado que teríamos uma interação mais... digamos... visceral e instantânea quando passamos por aquela porta. Meu coração pulou no peito de novo quando Marco se virou para beber mais um pouco da água tônica. Fiquei observando o movimento do pomo de Adão em silêncio, secretamente considerando a atitude fora de contexto. Será que ele era mais desligado do que a maioria dos caras ou só estava fora de forma depois de um relacionamento longo? Eu só queria que ele se enroscasse mais em mim.

Talvez tenha sido a bebida que me fez gargalhar alto com o pensamento e jogar o corpo um pouco para trás, rápido demais, a ponto de a banqueta deslizar pelo porcelanato. O som causado pelo baque do meu corpo no chão só me tirou mais risadas. Marco se levantou de olhos arregalados e tentou se abaixar.

— Você tá bem? — perguntou antes de escorregar na barra do meu vestido e cair também, meio de lado, meio em cima de mim.

Dessa vez senti uma pontada na costela. Gargalhei de novo. Marco deu uma risada fraca, desconfiada.

— Acho que minha bacia acabou de quebrar — ele gemeu.

— Tá doendo? — Prendi o riso.

— Não — respondeu, ainda em cima de mim —, mas foi uma pancada e tanto.

— Você provavelmente vai sentir pela manhã. — Levei uma mão à boca. — Desculpa.

Ele soltou um grunhido quando tentou se virar de lado.

— Não foi culpa sua. Além do mais, já quebraram coisa pior.

Eu me empertiguei no chão.

— Seu coração, né? — perguntei, maldito álcool.

O olhar ficou perdido por um tempo. Segundos suficientes para me fazer ficar séria. O sorriso dele também esmoreceu devagar, até desaparecer, junto ao brilho do semblante.

— Eu tô tentando me acostumar com a ideia de que... você sabe, eu não vou me casar com a única pessoa que namorei a vida inteira.

E foi assim que, no chão da cozinha, Marco Remi acabou me contando toda a história triste do término. E foi assim também que, por algum motivo, eu me senti compelida a contar a minha história com o meu pai. E que expusemos nossas dores mais íntimas do modo mais sórdido. Em meio a lágrimas, gargalhadas e, talvez, um hematoma no quadril. Depois, subimos as escadas com roupas sendo atiradas ao longo do caminho. No andar de cima, um beijo longo selou o acordo de consolo mútuo.

Nós nos consolamos, e nos aquecemos, e usamos um ao outro pelo resto da noite.

UM HEMATOMA NA COSTELA

Meus olhos lutavam contra o raio de luz que escapava por um feixe na cortina do quarto de Marco Remi. Tateei o chão em busca do meu vestido. Ainda não eram seis da manhã, e já estava claro como o meio-dia. Era fim de dezembro, mas eu ainda não tinha me acostumado com a novidade de um fuso em que não havia horário de verão. Cada centímetro da minha cabeça doía e clamava por mais algumas horas de sono, só que o fato de haver um homem roncando a poucos metros de distância comprovava que eu não deveria estar ali.

Consegui chegar até o banheiro enrolada em um lençol bem a tempo de vomitar no vaso. Cambaleante, eu me apoiei na pia e encarei o espelho. A imagem era terrível: maquiagem borrada com duas manchas escurecidas ao redor dos olhos, o caos vermelho de um batom que parecia ter sido arrancado com esponja de aço durante o sono e um emaranhado de fios do volumoso cabelo que havia sido temporariamente alisado em um salão nada barato. Tudo isso me fazia lembrar, para ser razoável, um guaxinim selvagem que tinha sido atropelado. A lateral do meu tronco latejava ao menor movimento. Deixei o lençol escorregar ao redor do meu corpo e, virando de lado, constatei o imaginável. Um grande e visível hematoma coloria meu corpo na altura das costelas. Exatamente no lugar em que Marco havia caído em mim na noite anterior.

Passei tanto tempo lavando meu rosto com sabão quanto seria necessário para tirar uma maquiagem à prova d'água sem um removedor decente. Depois, precisei perambular pelo corredor e pelas escadas para encontrar cada peça de roupa e procurar por um par de brincos que acabei encontrando na mesa ao lado da cabeceira. Só depois de todo esse ritual é que comecei a sentir algum alívio do enjoo que havia me levado ao extremo da enxaqueca.

Todo o barulho envolvido não pareceu acordar a figura estendida na cama. Eu precisava sair dali, então teria de ser a pessoa a resolver o problema. Me aproximei sentindo as têmporas latejarem e, ao me inclinar na direção do dono da casa, estendi uma mão para tocá-lo no braço.

Ele grunhiu depois da primeira cutucada e tentou se aconchegar virando-se para o outro lado. Desse modo, alguma força teve de ser empregada.

— Marco! Acorda — chamei, chacoalhando o braço dele com insistência.

O homem abriu os olhos devagar e piscou algumas vezes, vagando o olhar entre mim e o próprio quarto. A careta na direção da janela fez que eu me perguntasse se estava se sentindo tão mal quanto eu.

— Oi... hã... bom dia. — Ele já estava se levantando quando interrompeu o movimento de um jeito súbito e puxou uma quantidade considerável de cobertor para o colo ao sentar-se na cama.

Encaramos um ao outro em silêncio por segundos que pareceram se estender por horas, em um constrangimento mútuo que eu não havia calculado.

— Isso foi...

Pigarreei para impedir que ele concluísse a frase. Só agora me pergunto o que ele diria. Um erro? Maravilhoso? Inconsequente? Precoce? As possibilidades são tantas que eu levaria o dia inteiro listando os palpites.

— Tenho que ir — disparei, porque era mesmo verdade.

Ainda sonolento, ele apalpou a mesa de cabeceira à procura do celular, olhou para a tela com o cenho enrugado e, mesmo que estivesse mais refletindo do que reclamando, gemeu:

— São cinco e meia.

Mas, em vez de tentar me impedir, enrolou o cobertor em volta do próprio corpo e se levantou.

— Você não quer... hã... um café nem nada do tipo? — perguntou enquanto descia as escadas atrás de mim e recolhia as próprias peças abandonadas.

A ideia me fez voltar a sentir náuseas.

— Não, eu já chamei um Uber. Vou passar em casa. — Virei a cabeça por cima do ombro para olhar para Marco.

Ele fez que sim com a cabeça.

— Tem que ver a Arwen, né? — perguntou, diplomático.

— Hã? — Juntei as sobrancelhas, mas a confusão só durou um instante. — Ah, é Galadriel o nome da minha cadela.

— Ah, sim. É verdade. Elfa errada.

Ele deu um sorrisinho.

— Preciso mesmo passar em casa. — Parei diante da porta. — Tenho que checar como ela está.

Além disso, não posso chegar no trabalho com cara de quem está saindo da balada, essas coisas, completei em pensamento. Ele não precisava saber dessa parte.

Marco fez um muxoxo ofendido quando estendi a mão para me despedir, então se inclinou e depositou um beijo suave na minha bochecha. Desviei os olhos para os pés e me esquivei para fora, apontando para o celular com a desculpa de que o Uber estava chegando.

Eu não contava que ele faria tanta questão de esperar comigo o tempo inteiro. Os homens não costumam ser tão galantes. Mas também não costumam ser tão bonitos e tão... herdeiros de grandes fortunas.

Quando finalmente cheguei ao meu apartamento, já me sentia tão mal que nem pensei no inconveniente de buscar mais tarde o carro no estacionamento do restaurante; estava mais aliviada por não ter precisado dirigir de Copacabana até a Barra. Tomei uma aspirina e abasteci o pote vazio da Galadriel.

— Desculpa, garota — funguei, acariciando o focinho branco dela. — Sua humana vacilou de novo.

Esfreguei o rosto, caminhei até o balcão da cozinha e coloquei uma cápsula de café na cafeteira.

— Mas esse cara... juro, era fora do normal.

Eu gostaria de ter dito "especial", mas não teria essa coragem, considerando a consciência jamais dita em voz alta de que aquilo era um caso de uma noite.

— Está certo que ele foi deliciosamente gentil, mas é provável que isso esteja mais relacionado ao fato de que fui a única mulher com quem esteve desde a primeira namorada do que aos sentimentos repentinos por uma quase desconhecida com quem esbarrou no trânsito. Ou, sei lá, vai ver ele só era assim mesmo.

A homônima da elfa nem sequer se deu ao trabalho de erguer a cabeça para ouvir as desculpas. Parecia que a mágoa era proporcional às horas que havia passado sozinha desde a manhã anterior.

— Por que eu não tô feliz? Por que...? — Levei o café até os lábios.

Bebi admirando a janela com vista para o mar; o céu limpo e sem nuvens prenunciava um perfeito dia de verão.

— Por que eu fiz isso? De novo. De novo, Galadriel. Dormi com uma pessoa que mal conheço e estando tão bêbada que sou incapaz de me lembrar dos detalhes. Por que nem posso desabafar com alguém que não seja um cachorro sem ouvir como resposta que estou querendo preencher meu coração com coisas temporárias? Como se isso fosse pecado... — Eu me interrompi e rolei os olhos sob as pálpebras. Não era uma boa escolha de palavras. — Quero dizer, quem é que não faz isso?

Passei a mão pelo cabelo, sentindo os nós que tinha escondido em um coque improvisado, então caminhei até uma cadeira para me sentar. O último gole de café desceu quente pela garganta. Abaixei os olhos para a xícara vazia, manchada pelos resquícios do líquido escuro.

— Porque sei que não significou nada para ele tanto quanto não significou nada para mim. Porque sabia desde o começo e fiz mesmo assim. E porque... — Ergui os olhos de volta para a janela, observando, com um sorriso triste, o brilho intenso do sol, o céu azul e o mar ao longe. — Ora, porque a droga da neve ainda está caindo lá fora.

Galadriel enfim terminou de comer, então, esquecendo-se da nossa recente desavença, se enroscou no meu pé. Levei uma mão para secar a lágrima da bochecha.

— E, para ser sincera, eu não sei se um dia vai deixar de cair.

QUANDO O MUNDO ESTAVA PRESTES A ACABAR E NINGUÉM HAVIA PERCEBIDO... ATÉ ENTÃO

Marco Remi só tentou me ligar uma vez desde aquele dia, logo depois da virada do ano, para me desejar um feliz 2020; mas fomos tão formais um com o outro que a interação foi esquisita e rápida. Uma pena, porque, fosse pela química incomum entre nós, fosse só porque ele fazia o meu tipo, aquela noite havia mexido comigo mais do que o normal. Quero dizer, eu costumava ir a uma ou outra balada e me divertir com homens de um jeito que me deixava satisfeita, mesmo que nunca os tivesse visto antes — e, para ser honesta, especialmente assim. Mas, quando se tratava do Marco Remi, no fundo eu sabia que meus sentimentos poderiam ter se tornado alguma coisa a mais se tivéssemos nos dado a oportunidade.

O problema é que eu era grandinha o suficiente para ter consciência de que o sentimento era unilateral, o que se confirmou alguns meses depois; no dia 26 de fevereiro, para ser precisa.

Era uma quarta-feira, e eu havia saído da loja mais cedo pelo simples prazer de desfrutar uma das coisas de que mais gostava na vida — rufem os tambores, *taradadá-taradadá* —, tomar café de padaria.

Graças ao meu tão tardio quanto aguardado quadro de funcionários, eu podia me dar pequenos luxos como aquele. E, aqui entre nós, se eu soubesse que aquela seria minha última vez em uma padaria por muito, muito tempo, não teria saído de lá tão cedo.

Eu mal tinha me sentado à mesa e estava mexendo o café na xícara com uma colherzinha de inox barata quando vi a tevê anunciar o primeiro caso de covid no país. Mesmo sem saber o que viria a seguir, senti meus braços se arrepiarem. Um burburinho tomou conta da cafeteria. Apalpei minha bolsa até encontrar o telefone, procurei pelo contato da minha mãe com as mãos trêmulas e levei o telefone ao ouvido. Meu coração batia angustiado enquanto esperava.

— Como vocês estão? — disparei assim que a imagem dela surgiu na tela.

— Entediados. — Dona Alba suspirou. Usava bobes na cabeça grisalha. — Málaga parece uma cidade fantasma.

Refletindo agora, se estivéssemos em circunstâncias normais eu com certeza teria feito um comentário sobre a dureza de se estar entediada no sul da Espanha; mas, considerando que meu medo era quase palpável naquele momento, só consegui constatar o óbvio.

— Acho que isso vai acontecer aqui também.

Olhei ao redor e mordi o lábio.

— Seria o apocalipse? — mamãe perguntou com medo na voz.

— Você não acredita nessas coisas — retruquei, como se a descrença dela fosse impedir um evento fatalístico.

— Estou começando a acreditar. Sua tia me ligou e contou que seu primo foi mandado embora da empresa hoje de manhã.

— O Cléber? Por causa do vírus?! — Franzi o cenho. — Isso não faz o menor sentido.

— Eles deram a desculpa de que estavam prevendo uma crise no mercado. — Mamãe apoiou o celular em alguma coisa e, com as mãos livres, ficou ajeitando os bobes.

Na tevê acima das mesas, imagens de pessoas usando máscaras e gráficos de contaminação deixaram meu estômago embrulhado. Talvez fosse mesmo o prenúncio de um fim. Eu não via o meu primo fazia um bom tempo, talvez uns quatro anos, quando se casou, e a última notícia que tive dele foi por meio das redes sociais. Na época, havia uns poucos meses, ele estava celebrando o nascimento do bebê.

Não queria nem imaginar a sensação de estar no apocalipse desempregado e com um bebê recém-nascido, mas com o que ele trabalhava mesmo? Turismo? Pensando bem, a instabilidade no ramo não era nada absurda, se considerássemos os rumores de fronteiras fechando e quarentenas ao redor do mundo.

— Ele trabalhava em uma agência de viagens?

— Não, isso foi há muito tempo. Agora tinha virado gerente de um hotel em São Paulo, daquela rede famosa, sabe? Hilton, não... Alguma coisa com R.

Meu coração disparou.

— Remi?

— Isso!

Um gosto amargo me subiu pela garganta. Aquela habilidade de me tornar uma adolescente quando o assunto levava a ele estava começando a ficar ridícula. Minha mãe ficou sem entender quando encerrei a chamada às pressas. Corri o dedo pela tela do celular até encontrar o contato. Será que devia ligar? Mandar uma mensagem?

"E aí, como tá?", digitei, rindo comigo mesma, e estava prestes a apagar quando o óbvio aconteceu.

— Nããão!

Puxei o celular para olhar mais de perto. Um sinal dizendo que a mensagem havia sido entregue acendeu na lateral inferior. Soltei o aparelho na mesa e cobri o rosto com as mãos. Apagar seria pior. Entreabri os dedos para espiar o telefone. Óbvio que ele ainda não tinha respondido, então decidi encerrar o passeio naquele momento.

Se o homem me respondesse, eu teria todo o caminho até a minha casa para pensar em um argumento que justificasse a abordagem repentina. Não dava para começar pedindo o emprego do meu primo de volta.

Porém só foi muito mais tarde, depois de eu já ter saído do banho, ter alimentado a Galadriel e estar pronta para esticar as pernas no sofá, que um som trêmulo ressoou do meu aparelho telefônico. A lembrança do que eu tinha feito me atingiu com violência, e cobri a boca com uma mão quando puxei o celular para bem perto dos olhos. O nome de Marco Remi piscava acompanhando o ritmo vibrante. Peguei o controle da tevê e pausei qualquer que fosse o drama coreano que estava acompanhando na época, então deslizei o dedo pela tela e abri a boca, pronta para dizer... alguma coisa. Qualquer coisa. Fechei os olhos.

— Vânia? — A sensação de familiaridade instantânea se refletiu em uma cócega peculiar na minha barriga. — Está aí?

— Hã... Oi, Marco. Tô... eu... tô, sim.

Antes que as coisas ficassem estranhas, usei a pandemia como uma desculpa para o contato repentino e comentei sobre o problema do meu primo. Marco também estava preocupado e disse que, apesar de não ter o costume de interferir nas questões de RH, ia ver se conseguia fazer alguma coisa pelo Cléber. Fiquei torcendo para conseguir.

E então, como se tivéssemos aberto uma janela para falar de trivialidades, compartilhamos o que cada um achava imprescindível que o outro experimentasse antes de um eventual fim do mundo, lugares a se visitar, comidas para experimentar e eventos que tínhamos que viver. A conversa ficou mais ensolarada conforme ele falava de um restaurante em Búzios que fazia a melhor lagosta do mundo e ficava à beira-mar. Em poucos minutos, a lembrança do nosso último contato esquisito foi varrida para debaixo de algum tapete da minha mente.

— Foi bom ter notícias suas — ele disse depois de alguns instantes de silêncio.

O tom de carinho na despedida desengatilhou em mim uma súbita coragem.

— Se quiser ter mais notícias pessoalmente, estou disponível no sábado.

Uma risada fraca ressoou do outro lado. Não levou um segundo para eu me dar conta de que seria recusada. Afundei a cabeça numa almofada, sentindo o peito apertar de vergonha. Não dava para engolir as palavras, então é óbvio que eu tratei de piorar as coisas:

— A não ser que você tenha alguma coisa melhor pra fazer, claro.

— Ah, eu... Não é isso, é que... — Ele se embananou. — Eu meio que estou... casado.

Entreabri os lábios. Como assim Marco Remi havia se casado?! Ele não tinha terminado um relacionamento havia pouco mais de dois meses? E como um homem casado havia passado uma hora da vida dele ao telefone comigo?

— Quê?! — Foi tudo o que saiu.

— Não casado *casado*, eu... estou morando com alguém, *juntado*. — Escutei um suspiro. — Sabe, a Ana resolveu fazer um teste para... er... ver se, você sabe... a gente casa mesmo ou não.

Apertei os olhos com força. Eu nem sabia dizer se era raiva ou frustração o que estava sentindo no momento. Talvez fosse mais uma daquelas coisas que só dá para entender de verdade quando o tempo passa e a gente consegue avaliar com a cabeça fria.

— Aquela que não quis meu anel? — falei, amarga.

Ele ficou em silêncio por um instante.

— Ela mesma.

Soltei um suspiro. Pelo menos não estávamos em uma chamada de vídeo, eu conseguia sentir o rubor da minha pele.

— Que bom que ainda não vendemos. Se você quiser, eu...

— Não.

— Mas eu posso...

— *Vânia* — ele insistiu. — Esquece o anel. Gosto da minha caneta e ela não quis um casamento de verdade, né? Então sem anel.

— Por enquanto — completei num fio de voz que expressava a pior performance possível de indiferença.

Ele não negou.

O RIO DE JANEIRO CONTINUA LINDO

Abro a janela do quarto de hóspedes, e uma brisa quente e salgada de verão sopra contra o meu rosto. Fecho os olhos por um instante. Este pode até não ser o dia mais fácil da minha vida, mas ao menos tenho a chance de desfrutar essa pequena satisfação.

Ah, Rio de Janeiro! Como raios é possível que eu tenha passado os últimos três anos distante de você?

Aprecio a sensação da maresia no ar enquanto aceno para as crianças correndo no quintal. A linha de um sorriso desponta nos meus lábios. Sabe aquela típica cena de comercial de margarina? Acrescente ao cenário pueril a bagunça pós-virada de ano e pronto: o conjunto da obra acaba de formar essa tela diante dos meus olhos. Rui trabalha na churrasqueira enquanto a Jô experimenta um ou outro pedaço de carne.

O homem usa um avental brega de pai do ano e a mulher, como sempre, acaricia a própria barriga. Conhecendo-a tão bem, não deveria ser um choque que, a essa altura, esteja carregando a segunda menina da família. Não saio dizendo isso por aí, mas, cá entre nós? Cinco. Filhos. Sério, esses dois devem ter algum problema.

Um parente do casal sobe em uma escada para desfazer o nó da faixa de bem-vindo a 2023 e, embora eu ache que ainda estejamos muito cansados para desmontar uma festa, preciso concordar que o lugar está em completo estado de caos. De confetes metalizados a guardanapos e copos espalhados por toda a parte. Além do mais, a mesa em que ceamos ontem ainda possui intensas marcas de guerra. Tudo muito curioso, considerando que não houve álcool envolvido.

Sorrio de novo ao me dar conta de que essa talvez seja a primeira vez em anos que não estou de ressaca no dia 1º de janeiro.

Uma espiada rápida no relógio faz meu estômago se retorcer. Faltam só algumas horas para o meu compromisso inadiável. Inspiro fundo e dou um jeito de empoleirar os cachos grossos no topo da cabeça em um coque de respeito, do jeito que me orgulho de exibir, então pego o celular que vim buscar e, enfim, desço as escadas para ajudar na arrumação.

Atravesso o jardim e, no processo, só um dos meninos me dá um esbarrão, o que é um feito e tanto se considerarmos toda a algazarra. Meus olhos vagam ao redor enquanto me certifico, por garantia, de que estão todos vivos. Jô coloca um pedaço de carne na boca, toda tranquila, alheia aos meus temores. Assim que me vê, ela dá alguns passos remados com uma mão no quadril e vem até onde estou. Antes de eu conseguir anunciar que pretendo me unir ao mutirão da limpeza, minha amiga me agarra pelo braço e me arrasta até uma mesa sob o guarda-sol no quintal. Ela junta as mãos na frente do rosto com um quase contagiante entusiasmo.

— E aí, me diz, o que você achou do Êva?

Ah, sim. Tem a história do Êva. Apelido para Evaristo, diga-se de passagem. Um rapaz que congrega na igreja da família anfitriã a quem minha amiga fez questão de me apresentar na noite passada. Não que eu esteja reclamando. Veja bem, a essa altura da minha vida, um homem galante, educado, de olhos negros profundos e inclinado a ter um compromisso não é algo que eu esteja dispensando.

Nenhum suspiro de espanto é necessário da sua parte. Posso garantir que muita coisa aconteceu na minha vida nos últimos três anos para justificar muitas mudanças de hábitos. Aliás, imagino que com você também não tenha sido diferente, digo, se viveu no mesmo planeta que eu durante esse tempo.

De todo modo, esqueci de mencionar que o rapaz em questão tem uma conversa muitíssimo agradável, um emprego ao qual se dedica com responsabilidade e um adorável cabelo castanho-escuro. Ah! E que parece estranhamente interessado em mim.

Apesar de tudo.

— Ele é... — Penso antes de responder. Jô se inclina na minha direção. — Legal.

— Legal? — Ela volta a se recostar na cadeira. — Você tá brincando? O cara é um partidão.

Rui se aproxima com uma bandeja de carne e deixa escapar um muxoxo ao ouvir a última frase da esposa.

— Um partidão não estaria solteiro aos trinta anos — comento, esticando o braço para beliscar o churrasco.

— *Touché*. — Ele aponta para mim com a faca antes de erguer uma das sobrancelhas para a esposa e se afastar no sentido da churrasqueira com um sorriso de satisfação.

— Não vou discutir. — Jô balança a cabeça enquanto eu prendo o riso.

Então, sem aviso algum, ela dá um berro com a mão em concha:

— As crianças!

— Estou de olho nos pequenos! — o marido responde à distância e volta a usar a faca para sinalizar na direção de uma cama elástica com um cercadinho. — Os outros já conseguem se manter vivos sozinhos!

— Ele tem razão — respondo. A verdade é que Jô está sendo paranoica. Do ponto em que estamos, conseguimos ter uma visão do quintal inteiro. — E não tem como eles fugirem dali sem ajuda — concluo me referindo às crianças pequenas.

Conformada, ela acena para o homem com um joinha e, apenas para mim, cochicha alguma coisa sobre o perigo iminente de realmente receberem ajuda para sair caso tenhamos a menor distração. Assim, só depois de garantir que as outras três crianças soltas estão a uma distância segura das menores, volta a unir as mãos e mostrar um sorriso animado.

— Se você disser que meu amigo Êva não é um gato, vou ser obrigada a te chamar de mentirosa — afirma ela.

Olho para Rui de soslaio. Alguns pneuzinhos salientes deixam o avental apertado na altura da barriga, e a penumbra de uma calvície começa a despontar no topo da cabeça. Não possui nenhuma semelhança com o tal Êva, o pobre.

— Seu gosto, minha amiga, é um pouquinho peculiar.

Ela revira os olhos.

— Sério, isso? Eu sei que você gosta de caras loiros, mas...

— Eu não gosto só de loiros — respondo em autodefesa. — E não disse que achei o homem feio. É só... um tipo diferente de beleza.

— Isso é a mesma coisa que achar feio.

— Não, claro que não. É mais... Ele tem uma coisa, um... quê de beleza sem ter a beleza de fato, entende? — Ela meneia a cabeça. — Tipo aquele cara malvado dos filmes de *Guerra nas Estrelas* que o Rui adora.

Jô franze o cenho de um jeito exagerado e ajeita a postura na cadeira sem parecer encontrar alívio para o peso da barriga.

— O Darth Vader?

— Não, não. O cara mau dos últimos filmes. — Eu me interrompo, procurando por alguma informação que facilite o entendimento. — O que mata o próprio pai, que, para ser honesta, aí, sim, era bonitão de verdade.

— Ah, o Ben Solo.

— Esse aí!

Ela deixa o olhar vagar por alguns segundos.

— Tá, você tem razão.

Entre risadinhas bobas, do tipo que ninguém mais compartilharia, eu me sinto tão confortável na presença dela que uma sensação de melancolia começa a apertar o meu peito. Fazia pelo menos dois anos que eu não vinha ao Rio de Janeiro e, apesar de nos falarmos quase todos os dias por causa do trabalho, estar com ela assim, em carne, osso e crianças, faz toda a diferença. Mas não é difícil entender que os laços familiares que os prendem a essa cidade são mais fortes que os laços que a Jô possui com a nossa loja. Os pais e sogros dela passeiam alegremente pelo lugar, com netos de sobra para mimar como quiserem. E agora, com a ascensão forçada do que chamamos de home office, foi cravada a sentença de que uma diretora-executiva é muito capaz de trabalhar do próprio sofá em vez de, como eu, viver enfurnada em uma loja ou um shopping.

Além disso, como uma boa carioca, a Jô nunca gostou de morar longe da praia mesmo.

A alguns metros de nós, Rui destrava a porta do cercadinho da cama elástica e, em alguns instantes, quatro perninhas curtas começam a correr em nossa direção. Num piscar de olhos, há uma mão gorducha repuxando a barra do meu vestido. Olho para baixo e sorrio. A dona de uma carinha angelical emoldurada por cachos dourados estende os pequenos braços para mim. Eu me inclino para trazê-la ao colo, onde ela se aninha. Marcinho tenta fazer igual, usando as pernas da mãe para a escalada, mas imagino que a caçula na barriga não permita o mesmo conforto. É assim que acabamos com três crianças no colo quando um casal de primos do Rui passa por nós carregando sacolas de lixo.

— Eu acho que devia ajudar — sussurro. A julgar pelo olhar da mulher que acabou de passar por nós, a opinião dela não está muito distante disso. — Era a minha intenção até você me arrastar para cá.

— Por favor, estou de trinta semanas e, você sabe, nem grávida eu devia estar. Você fica livre disso por me fazer companhia e ter passado o dia inteiro na cozinha ontem. Além disso — ela se interrompe para um bocejo —, eu não posso ficar no sol, você sabe.

Bom, ela tem razão. A doença da Jô e a gravidez não fazem uma boa dupla; e, embora ela esteja em remissão há alguns anos, precisa ficar sempre atenta — e, é claro, considerando que a radiação solar ativa o lúpus, evitá-la a qualquer custo.

— Então... hoje é o dia? — pergunta, me despertando do pequeno momento de preocupação. A mudança súbita de assunto traz de volta aquele frio na barriga.

Assinto com um movimento discreto.

— Está finalmente tranquila com essa decisão?

— Não. — Meneio a cabeça, emaranhando os dedos no cabelinho dourado. — Apavorada, para ser honesta. — Engulo em seco. — Mas vou fazer o que tem que ser feito e... bem, vou enfrentar as consequências.

Minha amiga se inclina e cobre minha mão com a dela. Então me lança um firme olhar de encorajamento.

— Deus é contigo. E nossa família vai estar bem aqui, orando por vocês. — Jô se vira para a garotinha em meu colo e toca a ponta do nariz dela. — Não é mesmo, princesa?

A resposta vem em um doce assentir infantil.

— Eu sei — respondo e aperto os lábios em um sorriso nervoso. — Obrigada. Se não fossem vocês, eu nem sei como ia fazer isso, sabe?

— Ah, querida. Você daria um jeito.

Meus olhos umedecem. De medo. De ansiedade. Da preocupação de que nada seja do mesmo jeito depois de hoje, quando eu enfim encarar a verdade que temi durante tantos anos. Durante cada dia da existência dessa menina que embalo nos braços.

Desde que a descobri no meu ventre.

NESTE AQUI, ESTOU COM DOR DE BARRIGA

Eu me desculparia pela forma abrupta como a história da minha gravidez foi revelada, mas, no momento, só consigo me concentrar em manter o autocontrole. Entreabro a janela do carro alugado para sentir o forte vento litorâneo que emaranha meu cabelo. Pelo retrovisor, vejo Grazi agarrar uma boneca de pano. Ela aperta os olhos com força e solta uma risadinha. Tento sorrir também, mas o resultado é uma careta distorcida. Volto os olhos para a estrada. Depois de alguns quilômetros de uma pista ladeada por árvores, enfim chegamos ao centro de Armação dos Búzios, com o cheiro salgado do mar preenchendo o carro.

O GPS indica que a pousada está a menos de vinte minutos. O lugar onde supostamente devemos encontrar a pessoa que estou procurando há alguns meses. Eu poderia ter escolhido me hospedar em qualquer outro lugar, mas é provável que isso me teria feito pensar demais e, talvez, perder a coragem. Sinto o peito doer e repito mentalmente os argumentos que me trouxeram até aqui. Preciso me lembrar deles para não desistir, porque, não importa quantos cenários eu tenha fantasiado para este momento, nenhum deles me oferece alguma certeza de como será a nossa vida a partir de hoje.

Assim que entro no estacionamento da Pousada Laguna, tenho a mais profunda certeza de que não há mais volta. Agora é para valer. Estou aqui. Um valete chega todo educado e carrega minha mala em uma mão e a mochila de bebê na outra. Sigo atrás dele com Grazi no colo. A pousada é praiana e simples por fora, mas no interior tem um quê vintage meio chique, com uma paleta de cores que passa a impressão de um lugar minuciosamente decorado por algum especialista. Coloco Grazi no chão e começo a procurar por algum dinheiro trocado para dar de gorjeta, enquanto o valete aguarda com os braços para trás. Uma senhora de meia-idade chega ao balcão apertando os olhos por trás de uma máscara.

— Boa tarde — cumprimenta ela —, desculpe pela espera. A senhorita tem reserva? — Ela desvia os olhos para o chão e eles se estreitam pelo sorriso que a máscara cobre. — Ah, eu não vi você aí! Veio passear com a mamãe?

Grazi sorri com timidez para a mulher enquanto entrego uma nota de vinte reais ao rapaz.

— Oi, tudo bem? — Volto a mexer na bolsa, desta vez procurando pelo celular. — Sim, fiz reserva por um aplicativo. Só um momentinho.

Aqueles segundos são o bastante para minha filha ficar entediada e começar a correr pelo salão. Entrego o celular à mulher com a reserva na tela e corro para pegar a Grazi. Volto ao balcão segurando a mocinha pelo braço, toda risonha com a própria brincadeira. Aceno com a cabeça para um casal de hóspedes que passa nos cumprimentando e seguro a mãozinha dela com firmeza. Com certeza ainda vai tentar fugir de novo.

— Com licença — a senhora diz, apertando os olhos por trás dos óculos de grau ao se inclinar para mais perto do celular. — Você pode soletrar esse número para mim?

— Claro. — Puxo o aparelho de volta e faço conforme me pediu.

A mulher digita no computador, depois procura por uma chave no claviculário da parede.

— Aqui está. Quarto onze, primeiro andar. O Douglas vai levar a bagagem. É uma pena que vão ficar só por um dia.

— É — solto, embora na verdade eu não faça ideia de se as coisas acontecerão desse jeito. — Estamos fazendo essa viagem com um objetivo muito específico. Além do mais, o dono é um velho amigo.

Eu só percebo o que disse quando vejo os olhos dela se abrirem de um jeito exagerado e, posso jurar, soltarem faíscas. A senhora me estuda meticulosamente, com a cabeça meio de lado.

— Verdade? O Marquinho?

O apelido reacende lembranças do passado. No mesmo instante, sinto as bochechas corarem.

— O senhor Remi, sim — reforço o distanciamento entre nós, mas ela não parece notar a escolha de palavras.

— Ah, que coisa maravilhosa! Sabe, ele não deve estar longe, vou chamá-lo! — E, antes que eu tenha tempo de contestar, ela se vira para a porta atrás de si. — Marquinho! — grita sobre o ombro como se estivesse na sala de casa.

— Não. — Estendo a mão para impedi-la. — Não precisa fazer isso agora!

Meu coração acelera. Tudo bem que ver o bendito homem é o exato motivo que me trouxe até aqui, mas não precisa ser assim, no susto.

— Bobagem. — Ela agita a mão no ar. — Ele vai ficar tão feliz por encontrar uma velha amiga. E vocês vão ficar tão pouco! — Forço um sorriso, incapaz de negar esse argumento. — Marquinho! Marquinho!

A mulher volta para o balcão sorrindo com os olhos. Eu aperto o estômago com força quando um homem aparece na porta. Um homem que é qualquer pessoa, exceto o almofadinha que conheci há alguns anos. Os olhos estão escondidos por um velho par de óculos de sol e a pele bronzeada contrasta com a barba loira por fazer. Braços ainda definidos, mas não tão musculosos, estão à mostra em uma regata branca, e tenho quase certeza de que aquilo na parte de baixo é uma bermuda de surfista. Alguns fios brancos despontam no cabelo volumoso. Irreconhecível. Foram três anos ou uma década?

— Vânia? — pergunta ele, surpreso.

A familiaridade aumenta quando o homem levanta os óculos até o cabelo e... bem, elas continuam ali, as duas poças cristalinas como as da pequena réplica que tenho ao meu lado. O primeiro sinal de que, debaixo de toda essa personificação do Johnny Bravo bronzeado, ainda há um Marco Remi. Ainda mais bonito que a média da população mundial — incluindo atores de cinema. Só que mais velho e praiano.

Com um sorriso largo no rosto, ele dá a volta no balcão para me cumprimentar e é quando nota pela primeira vez que há alguma coisa enroscada em meu braço. Se eu não estivesse no momento mais desesperador da minha vida, a cena seria cômica, até. Imagine só: eu, Marco Remi e uma garotinha, cuja existência ele desconhecia, trocando olhares. Os dois últimos pensando sabe-se lá o que sobre o outro e eu, onisciente, pensando inclusive a respeito da dor de barriga que de repente me acomete. Passo a mão sobre o estômago. É desesperador pensar que fugir correndo para o banheiro não seja uma opção agora.

— Ah, você está acompanhada — ele diz com a voz mais ingênua do mundo e até se agacha para ficar da altura da Grazi. — Tudo bem, mocinha? — E estica uma mão.

Minha filha se enrosca em mim com um pouco mais de força e Marco, apesar de ignorado, sorri largo. Então se levanta com os braços abertos e me puxa para um abraço mais amistoso do que eu esperava.

— É muito bom ver você bem! E essa gracinha, que linda! Meus parabéns! Quer dizer... é sua, né? Como se chama?

Ele está tão eufórico e tagarela que, durante alguns segundos, tudo o que consigo fazer é observá-lo em silêncio.

— *Gázi* — ela responde depois de um tempo.

— Esta é Graziela — completo com um fio de voz. — Minha filha.

— Veio com a família, então?

Faço que sim. Engulo em seco e forço as palavras para fora:

— Somos só nós duas.

— Uma bela dupla! — ele responde animado. — Qual suíte vocês pegaram?

— Ah. — Dou uma risada desajeitada e levanto a chave na altura dos olhos. — Número onze. — Abaixo a mão antes que ele perceba que estou tremendo.

— Que ótimo! — Marco continua, inocente. — Tem uma bela vista para o mar e fica perto da piscina. E que coincidência você ter ficado justo aqui, não acha?

Mordo os lábios, nervosa. Ele sinaliza para um canto do saguão onde há um sofazinho cor de gelo, em couro. Meus pés me dirigem para lá no modo automático, mas em vez de me sentar, como o sugerido, apenas volto o rosto na direção dele.

— Não exatamente — disparo sem pensar.

— Ah. — Marco une as sobrancelhas em confusão. — Você sabia? Como me achou aqui?

Pigarreio, olhando ao redor. Sinto a carne aquecer por baixo da pele e posso jurar que estou corada da cabeça aos pés. Não tinha como essa situação ficar menos embaraçosa.

— Coisas que a gente descobre no Google.

Um vinco surge entre as sobrancelhas dele.

— Meu nome está no Google?

Contenho o impulso de responder "e em todos os noticiários". Em vez disso, me limito a assentir. A família dele ficou bem famosa nos últimos anos. Por isso, quando Marco esboça um sorriso inseguro, aposto que é nisso que está pensando. Ele arranha a garganta e cruza os braços na defensiva.

— Quando se pesquisa pelo quê? Hospedagens em Búzios?

Tá bom, então ele sem dúvidas acabou levando as coisas para o lado errado e este provavelmente não é o momento ideal para entrar no assunto, mas estou nervosa demais para usar a cabeça.

— Quando se procura por ele.

Marco assente com um brilho triste nos olhos e me contenho em apenas devolver o olhar em silêncio. Um segundo ou dois se passam até que o rosto dele esboce um vislumbre de incerteza.

— Espera. Você está dizendo que pesquisou pelo meu nome? Não encontrou por acaso?

Engulo em seco.

— É.

— *Meu* nome? Não o da pousada?

Assinto, calada, e olho para Grazi de relance. É um descuido de um segundo, mas suficiente para ele notar. Os olhos de Marco acompanham o caminho dos meus, ainda tão alheio à verdade quanto a própria criança. Meu coração dispara. Eu não planejei que fosse assim, mas, quer saber? Se não fizer isso logo, vou ter um ataque de nervos. Então vai ter que servir, como arrancar um curativo. Eu dou conta.

— Viemos até aqui por sua causa — articulo, cuidadosa. — Não por causa da pousada.

Primeiro ele abre um sorriso descrente, que vai minguando até dar lugar a uma careta. Para ser honesta, não sei dizer o que faz Marco perceber. Se é a minha expressão séria ou a semelhança óbvia entre si mesmo e a criança que está debaixo do nariz dele. Só sei que acontece. Os olhos azuis vacilam quando desviam dos meus para encarar Graziela.

— As duas?

— Isso.

— O pai dela não... — Ele engole em seco. — Hein?

Mordo os lábios. Posso ver o brilho nos olhos do homem esmorecer enquanto o rosto, pálido, assume uma expressão de pavor. Ele tenta dar um passo para trás, mas termina cambaleando um pouco para o lado e se apoia num móvel. Por um instante, chego a pensar que vai cair duro na nossa frente.

— Marquinho! — a senhora grita.

Ela dá a volta no balcão e vem correndo para socorrê-lo, enquanto eu continuo congelada no meu canto. Grazi dá uma risadinha.

— Meu Deus, menino!

Ele gesticula pedindo calma e agora parece estar hipnotizado pela minha filha. Nossa. Filha.

— Acho que minha pressão baixou — murmura sem desviar os olhos dela.

Em reflexo, levo a mão até a bolsa em meu ombro e, de lá, puxo uma garrafinha.

— Eu tenho água. Mas, hã, não está gelada. Você quer? — Estico o braço na direção dele.

— Quê?! — Marco me olha atordoado.

— Perguntei — repito devagar — se você quer água.

Vacilante, ele estende a mão e aceita a garrafa.

— Você está me oferecendo água. — Marco ecoa com o olhar fixo em mim. Eu o encaro de volta, confusa. Ele põe uma mão na têmpora e fecha os olhos. — Preciso me sentar, ai.

Então cambaleia até o sofá e deixa o corpo cair sentado. A senhora da recepção o acompanha como se fosse dar conta de segurar o peso desse homem se ele tivesse caído um passo antes.

Meu estômago revira. Começo a me preocupar com a reação dele. Eu não gostaria que esse segredo causasse danos mais severos do que os que naturalmente causaria, sabe? Quer dizer, já fantasiei que ele esbravejaria ou nos enxotaria, que tentaria me processar e até tirá-la de mim. E é claro que estou pronta caso precise brigar, mas... também não precisa morrer.

Marco acaba aceitando a garrafa de água e, por uns poucos segundos que mais parecem uma eternidade, a observa com o espanto de quem tem em mãos uma joia rara ou, sei lá, um ovo de dinossauro. Depois, enfim desenrosca a tampa e dá um pequeno gole.

— Cris —ele diz após um suspiro. A senhora se inclina, ansiosa. — Por que você não leva a menina até o parquinho?

Seguro a mão da Grazi com mais força.

— Ela não vai — digo, firme.

Responsiva, ela enrosca um bracinho no meu pulso. Marco interrompe o caminho da garrafa até a boca.

— Mas precisamos conversar.

Eu o encaro com o queixo empinado, esperando que isso, em certo nível, possa intimidá-lo. Não sei se somos amigos. Se seremos inimigos. Meu Deus, não faço ideia nem de que tipo de homem ele é ou de como vai se comportar daqui para a frente, então me agarro à esperança de ao menos parecer ter o controle da situação.

— Você vai ter que esperar.

Ele arqueia uma sobrancelha. Perto de mim, noto a senhora que ele chamou de Cris dar um passo discreto para trás.

— Tenho que... esperar? — Solta um riso curto de escárnio. — Quanto tempo, Vânia? Uns três anos? Outra pandemia? Qual é mesmo a sua idade, gracinha? — pergunta para Grazi.

Ela olha para a mãozinha e tenta simular o número dois com os dedos.

— Ela tem dois anos — respondo, um pouco intimidada. Engulo em seco. — E quatro meses.

Ele fica inexpressivo, com um olhar que insiste em vagar entre o nada e coisa nenhuma. Começo a me perguntar se está fazendo as contas.

— Olha, entendo que... — eu me interrompo. Decerto não entendo o que ele está sentindo agora. — É tudo um grande susto, mas estamos cansadas da viagem e... bom, ela vai dormir em algum momento. Então poderemos conversar. Com calma. Mais tarde.

O homem trava os dentes com tanta força que, mesmo a alguns metros de distância, consigo ver uma saliência despontar na mandíbula quadrada. Ele esfrega o rosto, impaciente. Cris me toca no braço.

— Vamos, querida, acompanho vocês até o quarto.

Assinto sem me mexer. Estou aguardando, em uma comprovação de boa-fé, o consentimento do Marco para sair. Ele aperta os lábios e, depois de um segundo de relutância, faz que sim com a cabeça. Desse modo, selamos mais um trato silencioso.

* * *

São sete e meia da noite quando a Grazi finalmente adormece e eu resolvo ligar para o ramal da recepção.

— Pois não? — uma voz feminina atende.

— Cris? Sou eu, a Vânia do quarto onze. Você poderia avisar ao senhor Remi que estou disponível?

— Ah, na verdade, eu... é que o turno da Cris já acabou.

— Ah. Desculpa, quem está falando?

— Meu nome é Ana.

Quase me engasgo com a informação. Ana, a mulher com quem ele ia se casar? Com quem, pelo visto, se casou. Será que eles têm filhos ou estão focados no negócio? Será que ela já sabe da surpresinha que o marido teve nessa tarde?

Por via das dúvidas, eu pigarreio e mantenho a neutralidade.

— Boa noite, Ana. Você poderia, por favor, entregar meu recado ao senhor Remi? Tenho um assunto importante a tratar com ele, e hoje é meu último dia na cidade.

— Claro, senhora. Ele estava esperando seu contato.

Ela sabe. Agradeço e desligo depressa. E fico o resto do tempo sentada na beirada da cama, sacudindo uma das pernas enquanto vejo os minutos passarem na tela do celular, até que uma batida leve à porta me faz levantar de súbito.

Ao abri-la, eu me deparo mais uma vez com essa figura totalmente nova, a versão amadurecida do Marco Remi. Ele está cabisbaixo, com o cabelo úmido jogado sobre a testa franzida; tem uma das mãos apoiada na parede e a manga da camisa um pouco justa contra os músculos do braço erguido. Quando levanta os olhos para me fitar, na mesma hora constato que, em tempos de paz, isso teria me tirado o fôlego.

— Oi — digo baixinho. Escapo para fora e fecho a porta atrás de mim. — Obrigada por vir.

Marco joga o corpo para trás, descolando a mão da parede, e dá de ombros de um jeito inquisitivo.

— Por quê? — sussurra ele.

Solto um suspiro e mudo o pé de apoio.

— Por que estou aqui, por que tive o bebê ou por que guardei segredo?

Aquela pequena saliência no maxilar dele se move discretamente.

— Por que só estou descobrindo agora?

Cruzo os braços tentando me proteger da corrente de ar frio do corredor.

— É complicado demais para resumir em um motivo.

— Experimente — ele diz com a voz grave, o cenho enrugado.

— Vamos ter tempo para isso, Marco. Eu sei que devo explicações, mas não estou aqui só para me justificar.

Ele encolhe o queixo com os olhos alarmados. Parece surpreso com tão fácil confissão. Eu continuo:

— O mais importante é que percebi isso agora. Vocês dois têm o direito de saber... um do outro.

Marco esfrega a boca com a mão e anda de um lado para o outro sem paciência. Tento controlar a respiração para manter a calma e, apertando meu próprio abraço, espero que ele se aquiete para continuarmos a conversa.

— Você sabe que eu não tenho, certo? — ele dispara de repente.

— Não tem o quê?

— Não tenho dinheiro, Vânia! Estou quebrado.

Sinto o corpo estremecer. Ele tocou em uma ferida, pressionou-a até o osso com uma mísera frase.

— Não dou a mínima para o seu dinheiro! — cuspo as palavras em um grito sussurrado. — Não acha que, se eu quisesse me aproveitar de você, eu teria vindo antes?!

Viro as costas para ele com a desculpa de conferir se Grazi continua dormindo e solto o ar dos pulmões de uma vez ao fechar os olhos. Meu rosto queima e eu preciso usar toda a minha força para empurrar a lembrança das acusações nem sempre infundadas que meu pai costumava fazer à minha mãe. Quando me viro de volta para ele, estou quase recomposta.

— Eu vivo no Brasil e tenho redes sociais. Sei que seu pai foi preso e que sua família se afundou em dívidas, tá?

Marco pestaneja e abaixa um pouco o rosto, constrangido, o que me faz perceber quão mesquinha eu pareço.

— Desculpe — falo tarde demais.

— Tenho algum dinheiro, é claro. O bastante para manter esse lugar — ele avalia o corredor — e as pessoas que dependem dele. Mas nada como o que a minha família costumava ter.

— Eu disse que já sei de tudo e que não foi por isso que vim — respondo, irritada.

Meu velho orgulho ferido grita dentro do peito. Quero que ele entenda que eu não preciso de nada dele. Que, ao contrário da Rede Remi, existe uma coisinha mágica chamada internet que não serve para hospedar pessoas, mas é muito útil para vender produtos; e que minhas joias, embora tenhamos fechado todas as filiais, estão mais valiosas do que nunca no período pós-pandemia. Mas alguma coisa dentro de mim me faz engolir esse orgulho e me deixa constrangida pelo que falei há pouco.

— Me deixe vê-la — diz com a voz suave, sem me encarar.

— Ela está dormindo, Marco.

Ele ergue o rosto para mim.

— Me. Deixe. Vê-la.

Solto uma lufada de ar pela boca e fecho os olhos por um instante. O bom senso restante me diz que não posso evitar esse momento.

Além disso, é melhor mesmo que ela esteja dormindo quando ele está assim, com tantas emoções afloradas.

— Tá — solto. — Mas não a acorde.

Ele assente com o semblante amarrado e eu abro a porta cuidadosamente. Primeiro dou uma espiada, depois aceno com a cabeça para que entre. Marco caminha na direção da cama e, ao alcançá-la, se senta na beirada. Ele se inclina um pouco e observa nossa filha, calado, hora ou outra cobrindo a boca com uma mão.

Observo a cena de perto, mas sem interrompê-lo. De repente, o ombro dele chacoalha um pouco. Discretamente, Marco usa a palma da mão para secar uma lágrima e, quando se vira para mim, tem um par de molduras avermelhadas ao redor das íris.

— Vocês têm que ficar — sussurra — por mais algum tempo.

— Eu não sei, Marco.

— Isso não é um pedido.

A afirmação me faz franzir o cenho.

— Como é?

Ele se levanta e sinaliza para a porta com a cabeça, conduzindo-me sem paciência pela cintura até que estejamos fora do quarto.

— Não estou pedindo, Vânia. Mais cedo você disse que reconhecia os meus direitos e eles não se resumem a saber que ela existe. Sou um cara falido, não um idiota. Você não pode chegar aqui, dizer "essa é sua filha" e ir embora sem mais nem menos.

— Sua esposa pode não gostar da gente por aqui.

— Como?

— Sua esposa, a Ana.

O homem bate as pestanas duas vezes, mas permanece em silêncio.

— Do que você está falan...? — Marco interrompe a própria pergunta de súbito. Depois, apoia as mãos nos quadris e encara o teto.

A cena é um tanto dramática e, ao mesmo tempo, faz parecer que ele está se esforçando para não me atacar de um jeito fatal.

— Acredite — diz, enfático —, minha esposa não vai se importar.

— Eu não vim preparada pra ficar vários dias.

Marco não responde de imediato, apenas me encara com o semblante profundo e sombrio.

— Esteja certa de uma coisa — ele respira fundo —, se você levar a minha filha embora amanhã, trate de procurar um bom advogado.

Devolvo o olhar com o queixo empinado em petulância.

— Eu sei — começo — que você está em choque e que ainda temos muito o que conversar, mas acha mesmo que eu viria até aqui antes de contratar um advogado?

Ele dá um sorriso desgostoso e aponta o dedo em riste.

— Eu posso não ter grana, mas tenho contatos.

Olho ao redor com um desprezo que não tenho orgulho de relatar.

— Estou vendo.

Marco recolhe o dedo e trava os dentes com raiva.

— Amanhã, no café — diz enquanto começa a andar para trás, no sentido da recepção —, vamos renovar sua estadia. E, Vânia, não estou brincando!

SENTAMOS E CONVERSAMOS... E SAÍMOS TODOS VIVOS

Não me pergunte como consegui dormir depois do que aconteceu nesse último capítulo. A verdade é que meus olhos se fecharam assim que me aconcheguei ao lado da Grazi na cama e só voltaram a se abrir agora pela manhã. Ela acorda com fome e bate uma mãozinha no meu rosto enquanto choraminga pela mamadeira. Inspiro fundo, me espreguiço um pouco e então incorporo um "monstrinho cor-de-rosa" que morde a mãozinha dela com barulhos exagerados de ronco e mastigação. A gargalhada de bebê ecoa pelo quarto, deliciosa e contagiante. Eu a deixo entretida na cama com a boneca de pano enquanto me arrumo para descermos para o café.

Depois, sigo pelo corredor devagar, no ritmo da minha filha. Ainda não chegamos à recepção quando percebo que Marco Remi já está de pé, debruçado no computador e engajado em uma conversa um tanto acalorada com a Cris. Diminuo os passos sem a menor pressa de encontrá-lo de novo.

— Não, Marquinho. Não tem como.

A mulher tem um pequeno coque no topo da cabeça e alguns fios cor de cobre se misturando aos grisalhos. Batucando no balcão com uma caneta, ela mal encara o chefe nos olhos.

— Vai ter que dar.

— Mas é verão.

Ele fecha a mão em punho com uma cara severa.

— Desmarque, não me importo.

— Menino, a gente não pode arriscar um processo!

— E o que você sugere que eu faça? — pergunta ele entredentes.

Ela dá de ombros e ergue o olhar com uma sobrancelha arqueada. Posso jurar que há uma curva debochada em um dos cantos dos lábios.

— Que tal a sua casa?

— Você está louca, mulher.

Bem nessa hora, Graziela decide que se cansou da brincadeira de andar de fininho, e todo o meu esforço para ser discreta vai pelo ralo quando ela dá um grito. Os dois olham para nós ao mesmo tempo enquanto Grazi corre para o balcão fazendo barulhinhos com a boca. Eu abaixo a cabeça, envergonhada, e vou atrás dela.

— Bom dia — digo com um aceno inocente, como se não tivesse escutado nada, e seguro a mão da minha subitamente tímida garotinha.

O rosto de Marco se transforma no mesmo instante. Embaixo dos novos sulcos de insônia que marcam a área ao redor dos olhos dele, nasce a sombra de um sorriso enigmático; alguma coisa entre animação e medo. Meio atrapalhado, ele contorna o balcão e se aproxima de Graziela com expectativa.

— Oi, gracinha. Você dormiu bem? — Ela faz que sim com a cabeça. — Quer tomar café da manhã com o... tio?

Faço uma careta interrogativa e o homem dá de ombros, irritado.

— *Quéio mamazinho.* — Grazi faz bico enquanto tenta se esconder atrás da minha perna.

Abaixo-me o bastante para afastar um pequeno cacho da frente do olho dela.

— Vamos, meu amor, a mamãe vai preparar o seu *mamazinho.* — Então ergo os olhos com sarcasmo para Marco. — Você vem com a gente, tio?

— É claro — ele resmunga, mal-humorado. Depois de atravessarmos o saguão, Marco se inclina e sussurra: — O que você queria que eu dissesse?

É a minha vez de dar de ombros e eu nem achei que a oportunidade viria tão depressa. Eu o deixo sem resposta até chegarmos ao salão do café. Não vou dizer em voz alta que essa falta de tato é uma forte evidência de que ele não tem outros filhos.

Aproveito o momento à mesa para deixá-los sozinhos por alguns segundos enquanto coloco um pouco de água e leite em pó na mamadeira. É difícil imaginar que alguém consiga se comunicar com ela sem a minha presença ao lado para fazer a tradução do *grazielês*, mas, julgando pela forma como Marco gesticula e Grazi tagarela, ele parece estar se saindo muito bem. Sacudo a mamadeira até a mistura ficar homogênea e a deposito em uma pequena bandeja junto a uma banana e três pãezinhos de queijo.

Ao retornar para a mesa, Marco analisa o desjejum com curiosidade.

— É disso que uma criança de dois anos se alimenta — espeto.

Ele afunila os olhos sem qualquer resquício de humor.

— Tenho sobrinhos — diz, encerrando nossa curta interação ao voltar-se para Grazi com uma cara de impressionado. — Uau, você vai comer tudo isso?

— Aham. — Ela abre um sorriso e leva a mamadeira até a boca. — Tudo *ixo*.

Aproveito a deixa para me servir também, e Marco não faz menção de sair da mesa mesmo quando eu retorno com a minha bandeja. Assim, ficamos os três sentados, em um constrangimento que nossa filha ignora, até que decido quebrar o silêncio.

— Filha, você sabe quem é esse moço?

— *Maco* — ela dispara.

Ele sorri do outro lado da mesa, orgulhoso.

— Isso mesmo, o Marco é o seu papai.

O homem arregala um pouco os olhos e me lança um olhar inseguro. Aperto os lábios tentando transmitir alguma tranquilidade e, bem, a julgar pela tensão que parece se desfazer nos ombros dele quando enfim relaxa a postura na cadeira, parece ter funcionado. Um pouco.

Grazi o encara com atenção. Marco se remexe, esboçando um sorriso curto e apavorado. Minha filha sorri de volta e leva uma mãozinha até a dele. Não tenho certeza de quanto sentido essa palavra faz para ela, mas o momento é, de algum modo, sublime. Os olhos dele ficam marejados enquanto articula um "oi" inaudível. Grazi afaga a mão do pai como costuma fazer com a boneca e ele se controla para não chorar. É como se, mesmo depois de todo esse momento juntos, estivessem se vendo pela primeira vez.

Desvio os olhos para os pés. De repente, sou tomada pelo embaraço da posição de espectadora de um momento que eu mesma adiei.

— Uma semana — diz Marco.

Ergo a cabeça, surpresa. Grazi volta a atenção para a mamadeira e ele me encara com o rosto sério. Uso a xícara de café para não ter que responder de imediato.

— Acho que não estou pedindo muito. Estou?

Faço que não com a cabeça.

— Acho que posso dar um jeito — sussurro.

Ele assente e olha para a janela. Ao virar o rosto, noto a mandíbula travada. Se aprendi uma coisa depois de ter uma criança, foi a necessidade de conter certos impulsos na frente dela. Não sou capaz de dizer se Marco gostaria de gritar comigo, ou quanto ele passou a me odiar nas últimas vinte e quatro horas, mas tenho plena certeza de que a última coisa que ele gostaria de fazer nesse momento é sentar nesta mesa e ter uma conversa amigável.

— Obrigado — ele diz após um curto silêncio.

Bem nesse instante, Grazi me entrega a banana e eu me concentro em descascar para ela, grata pela interrupção. Devolvo o fruto descascado e volto a tomar meu café.

Marco Remi finalmente se levanta, pede licença com polidez e some pelos próximos minutos. Quando retorna, já finalizamos a refeição e ele decide nos acompanhar até a entrada do quarto.

— Eu gostaria de passar um tempo com ela. Você acha que é cedo demais?

— Acho, ela não reagiria bem. — Marco não questiona, só abaixa o olhar de um jeito triste. — Mas posso intermediar isso até que ela se sinta confortável com você.

E que eu me sinta confortável com isso.

— Sério?

A surpresa dele é quase uma ofensa.

— É claro.

— Eu agradeço. — E, vagando o olhar entre nós duas, sugere: — Podemos dar uma volta? Conheço um lugar que ela vai gostar.

— Claro. Eu só preciso escovar os dentes e passar um protetor solar.

— Combinado, então. — Com um aceno rápido de cabeça, ele dá as costas para sair.

— Marco? — chamo, fazendo-o voltar-se na minha direção. — Eu não sou sua inimiga. Sabe disso, não é?

O silêncio se arrasta por alguns segundos enquanto ele evita o contato visual.

— Eu entendo. Entendo mesmo, mas... não consigo sentir simpatia por você agora. Só... — Ele se interrompe e expira de um jeito brusco. — Não dá.

A honestidade dos olhos cristalinos e a suavidade da voz não amortecem o golpe que as palavras me fazem sentir.

Engulo em seco. Ele solta um suspiro.

— Me dê um tempo, está bem? Eu só preciso de tempo.

Então vira as costas e vai embora. Fecho a porta do quarto, apoiando o corpo contra ela, e me pergunto se todo o tempo do mundo vai bastar.

* * *

Se você parar para pensar, Marco Remi está aceitando tudo isso relativamente bem. Melhor do que eu havia calculado, pelo menos. Quero dizer, o homem me odeia, é óbvio, e posso ver cada músculo do corpo dele se esforçar para ser cordial comigo. Mas, fala sério, para o bem ou para o mal, esse pequeno detalhe já era esperado.

O meu maior alívio é que ele tem sido gentil com a Grazi e demonstra interesse real em conhecê-la — muito diferente do meu pai comigo.

Há alguns meses, quando tomei essa decisão, eu não fazia ideia de se ele ia aceitar ou rejeitar a paternidade, se teria atitudes rudes ou cruéis e como eu acabaria reagindo a isso. Minha única certeza era de que não seria fácil. Por isso, quando aceitei o fato de que precisava contar a verdade, busquei ajuda onde apenas em um passado recente havia aprendido a buscar. Ali, encontrei refúgio e coragem.

E é também por isso que agora, enquanto estamos sentados lado a lado em um banco de praça, observando nossa filha correr com outras crianças, me pergunto que tipo de pessoa ele é. Quero dizer, por mais curta que tenha sido nossa relação, ele não parece ser o mesmo homem que conheci há alguns anos. Nem estou falando da aparência, o que já bastaria para validar a frase; mas, de algum modo, ele parece mais adulto, responsável e comedido.

Mas esse tipo de mudança notável, cuja origem não se pode apontar de um jeito simples, faz a gente levantar questionamentos. Se o rumo que a vida dele levou nos últimos anos foi o fator determinante para torná-lo uma pessoa mais evoluída ou se o que reflete tal postura é um reflexo da mesma coisa que controla o meu temperamento.

— Posso perguntar uma coisa? — Ele vira o rosto para mim.

Assinto com um movimento discreto e devolvo para Grazi o aceno que ela faz.

— Por que você resolveu que seria uma boa ideia esconder isso de mim?

Ele me encara em expectativa. As duas lindas poças estão brilhando sob o sol, cheias de raiva e mágoa. Engulo em seco e, vencida pela minha própria culpa, desvio os olhos.

— Não é uma história curta.

Ele cruza os braços e afasta o corpo para trás, recostando-se no banco.

— Tirei o dia de folga, então...

Solto um suspiro e abro a boca para respondê-lo, mas, bem nessa hora, vejo Grazi se aproximar de duas crianças mais velhas que se balançam, e estico o corpo para a frente.

— Cuidado com o balanço, filha!

Marco se remexe do meu lado.

— Quer que eu...?

— Não — digo, agitando a mão. — Tudo bem, ela vai ficar bem.

Observo Grazi se afastar até uma inofensiva casinha de madeira. Em um movimento quase imperceptível, os ombros de Marco relaxam e ele se acomoda de novo no lugar.

— Sabe, eu... — começo a falar, ainda de olho na nossa filha. — Foi difícil absorver a notícia, no começo.

— A gente se falou uma vez — ele me interrompe. — Alguns meses depois, por telefone. Você queria me encontrar e eu disse que já estava com alguém. Foi naquele dia?

Ainda me lembro da abrupta vergonha que senti ao perceber que aquela noite havia sido para ele o que todas as outras costumavam ser para mim.

— Eu ainda não sabia.

— Mas já estava bem adiantada. — Ele cruza os braços.

— E você entende alguma coisa sobre gravidez? — disparo, irritada com a desconfiança dele. — Por acaso tem outros filhos?

Marco meneia a cabeça e desvia o olhar na direção do parquinho.

— Disse que tenho sobrinhos. E, até onde eu sei, não é necessário entender de gravidez para saber fazer conta. Basta ter frequentado o Ensino Fundamental.

Arqueio as sobrancelhas com a acidez da resposta.

— Nossa! Então tá, você não tem filhos. — Levanto as mãos na defensiva.

— Não — ele confirma e, em seguida, pondera como se estivesse decidindo se gostaria de completar a frase. — Não posso.

Paraliso, a não ser por um bater involuntário de pestanas.

— O quê?!

Marco solta um suspiro irritado antes de voltar a me encarar.

— Filhos, Vânia. Eu não posso mais ter filhos. — Então vira o pescoço de novo na direção em que Grazi está brincando e permanece com o rosto sério, impassível.

Eu continuo olhando para ele, embasbacada.

— Você ia dizendo... — Marco deixa a frase no ar, para que eu continue.

— Hã... — gaguejo, sem dar conta de concluir a frase.

Ele não pode ser pai? Não *quer* ser pai?

— Só termine a história, por favor.

— Minha... hã, você sabe, menstruação nunca foi regular, então eu não percebi que estava atrasada. E como usamos preservativo...

Será que fez vasectomia? Tem algum problema físico que não percebi?

— Não acho que usamos preservativo o tempo todo.

Engulo em seco.

— É verdade, mas... — *Desde quando ele não pode ter filhos? Meu Deus. Será que está duvidando de mim?* — Mas na maior parte do... hã... tempo e... você sabe... a gente nunca acredita que essas coisas podem mesmo acontecer.

Ele assente, inexpressivo.

— E a última vez que eu... — solto um pigarro, sentindo o rosto corar — estive com outra pessoa antes de você, bem, não era tão recente, e depois... — me interrompo, envergonhada.

— Depois? — Marco incentiva.

— Não consegui encontrar alguém interessante com quem eu quisesse estar — assumo, mas sinto que estou dando voltas infinitas, então sacudo a cabeça e vou direto ao ponto. Isto é, se *direto* quer dizer dar voltas e mais voltas. — Se você quiser um teste de DNA, eu vou entender perfeitamente, mas é claro que eu não viria até aqui se não tivesse certeza.

— Eu quero — ele dispara. — Essa é minha única chance de ser pai, não posso arriscar.

— Entendo.

Que ele não pode confiar em uma quase desconhecida que mentiu por uns três anos.

— Você ainda não disse por que resolveu guardar segredo.

O tom dele é brando, sem os espinhos que tem lançado desde que descobriu a verdade. Ainda assim, meu coração se sente confrontado com a pergunta. Umedeço os lábios, nervosa, e acabo voltando aos rodeios.

— Eu percebi algumas mudanças nos meus hábitos. Um cansaço excessivo ao correr pela manhã e a falta de ar que não me deixava completar frases. Então achei que tinha pegado também.

Marco parece confuso por um instante.

— Covid?

Faço que sim com a cabeça.

— O que me levou a um consultório médico, a fazer exames, e o desfecho você já sabe.

— Quando foi isso?

— Meados de março. Eu estava com doze semanas.

— Três meses de gravidez — reflete com um vinco na testa. — Você não tinha barriga?

— Quase nada. Achei que só estava ganhando peso. Ansiedade da pandemia, sei lá. E ela demorou um pouco para aparecer.

O homem se debruça para a frente e, apoiando os cotovelos nas pernas, cruza as mãos. O rosto alterna entre mim e o parquinho.

— E então? Por que agora? Por que não antes?

Aperto os lábios. É difícil compreender qual é o motivo da mágoa quando há uma janela de possibilidades que varia do fato de "não ter contado antes" até "não ter escondido para sempre".

— É aí que a coisa fica longa, Marco.

E o silêncio dele me faz soltar um suspiro.

* * *

— Era março de 2020 e, como você pode imaginar, estávamos todos em estado de pânico diante do cenário apocalíptico do século. Jô e eu havíamos acabado de ser notificadas de que precisaríamos fechar a filial do Rio por no mínimo duas semanas devido ao aumento no número de pessoas infectadas pela covid-19.

"Mesmo com todos os alertas, aquele foi o dia em que a pandemia realmente se tornou real para nós. Conseguimos manter a equipe conosco em outros canais, até que a coisa se estendeu para além das semanas prometidas e a nossa filial, recém-inaugurada, se tornou insustentável. Tivemos que fechar as portas definitivamente e reduzimos nosso negócio para as vendas on-line e a loja de São Paulo.

"Então voltei à minha cidade natal, enquanto a Jô continuou no Rio. Quando os sintomas começaram, temi a doença só por algumas horas, até ser hospitalizada e descobrir que, na verdade, havia uma vida se formando dentro de mim.

"O tempo de gestação, meu histórico menstrual e, mais tarde, o fenótipo do bebê a quem dei à luz, tudo era informação o bastante para definir a quem a paternidade pertencia. Mas eu achava que precisava ignorar tudo aquilo porque já sabia onde iria dar. Você estava comprometido, praticamente casado. E eu já tinha vivido aquilo antes. Eu já tinha sido aquele bebê.

"Durante a gestação, a cada semana, a tensão e o medo eram pungentes. Era como uma roleta-russa. Alguns adoeceram e se recuperaram. Outros nem sequer manifestaram sintomas. Pessoas próximas partiram. Colegas de trabalho, funcionários muito jovens, minha avó materna. Tudo isso, de certa forma, me deu uma perspectiva diferente do que estava acontecendo dentro de mim. Tanta devastação e morte ao redor me fizeram perceber aquela nova vida muitíssimo valiosa. Eu havia me apegado a ela pela forma como se comunicava comigo, e cada mexida embalada pelo ritmo de uma das nossas músicas preferidas me faziam acreditar que ela havia se apegado a mim também. Eu não podia deixar que minha filha passasse pelo que passei."

— Você mencionou que já foi aquele bebê. — Marco faz uma pausa na nossa caminhada de volta à pousada. — Mas podia ter me dado a chance.

Estamos em um campinho aberto e Grazi saltita com liberdade na nossa frente enquanto brinca com um balão de gás hélio no formato de cachorro que amarramos no pulso dela para que não saísse voando por aí.

— Uma chance de provar que eu não seria como o seu pai. Sei que é dele que você estava falando.

Viro a cabeça para encará-lo. Preciso admitir que fico um pouco impressionada com o fato de ele se lembrar de uma história que contei quando mal nos conhecíamos e enquanto estávamos bêbados.

— Isso não torna a história justa — Marco continua. A mágoa ainda marca a face dele, mas a raiva parece ter dado lugar à tristeza. — É a minha filha. A minha história, Vânia, não a dele. Não fui eu que fiz aquilo com você.

— Eu não queria correr o risco, sabe? — Esmago uma folhinha seca, que estala sob a sandália.

Marco meneia a cabeça.

— Mas que risco?

— De reviver um pesadelo. Você ia se casar! Era um homem rico e bonito. — As sobrancelhas dele se movem discretamente. — *Assim* como o meu pai. Eu coloquei na cabeça que, se a decisão era minha, então você não tinha que saber. Eu não precisava de você e minha criança não precisaria.

— Decisão?

Ergo os olhos para Graziela com o coração apertado. Ele acompanha o olhar em silêncio. Dou um passo para ficar mais perto de Marco e ele trava os dentes, esperando pelo que vou dizer com os olhos fixos nos meus.

— Olha, Marco, eu não acho que estava certa. Pelo menos agora *sei* que não estava. E não teria vindo se não achasse que preciso me desculpar. Eu sinto muito.

Ele entreabre os lábios e deixa escapar um suspiro desacreditado.

— Grazi! — grito de repente e apresso os passos para diminuir os metros que nos separam. — Fica perto, filha.

O cachorro inflável dança no ar quando a puxo pela mão de volta para o lugar onde Marco está imóvel e surpreso.

— Você está arrependida?

Suspiro. Achei que ter contado a história toda tinha deixado isso óbvio.

— Sei que te devo desculpas — repito — e sei que não é o suficiente, mas não posso voltar no tempo. Pedir perdão é tudo o que me resta.

Sinto a garganta doer e pisco para me manter aqui, no presente. Não posso deixar que as memórias me arrastem de volta ao passado.

— Vânia.

— Sim?

— Por que mudou de ideia? — Ele solta uma risada sardônica. — Foi porque minha família faliu? De repente eu não era mais como o seu pai, é isso?

Meneio a cabeça com a sobrancelha encolhida.

— Não tem nada a ver.

— Então o quê?

Um sorriso involuntário curva o canto dos meus lábios.

— Eu fui adotada, Marco. Agora conheço o amor de um pai.

QUANDO SÓ TEM UMA CAMA, MAS A MOCINHA É CRENTE E VOCÊ FICA CONFUSO

Se eu fosse onisciente ou, pelo menos, ainda estivesse contando esta história do futuro, seria bem mais fácil presumir o que está passando pela cabeça de Marco Remi neste momento.

Como não é o caso, só me resta criar teorias sobre a mudança súbita de comportamento. É como se o meu pedido de desculpas tivesse apagado o furor que ardia nele desde que joguei a informação da paternidade. É estranho, mas não posso reclamar.

Veja bem, chegamos à pousada na hora do que seria o meu check-out e ele está curiosamente animado, como se ontem mesmo não estivéssemos em pé de guerra como inimigos mortais. Ele contorna o balcão para cochichar alguma coisa no ouvido de quem um crachá dourado me apresenta como Ana. As bochechas da *dita-cuja* coram à menção de seja lá o que ele diz e ela desvia o olhar para mim ao soltar uma risadinha.

Franzo o cenho ao observar a cena enquanto Grazi, já familiarizada, corre pelo lugar.

Não é exatamente ciúmes o sentimento que me acomete. Por favor, não sou assim tão patética — e já cheguei aos trinta, caso você não tenha feito as contas. Além disso, o homem é casado, pelo amor de Deus! Se existe uma coisa que eu sempre — sempre — vou respeitar, é um laço matrimonial.

Mas o que raios a faria sorrir desse jeito? Teria a piadinha sido ao meu respeito? Ana é bonita e muito educada, o que não me dá muita liberdade criativa para falar sobre ela. Exceto, talvez, pelos pés. É brincadeira. Sério mesmo que você me acha assim tão superficial?

Aqui entre nós, a garota é meio nova para ele. Isso me leva a pensar em como a versão rica de Marco Remi não poderia ter sido mais clichê ao escolher uma garotinha de, sei lá, uns vinte anos como noiva.

— Aqui, senhor — ela diz, de repente, apontando para a tela do computador.

Essas palavras fazem o meu rosto aquecer de súbito. Quero dizer, se... nhor? Bem, a não ser que o pai da minha filha tenha gostos bastante peculiares, não acho que faria a própria mulher chamá-lo com essa formalidade toda, ainda que trabalhassem juntos.

Ai, eu sou mesmo um desastre.

Tento agir com naturalidade, virando o rosto para fingir analisar a pintura na parede com três pescadores retratados como se fossem feitos de pedra, mas, quando desvio os olhos para os dois, noto que ele prende o riso.

— O que foi? — sussurro com rispidez.

Marco retorce a boca e deixa escapar um brilho divertido dos olhos.

— Ana é um nome bem comum.

— Como é? — A moça desvia o foco do computador pela primeira vez.

Ele comprime os lábios e leva uma mão até o ombro dela.

— Nada, não, Aninha. Nada, não. — A garota se encolhe e nos entreolha com desconfiança. Marco solta um pigarro nervoso. — Conseguiu resolver?

— Ainda não. Está difícil, chefe.

— Droga — ele murmura. — Mas que droga!

— Não! — Grazi grita de onde está e vem correndo, agitando os braços.

Marco arregala os olhos.

— O que foi, meu bem?

— Titio Maco falou coisa feia! — Grazi diz com uma cara zangada e o dedo em riste, e eu tenho que morder os lábios para segurar o sorriso, porque ela fica a cara dele quando está assim, bravinha.

Marco se vira para mim com um pedido de socorro silencioso. Quem está rindo agora? Eu, por dentro, é claro.

— Filha — suspiro, paciente —, ele não é titio Marco. É o papai, lembra?

— Mas, mamãe — Grazi abaixa o tom de voz, meio confidente —, ele falou coisa feia!

— Ela está certa. — Marco abre os braços em rendição e se abaixa diante da nossa filha para olhá-la nos olhos. — Você está certa. Perdoe o... Me perdoe, Graziela.

— Não pode falar *dóga, titio-papai*!

Ele deixa a cabeça pender para a frente com um riso escapando pelo nariz, então beija dois dedos e os ergue na altura dos olhos dela.

— Não vai mais acontecer.

Grazi copia o movimento e volta a correr, outra vez se entretendo com a própria imaginação.

— Parece que alguém ficou confusa com aquela história de tio. Quem diria... — provoco com um balançar de cabeça.

Marco afunila os olhos para mim.

— Vamos esclarecer as coisas para ela depois do exame, assim não vou precisar ficar medindo as palavras.

Sinto um pequeno incômodo despontar no peito. Não que seja uma grande surpresa. Já falamos sobre esse assunto e, dos problemas esperados, exigir a confirmação da paternidade é de longe o menor.

— Podemos fazer isso hoje — digo de queixo empinado. — Tem um laboratório em Cabo Frio, eu já entrei em contato.

Marco assente.

— De acordo.

— Obrigada.

Suspiro aliviada por poder resolver isso logo. Marco morde o lábio e me encara como se hesitasse em dizer alguma coisa. Junto as sobrancelhas aguardando o que vem a seguir.

— É o que eu quero também, mas... — ele diz.

— Mas?

— A gente precisa resolver a hospedagem de vocês primeiro.

É quando Ana interrompe.

— Chefe, sobre isso... não vai ter jeito, não. A Cris tava certa.

Os dois me encaram.

— Como assim? Isso quer dizer o quê?

— Quer dizer — Marco solta, encolhendo os ombros — que vocês vão ter que ficar comigo, em casa.

* * *

Nos fundos da pousada, depois da área da piscina, há um típico muro de pedras coberto por uma planta trepadeira. Nele, um portãozinho amadeirado separa o estabelecimento da casa de Marco Remi.

O lugar é quase uma pequena chácara. Tem um quintal verdinho, com — não estou exagerando — muitas plantas frutíferas. Há um cajueiro em plena produção, algumas acerolas que colorem a grama ao redor de um pé ostentosamente carregado, o tronco de uma pequena árvore sendo arroxeado por jabuticabas e a enorme copa de uma mangueira repleta de esferas verdes prontas para amadurecer. Tudo isso distribuído de maneira graciosa em uma bela porção de metros quadrados.

Marco arrasta nossa mala por uma calçadinha feita de pedras até a varanda. Estende os braços de modo dramático e sussurra alguma coisa sobre nos sentirmos em casa. Não é uma tarefa fácil, considerando que eu nem queria estar aqui. E com certeza jamais tive uma casa com tanto cheiro de ar puro. Transfiro uma garotinha semiadormecida para os braços do pai e os acompanho sala adentro, até ele aconchegá-la no sofá. Depois, Marco e eu fazemos uma barreira de almofadas ao redor da Grazi e nos esquivamos nas pontas dos pés de volta para a área externa.

Outra vez na varanda, me acomodo em uma espécie de cadeira de balanço trançada que pende do teto. Brinco de me empurrar para frente e para trás enquanto Marco me observa, encostando-se na parede com as mãos atrás do corpo.

— Então… esse é o meu lar — ele diz de um jeito acanhado, e descubro que Marco Remi fica muito fofo tímido.

— É muito bonito.

— Você está ok mesmo com isso, né?

Se eu preferia continuar no quarto onze e manter minha privacidade? Sim. Se gostaria muito, muito mesmo, de estar agora em um avião que me levasse de volta para a minha querida casa? Com certeza. Mas é lógico que não é isso que escolho responder. Claro que não. A minha escolha é sempre dar a pior resposta possível.

— Claro. O que é que tem? Não é como se você tivesse só uma cama em casa, ué.

Marco pestaneja.

— Eu, com certeza, só tenho uma cama.

Um ronco nervoso escapa pelo meu nariz. Sinto as bochechas esquentarem.

— Bom, pelo menos não há só dois de nós — brinco ao apontar com a cabeça na direção da sala onde Grazi dorme.

— Vocês duas podem dividir a cama — diz ele, passando a mão pelo cabelo enquanto anda de um jeito nervoso pelo cômodo. — Eu tenho aquele sofá largo, um tapete felpudo e um colchão de acampamento, posso até escolher.

Meu Deus, não sei como acabei me enfiando nessa situação, mas preciso ser positiva e me concentrar na trégua que ele está se esforçando em manter.

— Padrão Remi de hospedagem — solto sem conseguir evitar o sarcasmo. Marco me encara com um quê de surpresa. — Cedo demais?

— Com certeza. — Ele pisca e tenta segurar o riso. — Quer que eu leve sua mala para o quarto?

— Sim, obrigada. Entro em um segundo.

Ele pega minha bagagem e entra na casa. É impressionante como Marco não parece nada desconfortável com a situação, mas noto o brilho nos olhos dele com o qual eu também não estava contando.

Respiro fundo quando me encontro sozinha no quintal, convencendo a mim mesma de que não há nada de tão catastrófico em ficar hospedada na casa de um homem que mal conheço. Bem, considerando que o homem em questão é o pai da minha filha e que estamos todos nessa situação embaraçosa porque, um dia, no auge da minha brilhante sabedoria, achei que ele não precisava saber da existência dela.

Pego meu celular e aviso a Jô sobre meu paradeiro. Depois, envio uma mensagem para a gerente da Fada do Brilhante e algumas outras para os funcionários da minha casa. Algum tempo depois, quando Marco retorna, estou sorrindo para uma foto que acabo de receber.

— Quanto demora um segundo em São Paulo?

Sinto o rosto esquentar com o flagrante e me levanto rápido, escondendo o celular em reflexo.

— Desculpa — digo sem compreender o impulso bobo pelo qual acabo de ser tomada. — Acabei me distraindo.

— Alguém estava esperando notícias?

A indiscrição me faz arquear as sobrancelhas.

— Hã... Sim, minha *pet sitter*, na verdade. — Então viro para ele a tela do telefone com uma imagem íntima do Sr. Tumnus, que agora mora comigo, usando a caixinha de areia.

Ele leva a mão à testa.

— Como eu posso ter me esquecido dessa sua peculiaridade?

Cruzo os braços.

— Peculiaridade?

— Mãe de pet, lembra?

Ai, caramba. O sorriso travesso que ele exibe o deixa muito, muito charmoso, e tenho que fazer um esforço adicional para ser menos besta enquanto forço um riso de escárnio. Decido entrar na casa sem responder, mas, quando passo por ele, não consigo resistir ao impulso de desferir um leve soquinho no braço.

Marco se encolhe e solta uma risada baixinha, depois aponta para dentro da casa, para onde me conduz com gentileza e apoia a mão na minha lombar.

Ao passarmos pela sala, aproveito para dar uma espiada em nossa filha, que continua adormecida na mesma posição.

— O que aconteceu com a outra? — Marco pergunta assim que chegamos ao quarto. — A cachorrinha, sabe? Como se chamava mesmo?

— Galadriel! — Giro os calcanhares para olhar para ele. Posso apostar que meus olhos faiscaram com a lembrança. — Você lembrou dela!

Faço um biquinho e Marco desvia os olhos para os pés. A atitude me torna introspectiva no mesmo instante.

— Hã... Ela já era velhinha naquela época.

Marco arregala os olhos.

— Ah, caramba! Desculpa.

Sacudo uma mão no ar.

— Ah, não. Tá tudo bem. Eu gosto de me lembrar dela.

Parado à porta, Marco assente de um jeito mecânico e desconfortável. Eu o observo com curiosidade, tentando interpretar toda essa estranheza.

— Eu vou — ele aponta para o corredor — deixar você se acomodar.

— Tá bom.

— Fica à vontade — diz coçando a cabeça.

Eu franzo o cenho e assinto em concordância.

Continuo parada mesmo vários segundos depois de ficar sozinha no cômodo. Olho ao redor, para o ambiente tipicamente masculino que me cerca. A mobília escura contrastando com as paredes brancas. No canto direito, uma estante com alguns livros bagunçados. No esquerdo, do lado da porta, uma escrivaninha. Eu me aproximo do móvel devagar e deixo os dedos deslizarem pelos objetos que o adornam. Minha mão passa pelo notebook metálico, pelo mouse que descansa ao lado dele, por um porta-lápis preto e um apontador de mesa. A composição se torna curiosa com a presença inusitada de uma vela que me faz juntar as sobrancelhas. Especialmente porque não é uma vela qualquer, mas uma daquelas aromáticas, sabe?

Ergo-a na frente dos olhos. Aroma de sândalo. Tá aí uma coisa que eu nunca imaginei que Marco teria em casa. Poderia muito bem ser apenas um presente daqueles que a pessoa nunca usa, mas o fato de a cera estar pela metade descarta a hipótese. Solto um riso baixinho e olho por cima dos ombros, para garantir que ele não está me vendo, antes de girar a tampa. Percebo que ela tem o cheiro do meu quarto na Pousada Laguna. Na mesma hora, compreendo que esse perfume me fará lembrar do que estou vivendo hoje pelo resto dos meus dias na Terra. Sempre que sentir cheiro de sândalo, voltarei para esta pousada e esses primeiros dias. Coloco a vela de volta no lugar e, por fim, toco a capa de couro de um livro repousado na escrivaninha. Sinto o relevo das letras douradas contra a pele dos meus dedos onde está gravado *Bíblia Sagrada*.

Então ele tem uma Bíblia. Será que isso significa alguma coisa para ele ou está aqui só para constar, como nos quartos dos hotéis Remi? Mordo os lábios. O que Deus andou fazendo conosco durante os últimos dois anos?

Escuto Marco pigarrear ao longe e isso me faz atravessar o corredor pé ante pé de volta à sala onde Grazi adormece. A alguns metros de distância, em uma poltrona verde de couro, o pai dela a observa em silêncio.

Ele tem um braço cruzado na frente do corpo e cobre a boca com uma das mãos. Os pés estão suspensos, apoiados sobre a mesa de centro. Ele pestaneja quando me vê e insinua que vai se levantar, mas um resmungo de Grazi nos faz virar as cabeças na direção dela. Marco, em reflexo, volta lentamente para a posição em que estava há dez segundos.

Caminho até ela, que já está com os olhos semiabertos e ameaça um choro. Eu a conforto no meu colo enquanto sinto os olhos do nosso anfitrião sobre nós.

— Podemos ir agora, se você quiser — sussurro conforme ela se aconchega mais no meu ombro.

No mesmo segundo, Marco se levanta batendo as mãos na calça.

— Vou pegar o carro.

UM TESTE DE PATERNIDADE CUJO RESULTADO NÃO MUDA NADA NA HISTÓRIA

Se você tem curiosidade para saber como funciona o teste de paternidade, saiba que existe toda uma burocracia por parte do laboratório. Nada injustificável, afinal, um exame como esses é, no mínimo, o que podemos chamar de tenso. Mas imagino que, quando Marco mencionou que esclareceríamos as coisas em breve, ele não estava contando que não seria tão breve assim.

Quando chegamos ao local, uma funcionária nos entrega uma série de papéis que precisam ser assinados, recolhe nossos documentos e faz um bocado de perguntas. Eu também preciso assinar, mesmo que não participe do experimento. Nesse caso, autorizando que recolham o sangue da Grazi.

A funcionária reúne toda a papelada e passa algum tempo analisando as informações. Em seguida, nos envia para uma sala onde há duas mulheres. Uma é a responsável por fazer a coleta, a outra serve apenas como testemunha.

O exame é lacrado na nossa frente, todos assinam a documentação e, enfim, nos pedem para aguardar o resultado por no mínimo trinta dias. Trinta. Dias.

Tentamos argumentar que não teremos tanto tempo, mas pelo visto não é um processo negociável. Posso imaginar que não sejamos as únicas pessoas no mundo ansiosas para esse tipo de resultado, mas trinta dias? Como Marco Remi vai aguentar trinta dias para descobrir se a quase desconhecida do passado dele, que simplesmente apareceu na porta da pousada com uma criança no colo, está dizendo a verdade? Como *eu* vou viver todo esse tempo tendo a palavra questionada?

Marco faz todo o trajeto de volta para casa calado. Vez ou outra, estala o pescoço e balança uma perna sempre que para em um sinal. Eu fico no banco de trás, ao lado da Grazi, já que algumas lágrimas foram derramadas no processo da coleta de sangue. Depois de darmos algumas voltas no quarteirão, embalados pelo som de uma ou outra canção de ninar, ela finalmente entra em um cochilo.

O que não dura muito tempo. Tão logo estacionamos no quintal do Marco, Graziela abre os olhos, tomada por alguma extraordinária vontade de pular e dançar algumas das musiquinhas que aprendeu com a babá. O drama com a agulha foi esquecido e, pelas próximas horas, tudo o que Marco e eu conseguimos fazer é tentar mantê-la viva, entretida e feliz.

Durante esse tempo, no curto intervalo de uma troca de olhar, sinto o quanto Marco está desesperado para conversar. Ele, com certeza, sabe que Grazi e eu não podemos ficar por aqui durante todo o tempo de espera do exame, mas já é quase meia-noite quando consigo fazer nossa filha adormecer. Em um acordo silencioso, Marco beija a bochecha da Grazi e desce as escadas, enquanto eu fecho os olhos, deitada ao lado dela, sem forças até para colocar o pijama. Com sorte, a noite agitada deverá prolongar o sono da criança no dia seguinte e então poderemos ter, enfim, a urgente conversa.

❄ ❄ ❄

Desperto por volta das sete, como de praxe. Mas, quebrando o costume, sem uma mãozinha na minha cara. Viro a cabeça para a direita. Grazi continua em um sono pesado. Coloco alguns travesseiros ao redor dela na cama e arrasto os pés para me obrigar a lavar o rosto. Antes que eles alcancem o piso do banheiro, porém, sinto o cheiro de café vindo do corredor. Escovo os dentes depressa para seguir o aroma até a cozinha.

Meus pés interrompem o movimento e eu levo uma mão ao peito ao me deparar com a cena inusitada. Comovente, quase. Veja bem, há uma fumaça aromática saindo da cafeteira, mas a verdadeira beleza está na figura debruçada sobre o balcão de mármore. As mãos cruzadas apoiam a cabeça, e os cotovelos repousam na mesa ao redor da Bíblia que ontem mesmo toquei no quarto. Uma melodia serena vem do celular dele.

Tento dar um passo para trás bem na hora em que Marco abre os olhos azuis translúcidos.

— Desculpa — digo com as bochechas quentes. Será que minha surpresa foi sonora? Não queria atrapalhar o momento, mas perguntas fervilhavam na minha cabeça. Então a Bíblia não é só de enfeite? Ele é crente desde quando? De qual igreja?

Marco boceja e se levanta, arrastando a cadeira para trás enquanto tira a Bíblia do balcão.

— Bom dia — diz com a voz meio rouca.

Caminha até a sala para guardá-la em uma estante e volta esfregando o rosto. Marco tem o cabelo desgrenhado, veste camisa branca, shorts de malha e um par de meias cinza. A intimidade da cena me deixa sem graça.

— Tem café fresco, vem tomar um pouco.

Faço que sim com a cabeça e me aproximo do balcão. Depois de me entregar uma xícara, Marco pega outra para si e aponta com a cabeça na direção da sala. Então sentamos cada um em um sofá e ficamos nos encarando em silêncio por alguns segundos.

Eu desvio os olhos primeiro. Em seguida, recolho as pernas e aperto a xícara.

— Então... — começo. — Não tem nenhuma Ana?

Quando ergo os olhos, Marco tem as sobrancelhas arqueadas e uma curva despontando em um dos cantos dos lábios, um misto de surpresa e divertimento. Não sei explicar o motivo, mas isso me deixa irritada.

— Na minha vida, *desse jeito*, não — diz ele.

— Mas você estava noivo. Morando junto, quero dizer.

— Não deu certo.

— O que houve?

— É uma longa história. — Marco solta um suspiro e joga a cabeça para trás. — Mas, em resumo, duramos o quê? Uns quatro meses.

Assinto e bebo um gole de café. A explicação passa longe de me satisfazer, mas talvez isso não seja da minha conta mesmo.

— Depois disso, aconteceu tanta coisa — Marco continua. — Foi uma época esquisita.

— E como você veio parar aqui? — Só depois de falar é que percebo que minhas perguntas já parecem uma sabatina. Viro-me para ele com os olhos arregalados. — Não precisa responder se não quiser.

Mas Marco não parece se importar. Ele estica uma das pernas e apoia os pés sobre a mesa de centro.

— Ah, tudo bem. Eu já tinha a propriedade há algum tempo, mas só resolvi torná-la funcional depois do que aconteceu com a Rede Remi. Muitos acharam que investir em turismo não era a ideia mais inteligente naquele momento, ainda assim eu sabia que devia fazer isso. Vir para cá, começar do zero.

— Faz sentido.

— Eu só não contava que ficaria doente logo que cheguei aqui. E nem foi de covid, mas daquela doença que te falei.

— A que te deixou... hã...

Escondo o rosto atrás da xícara.

— Estéril. — Marco parece surpreso com meu embaraço. — Sim.

Levo uma mão aos lábios.

— Foi uma doença, então? Pensei que tinha sido um acidente.

Ele aperta os olhos.

— Como assim?

— Você sabe. Já que ficou sem...

Marco entreabre a boca, os olhos arregalados.

— Pelo amor de Deus, mulher! Eu não perdi o... — A pele do rosto dele assume o tom de um pimentão. — Credo, estou fisicamente intacto. Eu só não posso gerar filhos.

Sinto minha carne esquentar do colo ao rosto. É provável que eu nunca tenha vivido cena mais absurdamente embaraçosa em toda a minha existência.

— Ah... — solto em um fio de voz.

Ele esfrega o rosto.

— Não estou acreditando nisso, Vânia! É sério que você pensou que eu...?

— Ué! Poderia acontecer.

Marco põe uma mão na testa, meneando a cabeça.

— Acho que não seria um assunto para se falar na pracinha, né?!

Encolho os ombros e repouso minha xícara na mesa de centro.

— Desculpa, caramba. Eu entendi tudo errado. Você ficou doente, então. — Ergo os olhos para ele. — Doente de quê?

Marco tenta disfarçar o sorriso ao olhar para a própria xícara.

— Caxumba! Eu tive caxumba.

— Ah. Entendi.

— Inacreditável — resmunga ele antes de beber um gole de café. — Até me esqueci do que estávamos falando.

— Da Ana que não era a Ana que eu pensava.

Ele solta uma risada sonora e eu acabo torcendo os lábios em um sorrisinho.

— Jura que você achou que me casei com uma adolescente?

Afunilo os olhos.

— Ela não é tão nova assim, não vem com essa.

Marco me olha como se eu fosse maluca.

— Nova demais para mim, faz o favor.

— Como eu poderia saber?

— Ora, deveria ter deduzido que prefiro mulheres mais velhas. Olha só pra gente.

Jogo uma almofada na direção dele, que se encolhe com um sorriso como um garoto travesso.

— Sério, Marco? Só no seu sonho sou mais velha que você.

Ele puxa a almofada para o colo e me fita com o olhar terno de quem já esqueceu a ofensa de poucos minutos atrás.

— Será? — Ele ainda pergunta. — Quantos anos você tem?

— Completo 31 em agosto.

— Não brinca? Eu faço 33.

— Em agosto?!

— Sim, dia 22. E você?

— Dia 27.

— Legal. — Marco coloca a xícara na mesa de centro, ao lado da minha, e volta a se recostar de maneira relaxada no sofá.

Ficamos em silêncio por um instante. Um olhando para o outro.

— O que foi? — pergunta, desconfiado.

— Vamos precisar sincronizar as datas.

— O quê?

— Você sabe, dos aniversários. Para que ela esteja nos dois.

Marco pestaneja e corrige a postura no sofá. De uma hora para a outra, voltou a ter uma expressão séria e compenetrada.

— É... vamos, sim.

Meu telefone vibra de repente e puxo o aparelho do bolso da calça de moletom. Assim que vejo o horário e o nome conhecido na tela, franzo o cenho.

— Que coisa! É a minha gerente, vou ter que atender.

Eu me levanto do sofá e fico andando pela casa enquanto converso com a gerente da minha loja em São Paulo. Ela pede autorização para fazer uma campanha a fim de alavancar as vendas pós-dezembro e, depois de alguns minutos, alinhamos uma estratégia e estipulamos os descontos. Quando retorno, encontro Marco Remi deitado no sofá.

— Sabe aquilo que você me disse? — ele pergunta assim que eu alcanço meu lugar. — Sobre ter sido adotada?

Sorrio. A julgar pela cena a que assisti essa manhã e por todas as pistas no comportamento dele, Marco sabe muito bem o que eu quis dizer com aquilo.

— Sim?

— Você pode me contar como aconteceu?

O DIA EM QUE ME PERDI NO METRÔ

É mais fácil compreender o que uma patricinha de 29 anos estava fazendo em uma estação de metrô no período pós-pandemia quando se tem a informação de que o metrô em questão ficava em Nova York.

Eu estava agasalhada dos pés à cabeça, de tal maneira que poucas coisas além do nariz ficaram descobertas. E isso só porque eu havia tirado a máscara para tentar me aquecer com um pouco do café que, lógico, tinha comprado em uma Starbucks.

Surpresa! Era Nova York. É óbvio que essa seria a composição do cenário.

E, mesmo que estivesse naquela cidade que eu tanto adorava, cercada por milhares de pessoas, eu me sentia profundamente solitária encolhida no banco do metrô. Aquela não era só a primeira vez que eu viajava sem a Jô para a Feira de Joias, um evento que costumava ser anual e acontecia no Museu de Gemas de Manhattan, mas também a primeira vez que eu passava tanto tempo longe da Grazi.

Minha sócia tinha ficado em casa porque a sazonalidade do evento havia mudado após a quarentena – e, segundo ela, de jeito nenhum ela ia expor de propósito as próprias articulações a todo aquele frio. Já a minha filha tinha ficado porque... Bom, se você precisou viajar para o exterior logo após o período crítico da pandemia, sabe que era impossível conseguir um visto americano de turismo com menos de dois anos de espera.

O metrô tinha parado na segunda estação quando uma mulher de cabelo grisalho entrou segurando um instrumento de cordas e se encaixou no aglomerado de pessoas apertadas umas contra as outras. Ninguém dispensou nenhuma atenção à mulher mesmo depois de ela posicionar o violão para tocá-lo.

Algo sempre me encantou em artistas de rua e, naquele dia, meu espírito de turista estava aflorado. Mantendo o copo de isopor em uma mão, remexi minha bolsa com a outra, à procura do celular, e comecei a gravar. A mulher deslizou os dedos pela corda e um acorde melodioso preencheu o ambiente.

Naquele mesmo acorde, eu fui fisgada, como se tivesse recebido um beijo no coração. Meus olhos se encheram de lágrimas. A voz dela ressoou como veludo; o timbre tão acolhedor que mesmo os mais desinteressados ergueram as cabeças dos smartphones ou espiaram sobre um jornal. E então veio a letra:

A primeira pessoa que sonhou comigo foi você
A primeira pessoa que me tocou
Você olhou nos meus olhos e me achou perfeita
Você me chamou de sua

Era a coisa mais linda que eu já tinha ouvido. O timbre daquela voz, o ritmo da melodia e a atmosfera envolvente quando alguns desconhecidos começaram a acompanhar a cantoria elevavam as declarações dos versos a um nível sublime de amor.

Você estava comigo nos primeiros passos
Me levantou quando eu caí
Você me viu pedalar pela primeira vez
Você me chamou de filha

Senti o peito apertar de decepção. Eu ainda segurava o celular, mas agora com a cara fechada. Então aquele sentimento do qual a música falava não era o conhecido amor de uma mulher por um par romântico. Era um amor genuíno. De uma filha pelo pai. Um que eu nunca conheceria e que havia escolhido não conhecer. Senti a umidade em uma das bochechas e a esfreguei na manga do casaco. Depois puxei a máscara de volta para disfarçar a provável vermelhidão do meu nariz. Não conseguiria mais beber o café frio mesmo.

Até quando me perdi
E me afastei para bem longe
Você não desistiu de mim
Você me chamou de amiga

Você estava comigo nos primeiros passos
Me levantou quando eu caí
Você me viu pedalar pela primeira vez
Você me chamou de filha

Me encolhi no banco e juntei os ombros tentando ficar invisível. Apesar das lágrimas que molhavam a máscara e dos soluços baixinhos que insistiam em escapar da minha garganta, ainda assim não conseguia largar o telefone. Não conseguia me desvencilhar do momento. Eu nunca havia sido amiga do meu pai. E ele já tinha desistido de mim tantas, tantas vezes!

Se eu te chamo, você responde
E se peço, você me dá
Quando eu busco, te encontro
Porque é isso que faz um pai.
De amor, de amor, de amor.

Àquela altura, a coisa já estava insuportável. Minha garganta queimava, a cabeça doía, a mão que segurava o café tinha se fechado tão forte sobre o copo que parte do líquido tinha derramado. Larguei o celular sobre as pernas, ainda gravando o momento caótico, e cobri o rosto com a mão livre. Eu apagaria a gravação assim que me recuperasse.

Minha filha, eis que te digo

Ah, ótimo, agora o pai estava falando.

Você não precisa segurar as lágrimas.
Não, não comigo.
Eu sempre as colherei.

Vi seus primeiros passos
Te levantei quando você caiu
Você estava longe
Mas eu te adotei. Adotei.

Segurei o ar quando a canção terminou. A última coisa de que eu precisava era que algumas dezenas de desconhecidos estrangeiros descobrissem os dramas familiares estampados na minha cara. Algumas palmas estalaram no vagão e, quando eu achei que a coisa toda havia terminado, a mulher começou a falar:

— Essa foi para você.

Deixei um riso de escárnio escapar. Um garoto da geração Z que estava do meu lado me encarou de um jeito estranho.

— Para você que, assim como eu, nunca teve um pai de amor.

Ergui a cabeça para a mulher. Ela tinha acabado de dizer que era como eu? Que nunca havia tido um pai? Mas como ela podia cantar tudo aquilo se nunca tinha vivido os doces momentos da canção? Quero dizer, como ela *conseguia?*

— Saiba que ele quer te adotar. Ele te quer como filha. Quer ser o seu pai de amor.

Franzi o cenho. Eu não conseguia controlar as lágrimas; e quanto mais ela falava, mais difícil ficava. Era ridículo, eu completaria trinta anos em meses. É claro que não queria ser adotada. Mas aparentemente havia alguma coisa dentro de mim que ainda ansiava por um pai amoroso. Tarde demais para isso.

— Para ele, nunca é tarde — falou a mulher. Prendi o fôlego. *Ela está lendo minha mente agora?* — E, se você está ouvindo as minhas palavras, foi ele que trouxe você aqui.

Pisquei os olhos molhados. Do que ela estava falando? Ele quem?! Quem queria isso de mim?

— Porque ele ama você — continuou — a ponto de entregar o que lhe era mais precioso.

O jovem ao meu lado se remexeu, inquieto.

— Deus, argh! Esses crentes são tão... — E revirou os olhos de forma dramática.

Abri os lábios e creio que permaneci com a boca em formato oval por muito tempo.

Então era isso.

O metrô parou naquele exato instante e o garoto passou por mim com um esbarrão que me deixou com uma mancha roxa por dias. A mulher desceu também.

Eu fiquei estática, sendo consumida pela minha própria estupidez em não perceber a mensagem que, só agora, parecia muito óbvia. Eu nunca havia tido um pai de amor; nem desde que nasci, nem nunca. De repente, estava recebendo a chance de ter um. Será que ainda dava tempo de aprender a ser filha?

QUANDO PARECE MUITO QUE ELE ESTÁ ESCONDENDO ALGO SUSPEITO

Deitado no sofá com um braço apoiando a cabeça, Marco me olha com tanta intensidade que acabo desviando os olhos para os pés.

— Depois disso, acabei perdendo a estação e cheguei atrasada e de cara inchada no meu evento.

Ele esboça a sombra de um sorriso.

— E com a vida transformada.

Afunilo os olhos.

— Não é para tanto, né? Esse foi só o começo. Liguei para a Jô naquela noite e conversamos muito. Acho que essa conversa foi o início da transformação da minha vida. Ela me falou sobre o sacrifício de Jesus na cruz e de como, através dele, eu poderia me tornar filha também.

Marco se senta no sofá e leva uma almofada até o colo.

— Então não foi a música no trem?

— Não sei. — Mordo os lábios, refletindo. — Só sei que acordei de um jeito naquele dia e fui dormir de outro. Eu sempre acreditei que nunca teria o amor de um pai e recebi esperança. Eu era órfã, e fui chamada de filha.

— Quando foi isso?

— Fez um ano em dezembro.

Ele assente e deixa o olhar se perder por alguns segundos, perdido nos próprios pensamentos.

— Sabe... Eu passei por uma coisa parecida.

— Imaginei — respondo com um sorriso contido.

— Não tão sobrenatural como a sua experiência, mas igualmente transformadora.

A afirmação me faz refletir. Eu nunca encarei a minha experiência como uma coisa sobrenatural. Tudo pareceu acontecer com tanta naturalidade na época! Meu peito queima quando penso em como vivi uma experiência real e muito íntima com Deus. Em como, naquele vagão de metrô, *Ele* estava falando diretamente comigo. É. Talvez tenha sido sobrenatural.

— Apesar de toda a história escandalosa em que minha família se envolveu... que *meu pai* se envolveu, para ser mais exato... eu fui criado na igreja.

Tusso uma vez e pisco devagar. Não era minha intenção parecer tão chocada, mas... Admita, você também não esperava por essa.

— É mesmo?

Ele faz que sim.

— Minha mãe sempre foi muito religiosa, filha de um pastor muito conhecido de uma igreja batista tradicional no Rio. Mas isso não importa, o fato é que a semente do evangelho já tinha sido plantada em mim há alguns anos; e, por mais que eu nunca tivesse sido um solo fértil para ela... depois de tudo o que aconteceu nos últimos anos... eu sabia para onde precisava voltar.

— Isso é lindo, Marco — respondo um pouco emocionada.

Então o silêncio se estende por alguns segundos. Nem eu nem ele desviamos os olhos um do outro. A epifania é como um raio. Somos dois jovens solteiros, convertidos ao evangelho, com uma filha em comum. Me remexo, inquieta, e, antes que algumas ideias imprudentes comecem a se instalar na minha cabeça, salto da cadeira na direção da cozinha.

Sinto o olhar dele me acompanhar por todo o caminho. Abro a porta da geladeira sem pedir licença e fico inspecionando o conteúdo do eletrodoméstico, sem nenhuma ideia do que pegar. Até que enfim pego uma garrafa de água e a levo até o balcão.

— Você, hã... Onde tem copo?

— Naquela portinha. — Ele aponta com a cabeça.

— Ah. — Vou até o armário indicado. — Você quer?

— Um copo?!

— Água.

Ele leva a mão até a boca e tosse repetidas vezes de um jeito estranho. Pestanejo, incerta sobre tomar uma atitude ou esperar que se acalme. Marco se recupera, mas fica com o rosto vermelho. Sirvo os dois copos e levo um para ele.

— Obrigado. — Marco continua me encarando durante um longo gole. Também bebo do meu, desconfiada.

— Tá tudo bem? — pergunto. Ele me fita, inexpressivo. — Você aí, todo engasgado — explico, nervosa. — Acho que a água veio a calhar, né?

— Você está sempre fazendo isso.

— O quê?

— Me oferecendo água.

Encaro meu copo.

— Acho que isso não aconteceu antes.

— Claro que já. Você me ofereceu água quando nos reencontramos, lembra?

Permaneço imóvel, sem saber o que responder. Não tenho a menor ideia do que ele está falando.

— Na recepção, quando me disse que eu era pai da Grazi e eu quase caí duro.

Um risinho me escapa.

— Ah, foi mesmo. E você parece estar sempre quase morrendo — brinco, mas a sutil mudança no brilho dos olhos dele faz com que um alerta vermelho se acenda no meu cérebro.

Tudo piora com a maneira esquisita com que ele volta a beber a água, sem olhar para mim. Uma fagulha de inquietação desponta no meu íntimo.

— Marco?

— Hum?

— Você não está escondendo nada, né?

Ele deixa uma risada fraca escapar.

— Escondendo? Claro que não.

— Sério?

Marco cruza os braços e recosta o corpo no sofá.

— Eu não tenho motivos para *esconder* nada de você, Vânia.

E me encara com um olhar desafiador, que eu me mantenho firme em sustentar.

— Mas? — insisto.

Ele se levanta, pega o copo da minha mão e leva os dois para a cozinha.

— Mas existem coisas que você não precisa saber, só isso.

AO QUE PARECE, O PAI DA MINHA FILHA É ÓTIMO EM SER TIO

Eu precisaria nascer de novo — e não do jeito bíblico — para conseguir passar o resto do dia sem me preocupar com o suspense levantado no fim da conversa com Marco.

O mais estranho de tudo é que o responsável pelo meu tormento passa a tarde inteira agindo como se não houvesse nada de não revelado entre nós. É sério isso? Existem coisas que eu não preciso saber? Ele só pode estar brincando comigo. Que tipo de coisa sobre o pai da minha filha ele acha que é demais para revelar? Está falido? Grande novidade! Tem uma doença terminal? A essa altura, a caxumba já o teria matado — eu acho. É um *serial killer*? Aquele Dexter também era um loiro educado e simpático.

Espero que ele tenha consciência de que abriu um precedente para a criação das mais variadas hipóteses pela minha fértil imaginação. Exceto por Marco Remi não meter medo nem em uma mosca. É sério, eu preciso respirar fundo todas as vezes que vejo Grazi interagindo com ele como se fossem amigos de longa data, essa pequena traidora.

Os dois passam a manhã no jardim, improvisando brincadeiras, enquanto eu, sentada no banco de balançar da varanda, finjo interesse em um exemplar velho de *Orgulho e Preconceito* que já li pelo menos cinco vezes ao longo da vida. Grazi ri de se jogar para trás quando Marco, depois de fingir que não consegue alcançá-la, a ergue do chão, gerando um alvoroço de cachinhos dourados e bochechas vermelhas. A testa dela brilha pelo suor.

Solto uma lufada de ar e volto os olhos para a página. As letras nem chegam a ganhar foco diante dos meus olhos. É impressionante como minha filha já está brincando com ele nesse quintal há, tipo, meia hora e ainda não chorou por mim, nem me procurou com os olhinhos assustados, nem sequer disse "mamãe". Era de se imaginar que uma criança não fosse esquecer um progenitor só porque conheceu o outro, certo?

Grazi aponta para o pé de acerola, e o homem, como um servo obediente, atende o comando erguendo-a no ombro.

— *Óia*, mamãe. — Ela estende a pequena esfera vermelha na minha direção.

Abro um sorriso. Pelo menos lembrou que eu existo.

— Que linda, filha!

Grazi leva a frutinha à boca. Para ser honesta, não entendo como os dois podem gostar desta fruta azeda. Ela faz uma careta que só dura um segundo e, no instante seguinte, está estendendo a mão para a planta mais uma vez.

— *Quéio* mais, *titio-papai*!

Abro a boca para corrigi-la, mas desisto e retomo a leitura com o sorriso murcho no rosto. É necessário um esforço fenomenal para não me ressentir da natureza secundária de minha presença aqui. Quero dizer, esse é um sentimento que eu não tinha previsto, mas, pense bem: eu nunca fui uma mera figurante e, com certeza, nunca tinha dividido a minha filha com um bonitão de olhos azuis deveras carismático por quem ela parece muitíssimo encantada. Francamente, não sei a quem essa menina puxou para ser assim, tão impressionável.

Solto um suspiro e viro a página quando o som de rodas de um automóvel me faz virar a cabeça na direção do portão lateral; um que dá para a rua, e não para a pousada. Aperto os olhos para tentar enxergar melhor. Dois pares de tênis com símbolos da Nike saltam das portas traseiras e passam pelo portão pisoteando a grama do quintal sem qualquer cerimônia.

Marco coloca Grazi com cuidado no chão e olha para mim com cara de assustado. Os dois garotos, muito parecidos, exceto por três ou quatro centímetros de altura, param de correr a meio metro de distância do anfitrião. Eles alternam o olhar curioso entre Marco e Grazi.

Logo em seguida, uma figura loira, esguia e muito bem-vestida passa pelo portão. Os olhos percorrem todo o cenário de um jeito crítico.

— O que está acontecendo aqui? — pergunta ela, ao parar diante dele com a mão na cintura.

E este seria o momento ideal para uma pausa dramática com melodia de suspense. Eu até poderia suspeitar que o segredo de Marco Remi é que ele está comprometido com essa mulher e não lhe contou sobre Grazi, então teríamos uma grande briga e passaríamos o resto do livro tentando encontrar um jeito de nos entendermos pelo bem da criança.

Mas não. Muitas pistas foram deixadas ao longo do caminho: "tenho sobrinhos", o cabelo dela, alguns traços da fisionomia e o tom dos olhos, o que torna o nervosismo dele um fator bastante curioso. Marco Remi não consegue completar uma única frase diante da irmã. Eu, hein!

Deixo o livro em cima da cadeira e vou até lá.

— O Sr. Tumnus comeu sua língua, Marco? — Cutuco o braço dele com o cotovelo e logo em seguida estendo a mão para a mulher. — Sou Vânia, muito prazer.

Ela recua o corpo para trás meio centímetro antes de estender a mão e me cumprimentar com um aperto rápido.

— Oi. — Olha para o irmão de soslaio. — Hã... Suzana.

Sustento meu sorriso mais simpático, enquanto todos ao redor continuam calados. Lentamente um vinco começa a surgir na testa da mulher, e seus olhos se comprimem até formarem uma linha.

— Espera. Você não é...

Marco pigarreia de repente.

— A Fada do Brilhante — ele completa. — Em carne e osso.

* * *

— Ah. — Suzana me analisa de cima a baixo. — Bem, eu posso dizer que sou uma admiradora do seu trabalho.

— Verdade? — Talvez o desdém faça parte do jeito dela de admirar as pessoas.

Grazi puxa a barra do meu vestido, ao que me abaixo para pegá-la. Marco coloca as mãos nos bolsos, alternando o olhar entre mim e a irmã.

— Foi ela que me indicou a sua loja três anos atrás, lembra? — Ele esfrega a nuca.

— Não lembro — sussurro tão baixo que acho difícil que algum deles tenha escutado.

Então Marco avança com os braços esticados e envolve Suzana em um abraço.

— Vamos entrar, por favor — ele diz já se dirigindo para o interior da casa. — Desculpa, Su. Eu acabei esquecendo que você vinha hoje.

Entro logo atrás dele e posso garantir que sinto o olhar penetrante da "Su" cravado nas minhas costas. Os dois meninos passam correndo por mim, um de cada lado, mas refreiam os passos quando a mãe ralha com eles.

Eu nunca parei para pensar em como a família dele se parece. Suzana é a típica socialite, magra e sisuda. Se morássemos na mesma cidade, quinze anos atrás, decerto ela teria feito parte da turma das garotas metidas no colégio de ricos que meu pai pagava para mim. Tanto a beleza ridícula quanto o porte altivo e a forma como está vestida me fazem ter a certeza de que nunca experimentou a sensação de se sentir julgada ao anunciar que vai parcelar para pagar por um capricho no crédito.

Se isso te ajudar a ter uma visão mais clara da figura de Suzana, saiba que ela poderia ser a apresentadora de um programa de moda de um desses canais de tevê aberta. Quero dizer, loira e altíssima, ela é quase uma Ana Hickmann, mas sem a simpatia.

Tudo bem, vai... Não estou sendo justa. Está certo que a mulher não esboçou sequer a sombra de um sorriso até agora, mas precisamos considerar as surpresas envolvidas no momento.

— Sua filha? — ela pergunta para mim quando chegamos à sala. O tom de voz é um casual tão forçado que me dá vontade de rir.

— Nossa. — E olho para Marco, que não para de abrir os armários da cozinha e coçar a nuca desde que entramos na casa.

A tal Suzana perde a cor.

— Tio, você é pai? — pergunta o menino mais novo.

— Vocês estão de brincadeira, né? — Uma curva, mais de sarcasmo do que de alegria, ameaça despontar nos lábios da mulher.

Fecho a cara. Ela não tem papas na língua? Do outro lado do cômodo, Marco entrega um pequeno pacote de Sucrilhos para cada garoto, mas eles estão curiosos demais com a Grazi no meu colo para darem atenção ao mimo.

— Bom, fizemos um teste de paternidade... — fala o homem.

— Ela é filha dele — interrompo.

— Então eu tenho prima? — o menino solta de novo.

Marco ignora a pergunta e vem se posicionar ao meu lado.

— O resultado sai em quase um mês.

Suzana permanece inexpressiva. Começo a desconfiar de que isso não está relacionado ao fator surpresa. Talvez seja uma coisa de personalidade mesmo. A loira se aproxima do irmão e inclina a cabeça para sussurrar:

— Eu achava que você estava comprometido com Cristo, agora tem uma mulher dormindo na sua casa?

Marco cobre o rosto com as duas mãos. Eu apoio as minhas na cintura. Sério que ela acha que eu não ouvi isso?

— Pelo amor de Deus — diz ele com a voz abafada. As mãos escorregam pelo rosto e se entrelaçam na frente do corpo. — O que uma coisa tem a ver com a outra?

O dedo dela, em riste, vaga entre nós dois.

— A situação é meio inconveniente. Você não acha?

Abro a boca, pronta para perder minha mansidão, só que Marco é mais rápido.

— Era isso ou deixá-la voltar para São Paulo.

— Como assim?

— Na verdade, não tive muita escolha — eu me meto, encarando Marco com o olhar zangado. Ele encolhe os ombros e fecha a boca como um pedido de desculpas.

Respiro fundo e me inclino para colocar Grazi no chão. Ela sai correndo na mesma hora para o tapete onde estão alguns brinquedos. O mais novo dos meninos pede, só com o olhar, permissão para segui-la. A mãe abana uma mão em consentimento, e o outro vai atrás do irmão a passos vagarosos, sem tirar os olhos de um jogo eletrônico. Faço uma careta. Pobres crianças.

— Não tem uma pousada do outro lado do muro? — a mulher insiste no assunto.

— Não tinha quarto nenhum disponível, Suzana. — Pela primeira vez, Marco parece irritado com a intromissão dela. — Estamos na primeira semana do ano. Francamente, acha mesmo que não tentamos isso?

Eu os deixo discutindo na sala e volto para a varanda. Meu mais profundo desejo neste momento é colocar minha filha dentro do carro da locadora e dirigir por três horas na direção do aeroporto. Mas me concentro em respirar fundo de novo. Vim aqui com um propósito e vou manter minha palavra.

Estou muito bem acomodada na cadeira de balanço, inspirando a maresia do ar buziano e decidida a voltar à leitura, prestes a chegar à página marcada com uma nota fiscal, quando uma coisa na conversa deles me faz fechar o livro depressa e disparar na direção da sala.

Quanto tempo for necessário uma ova!

— Vamos ficar por uma semana. Só isso. — O anfitrião vira dois olhos arregalados para mim. — Foi o que combinamos.

Ele me encara em silêncio por um instante.

— Mas as coisas mudaram, Vânia.

Faço uma careta exagerada. Mudaram quando? E para quem?

— Marco. — Suspiro. Quais são mesmo as características do fruto do espírito? Paciência está incluída, será? — Nada mudou.

Ouço um estalar de língua vindo da recém-chegada. O homem se aproxima de mim e inclina o rosto para o meu ouvido.

— Vamos conversar, por favor.

Antes que eu possa responder, ele me puxa pelo braço para o corredor.

— Marco, a gente já conversou...

— Isso não faz sentido — sussurra, olhando por cima dos ombros e abaixando ainda mais a voz. — Do que essa semana vai adiantar?

— Tudo bem, podemos ir embora hoje e voltar em um mês.

— Você não está sendo razoável. — Ele solta um suspiro irritado.

Abro os lábios, desacreditada, e cruzo os braços.

— Pois acho que estou sendo bastante razoável. Por que a visita da sua irmã tem que mudar os nossos planos?

— Não é a visita da Suzana — protesta. — O resultado...

— O resultado não vai mudar nada, Marco. Olha, eu sei que você não é obrigado a confiar na minha palavra, mas nada vai mudar.

O homem desvia os olhos e enfia as mãos nos bolsos. Gotículas de suor começam a se aglomerar na testa dele. Hoje é um daqueles dias mais quentes de verão e sinto minha camiseta colar nas costas.

— Eu nunca disse que não confio na sua palavra.

— Essa é uma daquelas coisas que não se precisa dizer.

Ele não fala nada por longos segundos.

— Olha, eu só preciso, tá? Preciso ver...

Levanto a mão para interrompê-lo.

— Tá bom, Marco. É direito seu.

— Certo — ele diz.

Eu o encaro, impassível.

— Certo — repito.

— Mamãe! — Grazi chama da sala.

Dou as costas para ele, desfazendo de vez o contato visual intimidador que fazíamos mutuamente, e vou até ela. Marco me segue.

— *Quéio* mais *futinha.*

— Você já não comeu acerola demais?

— Acerola nunca é demais — diz o pai em um tom amigável que decido ignorar.

— Já está quase na hora do almoço — retruco.

— Então vamos... — Ele corre na direção dela e a ergue nos braços. Grazi solta gritinhos e risadas enquanto balança as perninhas no ar. — ... sair para almoçar!

A animação dela me obriga a ignorar também a pontada de ciúmes que me acomete.

— A gente também pode ir? — o mais novo dos meninos pergunta com os olhos brilhando de empolgação.

O outro ergue a cabeça do joguinho pela primeira vez.

— Não dá para a gente comer na pousada? — eu corto antes que a sala inteira acabe contagiada.

Grazi faz um biquinho adorável que o pai não se importa em imitar.

— Ah, mamãe! — ela resmunga.

— Ah, mamãe — repete Marco. — Vamos *saí*, eu *quéio*.

Os meninos caem na risada. Aperto os olhos diante da imitação patética.

— Ela não é um ventríloquo.

O homem desfaz o esboço do sorriso que começava a se formar.

— Você está inflexível hoje, hein.

— Você nem me conhece — resmungo, mais para mim do que para ele.

Mas, pelo olhar surpreso, aposto que ouviu.

— Vamos para casa, meninos — Suzana enfim se pronuncia. O alívio que eu sinto não é exatamente uma surpresa.

— Mas eu quero brincar com a minha prima, mamãe! — o garoto menor protesta.

— Ela é nossa prima mesmo? — o outro pergunta sem desviar os olhos do brinquedo.

O tom rosado do rosto da mulher assume agora um vermelho vívido.

— Vocês vão ter tempo para isso. Uns dezoito anos, pelo menos, antes de começarem a competir entre si e passarem a se odiar.

Lanço um olhar inquisitivo para o irmão dela. Ele enruga a testa.

— Nosso histórico familiar é um pouquinho perturbado.

— Estou vendo.

— Vamos, vamos. — A mulher bate duas palmas e depois empurra os meninos pelos ombros, conduzindo-os na direção do portão como se fossem dois pintinhos.

O mais velho segue caminho com os olhos fixos na tela, enquanto o mais novo protesta efusivamente que nunca teve uma prima.

Ele começa a chorar antes que a mãe consiga fazê-lo colocar o cinto de segurança.

Grazi se aproxima de mim e envolve minhas pernas com os braços.

— Mamãe, *quéio bincá.*

Deslizo minha mão pelo cabelo dela.

— Outra hora, filha.

A mulher grunhe ao desistir de afivelar o cinto do garoto, que a essa altura está aos soluços. Marco solta um suspiro e vai até eles. Aperta o ombro da irmã.

— Deixa que eu faço, Su.

Ela se vira e caminha a passos duros para a porta do motorista, o salto fazendo *ploc, ploc, ploc.* Enquanto isso, Marco afivela o cinto do sobrinho e, com carinho, convence o garoto de que vamos todos nos encontrar no dia seguinte, então ele poderá brincar com a Grazi. A ideia não me atrai, mas o meu coração amolece um pouco quando eles se despedem com um abraço e um beijinho. A mulher me olha com desconfiança, então faz um aceno rápido e entra no carro.

— O titio te ama, cara. Você é legal demais.

Marco se estica sobre o próprio eixo, fecha a porta e dá um passo para trás. A irmã manobra o veículo e deixa o outro filho à mostra. Para a minha surpresa, ele levanta os olhos da tela e sorri.

— Te amo, tio Marco.

— O tio também te ama.

Marco acena, observando o carro se afastar. Depois anda até nós com o semblante preocupado. Mas, assim que nossos olhos se cruzam, ele esboça a sombra de um sorriso vacilante. No meu colo, uma *pessoinha* inocente está atenta a tudo. Grazi tira o dedo da boca e solta uma risada baixa quando o pai nos alcança. Estica os bracinhos para a frente, pedindo colo, então eu a transfiro com cuidado para os braços dele. Pela primeira vez, começo a acreditar com sinceridade que ela pode ter muito mais sorte do que eu.

ENFIM UM PASSEIO PELA CIDADE

Madame Bardot é o nome do restaurante para o qual o GPS nos direciona. Dirijo a quarenta por hora, um ritmo de passeio, porque a paisagem merece ser apreciada. Chegamos ao final da Travessa dos Pescadores, e, do lado esquerdo, está a rua mais famosa da cidade, com lojas e restaurantes. Do direito, a orla e o mar azul com alguns barcos e lanchas. Passamos por uma estátua da Brigitte Bardot sentada em uma mala enquanto observa a praia de Búzios.

Marco insiste para que os vidros do carro fiquem abertos. Segundo ele, a vista da cidade é mais importante do que manter o ar-condicionado ligado. Quando chegamos ao restaurante e por fim consigo um lugar para estacionar, minha nuca e camisa estão ensopadas de suor. Acredite quando eu digo que, apesar dos ventos fortes da Região dos Lagos, a sensação térmica dos últimos dias é equivalente a um forno aceso; por isso é no mínimo conflitante estar hospedada de frente para uma praia e não ter entrado no mar nenhuma vez.

— Preciso comprar uma roupa de praia — penso em voz alta enquanto faço um coque no cabelo. — Uma e meia.

Marco solta Grazi da cadeirinha e dá uma risada.

— Já não era sem tempo! — Ele acomoda uma Grazi sorridente no colo. — O que acha, hã? Quer ir para a praia com o papai?

Ele pestaneja assim que termina a frase e o sorriso desaparece por um segundo, só o tempo que ela leva para erguer os braços e gritar que sim. Então uma curva singela se forma no canto dos lábios dele.

— Ela nunca foi à praia — digo ao atravessar a rua com eles. — Quero dizer, passamos o Ano-Novo na casa da Jô em Copacabana, mas ela não chegou a entrar no mar.

O sorriso dele se alarga.

— Então eu vou lhe apresentar o mar, gracinha.

— *Má*! — Grazi bate duas palminhas.

Ajusto a alça da bolsa nos ombros e tento não me sentir culpada por tê-lo privado de tantas outras primeiras vezes.

Ao entrarmos no Madame Bardot, Marco é recepcionado pelo garçom, que o cumprimenta como um velho conhecido. Mesmo depois de brincar com a Grazi e me cumprimentar, ele não questiona quem somos nem por que estamos com Marco. O homem nos arruma uma mesa para dois, à qual acrescenta uma cadeira infantil. O restaurante está quase cheio, então, depois que escolhemos nosso prato, o pedido leva mais minutos para chegar do que meu estômago gostaria.

Enquanto ainda estamos comendo, Marco repete que o almoço é por conta dele. Não sei se está sendo movido por uma espécie de orgulho masculino, mas já é a terceira vez que diz isso desde que saímos da pousada, então eu apenas sorrio de boca cheia. Ele também deixa claro que vai comprar a roupa de praia da Grazi. Tento dizer que não é necessário, mas o olhar ofendido dele me faz desistir de argumentar. Depois disso, meio que ficamos sem assunto, e a música ambiente com o som das conversas alheias são o que impedem o silêncio de se acomodar.

Uma pedra fumegante no centro da mesa mantém nossos frutos do mar aquecidos. Eu pego mais um pedacinho de peixe, assopro bem, confiro se não tem nenhuma espinha e dou para Grazi, que o leva à boca muito satisfeita. Ela mastiga balançando a cabeça no ritmo da música, então engole e no segundo seguinte já escancara a boca de novo. Marco observa tudo com uma expressão meio boba.

— Você é muito boa nisso — diz com o queixo apoiado na mão.

Solto um riso pelo nariz.

— Em esfriar a comida?

Marco estala a língua e semicerra os olhos em uma impaciência mal fingida.

— Em ser mãe. Você é uma boa mãe.

— Não seja bobo. — Faço uma careta para disfarçar o sorriso orgulhoso que quase escapa. — Eu não sei o que estou fazendo na maior parte do tempo.

— Então você é muito boa em parecer que sabe o que está fazendo.

Dou de ombros, fingindo que estou acostumada a ouvir esse tipo de coisa o tempo todo. Entrego mais um pedacinho de peixe para Grazi e limpo minha mão no guardanapo.

— Ei — Marco chama a minha atenção. Ele está sério agora, aqueles olhos azuis penetrantes cravados em mim. — É sério. Você está fazendo um ótimo trabalho.

Engulo em seco e sustento o olhar dele enquanto meu coração salta no peito. Uma parte de mim diz que ele não sabe o que está dizendo, que mal me conhece, mas a outra parte está ocupada demais se afogando naquelas duas piscinas. Quem diria que, mesmo depois de todos esses anos, ainda sou tão vulnerável a ele.

Uma vibração vinda de dentro da minha bolsa me obriga a interromper nosso contato visual. A bolsa está pendurada no braço da cadeira; é branquinha, em matelassê, e tem a alça de corrente dourada. Faço uma nota mental para substituí-la por alguma coisa que tenha mais sintonia com o clima daqui. Tenho certeza de que deve haver alguma de couro, básica, em algum lugar daquela mala, porque essa aqui... nadinha a ver mesmo.

Levo alguns segundos vasculhando tudo em busca do aparelho. Quando o encontro, há uma mensagem da Jô.

> Oi, amiga. Só para avisar que estamos indo ao hospital.

> Não entre em pânico, só ore por nós.

Minhas mãos já estão trêmulas antes de eu terminar de ler as próximas mensagens.

— Tá tudo bem? — Marco pergunta, mas não consigo responder. Meus olhos grudam na tela.

> Minhas bochechas apareceram assim depois do almoço:

E segue-se uma foto do rosto dela com duas enormes manchas vermelhas formando as asas de uma borboleta.

> Mas está tudo sob controle, eu me sinto bem. Estamos indo só por precaução mesmo, o Rui e eu. As crianças ficaram com a mamãe.

— Vânia? — Marco chama, trazendo minha mente de volta para o restaurante.

— É a Jô — respondo ao me levantar. — Eu... preciso... Tenho que falar com ela, um minuto.

Caminho apressada até a saída do restaurante com uma mão sobre o estômago enquanto a outra gruda o celular na orelha.

— Vaninha.

A voz de Rui do outro lado faz meu coração gelar.

— Cadê ela? O que houve?

— Tá tudo bem, calma. A gente chegou aqui agora, a Jô está sendo consultada e convencida a fazer uma laqueadura depois dessa.

— Meu Deus, Rui.

Uma informação que talvez você deveria saber: Rui faz piadas quando está nervoso. Quanto mais nervoso, pior a piada.

— Cinco *já estão* de bom tamanho, Vânia.

— Eu sei, eu... — Aperto os lábios. — Não estou falando disso.

Ele solta uma risada nervosa do outro lado.

— É brincadeira. Vai ficar tudo bem, a gente só veio por causa da mancha. Se ela apareceu, é porque o lúpus acordou. Mas a Jô e a bebê estão bem. Ela não está sentindo nada.

— Mas eles ouviram a bebê? E a pressão arterial da Jô? Normal? Não é sempre que dá para *sentir* esse tipo de coisa.

— Eles estão cuidando de tudo. Vão fazer um ultrassom, por segurança. Ela está bem assistida. Não se preocupe.

— Tá bom.

— É sério, relaxa. Ore por ela.

— Já estou orando.

— Obrigado. — Ele inspira fundo e solta o ar. — Vocês estão bem? Como vai o... cara do hotel?

— Estamos bem. Ele é legal, só meio desconfiado.

— Aham — Rui diz, o que soa mais como um "é compreensível, Vânia", mas deixo passar. — Vai dar tudo certo. Deus está com você.

— Amém. — Se o Rui é capaz de se interessar pela minha vida nessa situação, deve estar falando a verdade. A Jô e a bebê estão bem. — Por favor, me dá notícias.

— Pode deixar. A vida delas está nas mãos de Deus, vamos descansar nele.

Assinto, ainda que ele não esteja vendo, e uma pequena fagulha de paz aquece meu peito. Quando desligo e retorno, Marco já está pagando a conta. Ele me encara com preocupação.

— Tudo bem?

— Tudo — respondo pela fé. — Tudo vai ficar bem.

* * *

Caminhamos até a Rua das Pedras, onde vamos comprar roupas de praia. Eu esfrego as mãos por todo o percurso, sem prestar atenção na paisagem paradisíaca do caminho, nas vitrines das lojas ou sequer na tagarelice da Grazi quando passamos na frente de uma loja de sorvetes caros que nos toma um tempão do passeio. O tempo todo, oro para que a minha amiga fique bem. Só consigo voltar a respirar com tranquilidade uns quarenta minutos depois daquela chamada, ao receber uma mensagem de áudio da própria Jô dizendo que foi liberada e que estão voltando para casa. O alívio é tão imediato que relaxo os ombros, tomada por uma sensação de liberdade. Digito uma resposta rápida agradecendo a notícia e guardo o celular.

Só então reparo de verdade no lugar em que estamos. É uma via charmosa, exclusiva para pedestres, que circulam com seus trajes praianos entre lojas de grife, restaurantes, galerias de arte e as mais variadas lojas de suvenires. A arquitetura colonial é aconchegante e charmosa. Inclui alguns lampiões ao longo das calçadas e construções antigas de fachadas em várias cores, onde hoje funcionam os estabelecimentos comerciais. A vista lateral para o mar é privilegiada e o calçamento de pedras irregulares finaliza o charme rústico do lugar.

Algo na vitrine de uma dessas lojas de lembrancinhas locais me faz conter os passos. Eu toco no ombro de Marco, só para que ele não continue andando distraído, e me aproximo do expositor. Ali está um globo de neve, daqueles redondos clássicos. Dentro dele há uma pequena escultura de três pescadores puxando uma rede e, na parte de baixo, a inscrição: Búzios, Rio de Janeiro.

— Eu já vi essa imagem antes. — Aponto para o globo. — Não está em um quadro no saguão da pousada?

Grazi, sentada no pescoço do pai, repete meu movimento.

— É uma escultura bem famosa da cidade. Fica perto do restaurante em que estávamos.

Inclino a cabeça para examinar a vitrine com calma. Há dezenas de artefatos feitos com trabalho manual de artesãos locais, ímãs de geladeira, pequenos bibelôs vestidos com camisetas de crochê com as inscrições "I Love Búzios" e até mesmo um Cristo Redentor de madeira. E, então, os tais pescadores no globo.

— Você não acha isso um pouco, hã... sei lá, engraçado? Um globo de neve como lembrança de uma cidade praiana?

— Inusitado, no mínimo.

— O que será que cai quando a gente balança? Areia?

Ele deixa uma risada escapar pelo nariz.

— Vamos descobrir.

Antes que eu processe a informação, Marco se abaixa para atravessar a porta com Grazi sobre os ombros. Ela estica as mãozinhas tentando alcançar os penduricalhos no teto. Uma mulher de cabelo curtinho e prateado nos recebe com simpatia e entrega a ele um exemplar idêntico ao da vitrine. Ele sacode o objeto na frente dos olhos e depois estica a mão para mim.

— Mistério resolvido — diz.

Uma explosão de purpurina prateada cria uma cena mágica de inverno na praia. Pequenos grãos cintilantes flutuam suavemente sobre os pescadores até se aglomerarem no fundo do globo.

— Legal. — Devolvo o objeto a ele. — Eu nem seria capaz de descrever o que está acontecendo aí dentro.

Marco leva o globo para mais perto dos olhos.

— Com certeza não está nevando.

— Talvez chovendo — a senhora diz, risonha.

— Chuva de *pata*! — Grazi diz, abraçando a cabeça do pai.

Eu preciso prender o riso diante da confusão dos espectadores.

— De prata — traduzo. — Tem razão, filha. É chuva de prata.

Marco entrega o globo para a vendedora.

— Vamos levar.

— O que está fazendo? — pergunto.

— Não dá para simplesmente deixar ele aqui depois disso. Além do mais, vocês precisam de uma lembrança da cidade.

Eu jamais precisaria de um suvenir para me lembrar dessa cidade, porém a animação dele é tão grande que decido não contrariar. Além disso, eu meio que comecei a simpatizar com o bibelô sem sentido no meio da discussão.

— Sempre fui meio fã da Sandy mesmo — brinco.

— Não é a Gal Costa que canta essa música? — Ele arqueia a sobrancelha.

Rumino em silêncio por um instante.

— Eu conheci na voz da Sandy — digo, por fim, dando de ombros.

A mulher me entrega a lembrancinha e agradece a preferência. Então eu abro a bolsa e tento encaixá-la ali, mas o pouco espaço da Chanel dificulta o trabalho. Minha nossa, eu preciso mesmo arrumar outra bolsa. Acabo colocando o celular para fora e o carrego na mão para conseguir guardar meu globo de chuva de prata em segurança. Aproveito para tirar algumas fotos enquanto continuamos nosso caminho pela Rua das Pedras.

Depois de alguns minutos, eu os deixo em uma loja infantil enquanto vou procurar por um maiô para mim. Tudo de que não preciso é Marco encasquetando com comprar minha roupa de banho também. Faço tudo com muita objetividade e rapidez, então, imagine o tamanho da minha surpresa quando retorno carregando uma única sacola e me deparo com a cena da minha filha sendo soterrada por uma pilha de pequenos biquínis em um balcão.

— Pra que isso?! — Levo uma mão até a têmpora.

Marco me encara com um riso preso na boca.

— É tudo muito fofo. Eu não consigo escolher.

Arregalo os olhos e preciso segurar o impulso de pegar Grazi no colo. Em vez disso, respiro fundo, escolhendo as palavras.

— Marco. Isso é exagero, ela não precisa de — contesto e passo os olhos sobre o balcão, a vendedora me lançando um olhar fatal — doze peças de biquíni. Duas já estão de bom tamanho.

— Pode passar, moça — ele diz para a vendedora.

— Não pode, não!

Meu sangue esquenta nas veias. A mulher nos encara, apreensiva, sem saber ao certo de quem deveria ser a palavra final. Decerto torcendo para que seja dele.

— Sou eu quem está pagando.

— Ela não precisa de tudo isso — insisto de braços cruzados.

Marco e eu nos encaramos por alguns segundos.

— O que eu faço? — pergunta a vendedora.

Marco solta um suspiro.

— Faça o que ela está dizendo. — E aponta para mim com a cabeça.

Acredite, essa é a última coisa que ele diz para mim por um tempo, já que fazemos todo o caminho de volta até o carro sem ouvir muita coisa além da cantoria da Grazi. Saltitante, ela segura a mão de Marco enquanto caminhamos de volta até a frente do restaurante e, olha, são belos minutos de caminhada. Ele se agacha vez ou outra para falar com ela, mas eu estou sendo ignorada.

— Marco — chamo. Ele termina de acomodar nossa filha na cadeirinha e fecha a porta do carro. — Deixa disso, vai. Você está sendo dramático.

Ele apoia a mão nos quadris e olha para o céu, soltando um riso de escárnio.

— Dramático? Eu estou sendo dramático?!

— São só biquínis.

— Não são os biquínis, Vânia. Me diga, quem deu a ela tudo o que ela tem? — Pisco, sem conseguir responder em voz alta. — Quantas roupas você já comprou para ela? Quantos brinquedos? Quantas vezes você a viu feliz porque recebeu alguma coisa nova? Eu só queria ter o direito de comprar roupas para a minha filha!

— Agora você acredita que ela é sua filha? — Me arrependo das palavras no mesmo instante.

Marco cerra os dentes.

— Você só pode estar de brincadeira.

Empino o queixo.

— Uma hora você vai ter que decidir se acredita em mim ou não.

Ele apoia a mão sobre o teto do carro com o punho cerrado. Do lado de dentro, Grazi observa a cena que fazemos.

— Uma hora eu não vou precisar decidir.

— Ótimo. — Viro as costas para ele e dou a volta no carro.

Ele solta um suspiro triste.

— Não precisa ser assim.

Abro a porta do condutor e, antes de me sentar, respondo:

— Eu que deveria dizer isso.

Marco se senta ao meu lado em silêncio. Esfrega o rosto e, para minha surpresa, apoia a mão no meu ombro. Eu me encolho sob o toque quente e ele puxa a mão de volta.

— Me desculpa, Vânia. — A voz terna leva meu coração a acreditar na sinceridade dele. — Eu não sou... Sinto muito.

Faço um sinal com a cabeça e ele se vira para frente. Dou a partida e começo a manobrar o carro.

— Você precisa me perdoar, sabe? — desabafo.

Ele me encara.

— Quero dizer, você é cristão e sabe que esse é um mandamento. Mas, mesmo que não fosse, para isso ser bom... — Olho para o retrovisor, onde vejo Grazi brincando com uma boneca que havia esquecido no carro. — Ou tão bom quanto pode ser, a gente precisa se dar bem.

— Eu já perdoei, Vânia.

Afunilo os olhos para a estrada. Marco sacode a cabeça e leva a mão ao rosto.

— É sério. Eu... Não é isso. — Breve pausa. — Tá. Talvez seja um *pouco* disso, mas não é esse o ponto. O ponto é que você tem que me deixar entrar agora que estou aqui.

— E não estou fazendo isso?

— Você não me deixou comprar algumas roupas para a menina, pelo amor de Deus!

— Marco... — começo.

— Sim?

Reflito por um momento. O Sol está alto no céu e tão quente que faz parecer que tem água sobre o asfalto. Aumento a potência do ar-condicionado.

— Você deu tudo o que ela precisava o dia inteiro.

— Eu não quero ter que dar só o que ela precisa. — Ele olha pela janela.

Sinto a garganta arranhar só de pensar em dizer as próximas palavras.

— Sabe... — Indo contra os meus mais profundos instintos de autopreservação, eu forço as palavras para fora. — Vou te contar uma coisa que não me orgulha.

A atenção dele está sobre mim mais uma vez.

— Por muito tempo, eu preenchi meu coração com coisas materiais. Eu era capaz de gastar muito em um único dia só para me satisfazer.

Ele continua calado.

— E, bem, a gente não vive em um país onde é normal ter tanto.

Marco olha para a frente. Me pergunto se está pensando que vou começar um discurso anticapitalista ou coisa assim.

— Se teve uma coisa que aprendi quando aceitei a Cristo — continuo —, foi a não acumular mais do que preciso e a ser generosa com quem não tem.

Eu decido pular a parte das consultas psiquiátricas e as tardes de terapia para focar na mudança que me levou a procurar por essa ajuda, para início de conversa.

— Não quero que minha filha cresça achando que pode se satisfazer com dinheiro, que pode ter tudo o que quer.

As palavras trazem à tona memórias que não são exatamente confortáveis. É sempre amargo revirar a lama do meu passado e me lembrar daquela época fria e nebulosa. A época em que eu não costumava deixar a neve cair.

— Tá bom — Marco responde. Simples assim. Com a voz suave e calma.

A concordância imediata me pega desprevenida. Encolho os ombros e aciono a seta para fazer a curva do estacionamento na frente da pousada.

— Tá bom? — Olho para ele de soslaio. — Só isso?

Marco coça a nuca.

— Eu já te disse o que penso.

— Que é...?

— Você é incrível nisso, Vânia. — Olho para ele, surpresa. — Por favor, me ensine como posso ser também.

ÀS VEZES UM FLOCO DE NEVE SE TRANSFORMA EM UMA AVALANCHE

Tirar Grazi da cadeirinha sem acordá-la é o desafio do dia, mas o esforço vale a pena.

— Principalmente se a gente considerar que pelo menos duas horas de descanso podem vir dessa sonequinha pós-almoço, sabe?

— Se você está dizendo... — responde Marco sem qualquer vestígio de bom humor. — Ela não parecia cansada há dez minutos.

— Descanso para a gente, Marco. Se liga. — Com cuidado, retiro o corpinho adormecido da cadeirinha e a acomodo no meu colo. — E bebês precisam dormir assim mesmo.

— Eu também não tô cansado — resmunga baixinho, o que me deixa com vontade de rir.

Há um minuto, quando estacionamos e ele se deu conta de que Grazi estava dormindo, o homem ficou à beira da decepção. Agora, enquanto ele pega as coisas do carro e eu a balanço no colo, tento convencê-lo de que o melhor é esperar que a menina faça a digestão antes de entrar na água. Pode me julgar, sei bem que a maior parte dos pediatras vivos chamaria isso de mito, mas a informação cumpre o papel de deixar nosso anfitrião conformado. Pelo menos por enquanto.

Carrego Grazi para dentro da casa com um par de minúsculas Melissas batendo nas minhas pernas. Apesar de não ser um trabalho fácil, recuso a ajuda que Marco insiste em oferecer. O preço cobrado pela inexperiência no deslocamento de bebês adormecidos pode ser caro demais. Meio sem jeito, Marco se limita a ir na minha frente para fazer uma barricada de almofadas no sofá. Ele prepara tudo e posiciona um ventilador na direção correta. Meneio a cabeça em aprovação e digo "está muito bem treinado, obrigada" só com o movimento dos lábios. Marco responde da mesma maneira um "eu aprendo rápido" e dá uma piscadela.

Com o maior cuidado do mundo para fazer tanto silêncio quanto possível, eu me inclino e coloco Grazi sobre o lençol que o pai esticou cobrindo o estofado. Logo em seguida, ele puxa uma fraldinha de pano fina para cobri-la e ajusta o leve tecido com carinho.

Não entendo muito bem como acontece, mas, assim que me levanto para sair de perto do sofá, acabo batendo uma perna com força na mesinha de centro. A dor irradia pelo meu corpo junto ao barulhão na sala e eu cerro os dentes para conter o grito. Nessa fração de segundo, meu corpo perde o equilíbrio e me sinto cair para trás, mas só até alguma coisa apoiar as minhas costas bem a tempo de me impedir de esmagar minha filha.

Marco e eu olhamos para baixo, quase sincronizados. A gente não se mexe, tampouco respira. Tudo o que se move é a chupetinha da Grazi, duas ou três vezes, para a frente e para trás. Solto o ar pela boca, aliviada.

Então percebo o que está acontecendo. Marco Remi mantém uma mão apoiada nas minhas costas e, com a outra, segura meu pulso esquerdo. Devagar, volto os olhos para ele, que ainda está avaliando a filha. Meu rosto esquenta na mesma hora.

Talvez por de algum modo sentir o meu olhar, Marco se vira para mim e nossos olhos se encontram, tão próximos que posso ver cada nuance de azul. Meu coração dá pulinhos serelepes enquanto eu fico sem ar. Ele esboça um singelo sorriso, discreto, quase imperceptível. E, quando desliza o polegar sobre meu pulso, meus lábios se desprendem um do outro. A inspiração vem ofegante pela fenda que eles formaram.

Um segundo depois disso, o próprio Marco interrompe o contato ao me puxar para cima de uma vez e me largar de pé ali, no meio da sala. Ele esfrega as mãos na bermuda e sai para o corredor.

Solto o ar dos pulmões devagar.

O que foi que acabou de acontecer?

* * *

Talvez não tenha sido nada, se considerarmos que ele passa a última hora agindo tão naturalmente quanto age na maior parte do tempo. Depois, pede licença para resolver algumas coisas com a Cris na pousada e desaparece por lá pelo resto da soneca da Grazi.

Vamos considerar que sou meio, digamos, deslumbrada quando se trata de Marco Remi, todos já constatamos isso. O episódio pode ter sido um daqueles momentos rápidos que, para os extremamente românticos, se passa como em câmera lenta, mas que na verdade durou menos de um segundo. Então não vamos florear demais, há altíssimas chances de que eu esteja imaginando coisas onde não tem. Até porque, pela indiferença da outra parte envolvida, ele não parece compartilhar o devaneio.

Quanto a mim, uso o tempo que ganho sozinha para trabalhar um pouco. Faço uma chamada de vídeo com a minha gerente para me certificar de que a ação de marketing está correndo como o planejado e traço, junto a ela, as metas do próximo mês. Depois de desligarmos, aproveito para checar se está tudo bem com a Jô por mensagem de texto.

Tudo certo, ela continua sem novos sintomas; apenas a mancha na bochecha, que deve sair nos próximos dias. Para confirmar o que diz, Jô envia uma foto do bolo de cenoura que está tentando fazer. Uma receita de família que, por mais que tente, ela nunca conseguiu executar. Eu rio, dedilho uma mensagem de incentivo e vou para a cozinha preparar um lanche. A conversa me deixou com fome. Infelizmente, eu não saberia fazer um bolo sozinha. Então, alguns sanduíches depois, o ranger na porta revela a figura de Marco quase ao mesmo tempo que Grazi se remexe no sofá. Ela acorda pouco depois, para a alegria do titio-papai.

Mesmo assim, só chegamos à praia uns quarenta minutos depois. Veja pelo lado bom: a essa hora, lá pelas três da tarde, o sol já está um pouco mais baixo e ainda temos mais algum tempo para aproveitá-lo.

A demora é justificável. Existe todo um ritual em preparar uma criança para ir à praia: do protetor solar aos brinquedos impermeáveis e ao checklist de um pai, recém-descoberto, preocupado em levar cadeiras, uma esteira e o guarda-sol, além do exagero de pés de pato e de uma máscara de mergulho.

— Não vamos usar isso tudo — digo enquanto ele guarda quase uma mudança no porta-malas. — Você sabe, né?

— Ah, vamos, sim. — Ele abre um sorriso irônico. — Pode se tranquilizar quanto a isso.

Meneio a cabeça. Quero só ver.

Apesar de estarmos hospedadas de frente para uma praia linda e da praticidade que teríamos em apenas atravessar a rua, peço para o Marco que a primeira vez de Grazi seja em um lugar onde haja ondas menos violentas e, se possível, por favor, uma menor aglomeração de pessoas. Então ele nos leva por alguns quilômetros até uma tal Praia do Forno, prometendo uma areia cor-de-rosa, um mar tranquilo e algum espaço para sentar.

A escolha é perfeita. A praia é pequena e aconchegante, separada da rodovia por uma pequena orla que não parece ter sido construída há muito tempo. Mudas de palmeiras e plantas nativas decoram a paisagem. A areia colorida brilha ao sol da tarde, e a brisa do mar sopra suave, trazendo consigo o cheiro de sal. A água do mar é cristalina e azul-turquesa. Eu me sinto em uma espécie de paraíso não descoberto.

Marco escolhe um lugar a alguns metros da água e deixa toda a parafernália no chão. Depois, finca a base do guarda-sol na areia, acopla a parte de cima e, sem aviso, ergue um braço até as costas para puxar a camisa do corpo com um só movimento.

Não sei onde repousar os olhos. Tudo bem, é ridículo. É só um tórax, eu não deveria estar reparando nos belos músculos que eu não esperava que ainda estivessem ali. Mas, bem, preciso olhar para alguma coisa, oras.

— Não sei, não — digo após um pigarro, puxando a Grazi pela mão para passar protetor solar. — Os pés de pato parecem um pouquinho de exagero.

— Não tem nada de exagero. — Marco pega o protetor das minhas mãos e começa a esfregar nos braços bronzeados. — Essa não é apenas uma vinda à praia. É uma experiência sensorial completa.

— Ah, bom. — Prendo o riso.

— E o nome é nadadeira. — Ele se inclina para me devolver o protetor com o sorriso maroto de quem percebeu o constrangimento.

— O quê?

— Você disse "pés de pato", esse não é o nome correto.

Encaro o sabichão sem saber o que dizer quando um repuxar na minha blusa me faz olhar para baixo.

Grazi aponta para a própria barriga, melecada com a pasta branca.

— Anda, mamãe!

Termino de enchê-la de protetor solar e adiciono um chapeuzinho à composição, enquanto Grazi bate os pés na areia, impaciente. Ao terminar, ela ergue os braços para Marco.

— Vamos, titio-papai!

Uma risada escapa pelo meu nariz. Acho que estou começando a achar esse apelido fofo. Ele abre os braços e urra, fazendo Grazi soltar um gritinho agudo pela garganta, então a ergue nos ombros e corre até o mar.

— Tenham cuidado! — grito.

Duvido que tenham escutado.

Suspiro ao assistir à cena enquanto me acomodo na esteira que Marco estendeu. Arrasto o corpo para a borda ensolarada e me apoio sobre os cotovelos para observá-los. Meu coração se divide entre êxtase e ciúmes.

A verdade é que Marco é cuidadoso e gentil com nossa filha. Ele me transmite segurança, o que é bom, mas também significa que em algum tempo eu não terei motivos para não o deixar passar tempo sozinho com ela. O tempo a que ele tem direito e que não pertence a mim.

Fecho os olhos. Os raios de sol aquecem minha pele.

Senhor, clamo em pensamento, *me ajude a confiar em ti para cuidar da minha filha quando ela não estiver comigo e a me lembrar que tu tens o domínio sobre as situações que não posso controlar.*

Abro os olhos e suspiro. Se vou ficar aqui por algumas horas... Procuro pelo meu exemplar de *Orgulho e preconceito* e o abro na página marcada pela nota fiscal. Um capítulo depois, puxo um dos sanduíches e divido minha atenção entre a leitura e o lanche, até que uma leve vibração interrompe o momento. O nome da Jô pisca na tela do celular. Um sorrisinho marca meu rosto. Será que ela conseguiu fazer o bolo?

— Vaninha?

— Rui? — Meu corpo gela. — O que aconteceu?

— São elas. E-eu não s-sabia com quem falar...

As palavras cessam e então, no segundo seguinte, ele cai no choro.

* * *

Aceno freneticamente para o mar, mas não sou vista por Marco. Corro até a beira da água, grito uma vez e dou um alto assobio. Finalmente me faço notar. Ele vem carregando Grazi no colo e, assim que chega perto, seus olhos desviam de mim para o celular na minha mão.

Lágrimas escorrem por minhas bochechas. No mesmo instante, Marco se vira de lado para que nossa filha fique de costas para mim.

— Ei, o que foi? — diz com a voz mansa. — É a sua amiga?

Cubro os lábios com as mãos e faço que sim. Um soluço me escapa, o que faz Grazi girar o corpinho para tentar me ver.

— Olha, filha. — Marco aponta para um carrinho próximo. — O moço do picolé! Você quer um?

Grazi faz que sim, tímida o bastante para eu perceber que ela está assustada. Marco a leva até a esteira, compra um picolé e a distrai. Acompanho tudo com as pernas trêmulas. Depois ele me puxa pela mão e dá alguns passos de distância.

Quando me vira para ele, posso imaginar o que vê: meu rosto vermelho e assustado, o corpo trêmulo, o choro acumulado nos olhos. Marco apoia uma mão nas minhas costas e me puxa contra si. O corpo gelado do banho de mar refresca minha pele quente. Descanso a cabeça sobre o peito frio e me permito chorar.

— A Grazi — soluço.

Fecho os olhos, sentindo a mão dele deslizar pelo meu cabelo.

— Estou de olho nela.

O ritmo do meu coração normaliza devagar. Eu me afasto de Marco com delicadeza, apenas um passo para trás.

— Preciso vê-las.

Ele assente em silêncio.

— A Jô está em cirurgia. — Engulo em seco. — E-ela teve uma eclâmpsia.

— Meu Deus. Vânia...

— Eu sei.

Esfrego a testa com as mãos. Mais uma palavra e vou acabar entrando em outra onda de choro. Olho em volta da Grazi, na direção da pista onde nosso carro está estacionado.

— Tenho que ir, Marco. E se ela morrer? Eu...

As palavras nunca chegam aos meus lábios. Ele me encara com incerteza.

— Tem certeza de que deveria? Como vai dirigir assim? Melhor não, eu te levo.

— Nã-não. A Grazi não pode ir. É um hospital e... e...

Minha cabeça começa a trabalhar freneticamente. Lembro-me da oração que fiz há alguns minutos. *Senhor, não precisava ser tão rápido. Ainda é tão cedo!*

No mesmo instante, sou invadida pelo pensamento de que o fiz perder três anos. A gestação inteira, os primeiros passos, as primeiras palavras, e só por isso ainda é cedo. Marco me encara com expectativa, alheio ao conflito que meu coração está travando.

— Você — começo a dizer. Meu ritmo cardíaco acelera. — Você tem que ficar com ela.

Marco pisca. O jeito com que ele me olha, entre alegria e surpresa, talvez um pouco de medo também, é sincero e transparente.

— Você confia mesmo sua filha a mim?

Pressiono os olhos. *Meu Deus, eu mal o conheço, mas você me trouxe aqui e não tenho outra opção.*

— *Nossa.* — Uma paz aquieta meu coração. Pequena, mas suficiente; frágil e, ao mesmo tempo, forte. Como um sopro no deserto. — Nossa filha.

Por um segundo, vejo Marco lutar contra as emoções.

— Eu preciso fazer uma lista — falo de repente, tentando ser prática. — Ela tem alergia a corante amarelo e...

— Vânia.

— A mamadeira! Se você der antes do almoço, ela não vai comer nada e...

— Vânia, escuta.

Engulo as palavras e o encaro com o queixo trêmulo.

— Estou muito feliz por você confiar em mim, mas não posso deixar você dirigir por três horas nesse estado.

— Alguém tem que cuidar da Grazi!

— Eu te levo, nós vamos juntos. — Marco segura meus ombros com firmeza. — Vou cuidar de vocês duas, prometo. Eu dou conta.

SALMO 91

Muitas coisas podem acontecer em três horas. Boas ou ruins. Sua vida pode mudar para sempre. Seus negócios. Sua família.

No meu caso, em três horas eu seguro o choro com todas as minhas forças e tento entreter Grazi, no auge da impaciência, presa à cadeirinha do carro. Também passo a viagem inteira orando, mas não pense que é uma coisa elaborada ou digna de ser registrada em um caderninho. Tudo o que suplico é: *Por favor, Deus, elas não. Ainda não.* Marco dirige o percurso todo com os ombros tensos. Às vezes, eu olho para ele e, mesmo sem dizer nada, espero que saiba o quanto sou grata pelo que está fazendo.

Quando chegarmos ao hospital, Marco promete levar Grazi para passar a tarde no apartamento dele em Copacabana. Surpresa. Eu também não sabia que ele ainda existia. Assinto em gratidão, dou um beijo na cabecinha loira cacheada e prometo para ela que a mamãe já volta, só vai visitar a tia Jô e vai trazer uma pelúcia na volta. Marco me abraça mais uma vez e sussurra que vai ficar tudo bem.

Eu entro na ala de emergências enxergando apenas o que está a um palmo do meu nariz. Parece que minha visão foi envolvida por uma vinheta escura, o som ambiente chega distorcido aos meus ouvidos. Só penso na Jô e em como fazer para chegar até ela. Uma pessoa com o rosto desfocado me faz colocar uma máscara e me dá o número de um quarto, depois aponta na direção do elevador.

Corro até ele, aperto o botão e sacudo uma perna enquanto outras pessoas que mal enxergo se acomodam tranquilamente dentro do cubo metálico. As portas se fecham e os botões arredondados começam a acender, um a um. Ele, por fim, se abre no andar certo e eu disparo para fora, procurando pelo número na porta.

— Vânia? — ouço alguém chamar. — Você está aqui!

O abraço de Rui faz minhas vértebras estalarem. Eu nunca vi esse par de olhos negros tão assustados assim.

— Cadê ela?

Ele me fita, sombrio.

— Vem.

Oh, Deus. Por favor, por favor...

Sigo Rui pelo corredor até chegarmos à entrada de um dos quartos. Há uma plaquinha na porta, decorada com um nome de menina: Eliz. É um bom sinal. Quero dizer, é um bom sinal?

Rui desliza a porta, revelando o interior do cômodo. Há uma cama encostada em uma parede sob o ar-condicionado. Jô está nela, com tubos saindo por vários lugares e um celular na mão.

Ela levanta os olhos para mim e abre um sorriso fraco.

Meus ombros relaxam e eu corro para ela, enfim desabando as lágrimas que segurei pelo caminho.

❄ ❄ ❄

— Tudo bem, passou. — Rui me dá tapinhas nas costas.

— Você não deveria estar me consolando — digo com uma fungada.

— Ah, deixa disso. Todo mundo precisa de consolo em algum momento.

— Tá bom. Você não deveria estar me consolando *neste momento.*

Ele esboça um sorriso cansado e deixa o corpo enorme cair em uma poltrona solitária de acompanhante. Vejo o homem suspirar e descansar a cabeça no encosto. Talvez ele estivesse dizendo as palavras de consolo para si mesmo também. Volto-me para a Jô, cujo semblante cansado não deixa de exibir a sombra de um sorriso. É inacreditável. No meio dos tubos, dos remédios e de toda essa situação, ela sorri.

— Você me assustou — digo com carinho enquanto deslizo os dedos pelos fios de cabelo dela.

— Não mais do que a mim. Acredite.

Suspiro sem conseguir achar graça. É cedo demais. Jô apoia a cabeça na minha mão e fecha os olhos.

— Imagina se eu ia te deixar sozinha com aquela loja. Você não aguenta sem mim. — Ela solta um riso fraco.

— Não aguento mesmo — respondo.

Ela funga.

— Até parece.

Mordo os lábios antes de tocar no assunto inevitável.

— A bebê...

A expressão dela vacila por um instante.

— Na UTI.

Alguma coisa dentro de mim se aquieta. Ela está viva.

— Ela está bem?

Sei que, se a bebê estivesse bem, ela estaria aqui, neste cômodo, no colo da mãe, e não naquela sala de sobrevivência. O olhar da Jô se perde no teto do quarto.

— Creio em Deus que sim.

— Gostei do nome, a propósito.

Ela esboça um sorriso.

— Você viu? Na porta?

Anuo em silêncio.

— É o nome da minha avó — Rui fala.

— O que não me deu muita escolha — completa a esposa.

— Já que a nossa outra menina tem o nome da *sua* avó — ele diz em um tom acusatório fingido.

— Imagina só dar a uma criança um nome de criança — digo, e isso tira deles algumas risadas.

Ficamos juntos por uma hora, com a Jô recebendo eventuais cuidados de enfermeiras e ignorando todos os alertas para que não converse tanto — ou vai acabar cheia de gases — enquanto me sabatina sobre o Marco. Para minha surpresa, eu não me importo em falar dele; na verdade, acho que até gosto.

Rui mexe no celular e, de repente, vai até a porta.

— Tem um pessoal da igreja aqui — diz ele ao retornar, encolhendo os ombros. — Ainda tem mais uma hora de visita.

— Não é meio cedo para tantas visitas? — pergunto.

Na verdade, o que gostaria de dizer é "esse povo não tem o que fazer?".

— Você deixou todo mundo maluco, não deixou? — Jô leva uma mão à testa.

— Eu pedi orações! Não disse que era para fazerem isso *aqui*.

— Tá bom, vai. — Ela coloca a máscara sobre a boca e o nariz como se vestisse a armadura para uma guerra. — Deixa eles entrarem.

— É sério isso? — digo, perplexa.

— Eles não estão aqui por mal.

— Você não tem que descansar ou coisa assim?

— Sim, ela tem. — Rui franze o cenho para a esposa.

— Mas eles vieram aqui para orar, não para eu fazer crossfit.

Ele sai e depois volta, desanimado.

— Só é permitido duas pessoas por vez no quarto.

— A Vânia fica, né? — Jô segura minha mão. — Ela veio de longe. Pede para entrarem de um em um.

Pastor Valdir é o primeiro a entrar. Ele diz que tentou se livrar do grande grupo que se formou lá fora, mas todos se negam a ir. Mesmo que não possam vê-la ou ver a Eliz, todos estão dispostos a permanecer no local em oração.

Fico mais tranquila. Pelo menos eles não pretendem invadir o quarto. Pudera, a mulher acabou de ter um bebê e quase morreu no processo!

— Eu tive uma convulsão, foi o que o Rui disse — Jô começa a contar.

— Você não se lembra — o pastor constata. Ele está parado perto da cama, segurando a Bíblia e olhando-a com ternura. Um vinco de confusão se forma na testa da Jô.

— Não sei se dá para se lembrar desse tipo de coisa — reflete minha amiga. — Eu estava em pé no meu quarto, reclamando de uma dor de cabeça, e de repente tudo ficou escuro. A próxima coisa que me lembro é de estar deitada no chão.

— Que livramento, minha irmã. Que livramento.

Depois de um pouco de conversa e de muitas balançadas de cabeça, ele lê alguns versículos, impõe as mãos sobre a Jô e faz uma oração, agradecendo pela vida dela e da Eliz e pedindo pela recuperação de ambas.

Cinco minutos depois, uma colega do ministério infantil entra no quarto. A mulher abraça a Jô e chora. Minha amiga repete a história toda de novo. Eu me sento na poltrona onde Rui estava, balançando a perna sem parar. Espero, de coração, que a Jô não fique com gases.

Peço licença e me esgueiro para fora com discrição. Rui está no corredor conversando com algumas pessoas. Coça a nuca vez ou outra. Tenho certeza de que está pensando em um jeito de dispensá-los. A certeza só se reforça quando ele me encara como quem pede socorro.

— Isso é loucura — sussurro.

— Rui — um homem chama, nos fazendo virar em sua direção.

Os olhos de Êva, o rapaz que se parece com o cara mau de Star Wars, arregalam quando recaem sobre mim. Em contrapartida, aperto os meus olhos e sorrio sob a máscara para cumprimentá-lo.

— Vânia, você tá aqui! — diz ele, atordoado.

— Claro. — Não entendo o motivo de tanto espanto.

Rui me puxa pelo ombro, protetor. E isso só aumenta a estranheza da cena.

— Vaninha é da família.

— Claro — o outro diz, desviando os olhos para os pés, e entrega um buquê de flores para o Rui sem encará-lo. — Dê a ela, por favor. Não vamos entrar.

— Obrigado — responde meu amigo.

E uma coisa ainda mais esquisita acontece logo em seguida. Evaristo assente mecanicamente e dispara na direção de uma sala aberta. Daqui posso vê-lo gesticular enquanto discute com um casal de idosos. Os dois, que parecem ser pais dele, levantam os olhos na nossa direção vez ou outra.

Rui e eu nos entreolhamos e ele revira os olhos.

— Que estranho — reflito — ele parecia tão interessado no ano-novo.

Assim, não que eu esteja infeliz com a desistência dele nem nada, mas você não concorda que é estranho?

— É... — Rui cerra os dentes.

Aperto os olhos para encará-lo.

— O que você está escondendo?

O homem solta um suspiro e, depois de alguns segundos de insistência, deixa os ombros caírem.

— Eu disse pra você que ele não era essa Coca-Cola toda.

E o que ele me conta em seguida não merece ser transcrito aqui. De qualquer maneira, um segundo depois somos abordados por um homem de jaleco.

— O que está acontecendo? — pergunta ele com os olhos perplexos.

— Estou tentando conter o caos — Rui se apressa em responder.

— Você tem coisa demais para se preocupar — o médico diz, exasperado. — Manda essa gente embora!

— Eles não querem incomodar — Rui defende. — São membros da nossa igreja.

— Já estão incomodando — digo, o que me rende uma leve cotovelada de Rui na costela e um olhar interrogativo do médico. — Eu sou praticamente da família — disparo para evitar o julgamento.

— Isso é loucura — resmunga ele, marchando na direção das pessoas.

— Foi o que eu disse — sussurro para o Rui.

— Pessoal, pessoal? — o médico chama. — Sei que todos estão preocupados com a senhora Joaline, mas ela precisa de descanso e o marido também. Além disso, a covid ainda não acabou, sabiam? Por favor, façam suas orações de casa. Peço que permaneçam aqui só os membros da família.

Com alguns pequenos protestos, eles começam a se retirar. Só mesmo a moça do ministério infantil, que perdeu o discurso, continua no quarto. Vou até a porta e observo a cena das duas orando; a mulher segurando as duas mãos da minha amiga, que chora em silêncio.

Sinto a mão gentil do Rui me tocar no cotovelo.

— Vem comigo. — Faço uma careta, mas ele insiste. — Quero que conheça uma pessoa.

* * *

Um pequeno ritual é necessário para que tenhamos acesso à UTI. Primeiro, porque, ao que parece, eu não deveria estar nela. Mas Rui garante à enfermeira que eu sou irmã dele. Ele não diz "em Cristo", e eu não tenho tempo de condenar a mentira. Em um instante, eu o estou julgando internamente; no outro, estou sendo empurrada para dentro do lugar por uma mão pesada nas costas.

A enfermeira nos faz lavar as mãos e higienizá-las com álcool. Depois nos orienta a vestir um roupão de hospital. Assim que a mulher se retira para um canto da sala, encaro Rui com reprovação.

— Não acredito que você mentiu!

— Depois falo para os meus pais te adotarem no papel. — Ele aperta os olhos por trás da máscara como um menino travesso.

Ensaio o começo de um sermão, garantindo que não tem graça, mas a enfermeira passa por nós com um olhar desconfiado que me faz calar a boca.

— Seus verdadeiros irmãos vão aceitar dividir a herança comigo?

Ele ri.

— Você tá falando daquelas medalhas supervelhas de anos de serviço nas Forças Armadas?

Dou de ombros, indignada com a falta de remorso, enquanto ele me conduz pelo braço. Estamos, de repente, cercados de bebês em cubos de acrílico. Dezenas de vidas pequenas e frágeis sendo mantidas por máquinas incansáveis. Ele se posiciona em frente a um dos cubos e aperta meu ombro com gentileza. Sinto minha garganta se apertar em um nó.

— Vaninha, esta é Eliz.

Eu me inclino para ficar na altura do vidro. Eliz tem os pequenos olhos fechados e um minúsculo tronco que sobe e desce em movimentos suaves enquanto respira. A estrutura de paredes transparentes separa de nós o corpinho, que, coberto por adesivos miúdos, está conectado a um monitor. Rui a toca por uma pequena abertura e conversa como se ela fosse capaz de entender:

— Oi, meu amor, é o papai. Eu trouxe a tia Vânia para te conhecer. Ela é meio maluquinha, mas até que é bem legal.

— Assim fico tocada — brinco, como se não estivesse mesmo emocionada. — Acho que nunca vi alguém tão pequeno — sussurro ao me lembrar da versão recém-nascida de Grazi com seus três quilos e meio.

— Somos dois — Rui fala baixinho. — Nenhum dos irmãos dela nos deu um susto desse.

— E achei que o Marcinho tinha dado trabalho!

Ele solta uma risada.

— E, com isso, fechamos a fábrica.

Solto um suspiro e cruzo os braços. A enfermeira que enganamos para entrar passa por nós conduzindo um casal até um bebê do outro lado da sala.

— Ela está tão serena... — sussurro. — Não parece preocupada.

Ele assente.

— Isso nos ensina um tanto, né?

Olho para ele de soslaio. Os olhos fundos, o rosto abatido. Toco-o nas costas.

— Lembra do que você me disse? — pergunto. — Que Deus estava cuidando delas? Você estava certo. Sabe, lá no quarto o pastor leu para a Jô uma parte do salmo 91. Aquele que habita no esconderijo do Altíssimo...

— À sombra do Onipotente descansará — ele completa.

— Isso.

Ainda é uma surpresa para mim que algumas pessoas já saibam o que está escrito em certos versículos. Talvez seja questão de prática, mas eu não posso dizer que decorei alguma coisa além de Gênesis 1 ou do Salmo 23. Bem, e agora esse.

— É engraçado como esse versículo sempre me tranquilizou, sabe? — Rui limpa uma lágrima com as costas da mão e funga de um jeito bruto. — Minha mãe costumava ler quando eu sentia medo à noite. Então eu dormia tranquilo, descansando na sombra do Onipotente.

Eu o cutuco com o braço.

— Assim como ela. — E aponto para a neném com a cabeça.

— Assim como ela.

Eliz se move brevemente na incubadora.

— Deve ser incrível ser criado desse jeito — penso em voz alta. — Você sabe, sendo ensinado no caminho do Senhor desde criança.

— Bom, agora você tem a chance de fazer isso com a Grazi.

Abro um sorriso.

— É mesmo.

— A Jô me disse que o pai dela também se tornou cristão — ele solta e me olha com muita, digamos, curiosidade.

Arqueio a sobrancelha, deixando claro que sei muito bem no que ele está pensando.

— Sim, graças a Deus.

Rui parece desistir de fazer qualquer insinuação.

— Isso é bom — conclui com um balançar de cabeça. — Ter alguém para dividir o trabalho, sabe? Não é fácil ensinar a criança a ser uma pessoa correta, fiel a Deus, honesta...

— Não mentir... — digo.

— Tá bom, agora estou me sentindo mal. — Ele apoia as mãos na cintura e começa a olhar em volta. — Moça!

A enfermeira arregala os olhos e leva o indicador em riste até a máscara.

— *Shhhhh*!

— Ela não é minha irmã.

Ela o fita severamente por baixo dos óculos.

— Não me diga!

— Viu? — reclama o homem. — Ela nem tinha acreditado.

Prendo o riso e dou dois tapinhas amistosos no ombro largo dele.

— Você fez a coisa certa, papai.

— Tá bom.

Ficamos ali por todos os minutos que nos restaram do horário de visitas, então somos obrigados pela enfermeira a deixar o local. Quando saímos da UTI, deixamos Eliz descansando, tranquila.

Na sombra do Onipotente.

BEBA UM POUCO DE ÁGUA

Existem dois únicos caminhos a se tomar quando se chega ao andar da maternidade deste hospital. O da esquerda dá acesso aos quartos das mães de bebês que nasceram sem nenhuma complicação. Ao passar por ali, você pode ouvir choros fortes de pulmõezinhos maduros e assistir, com uma certa frequência, a membros da equipe de enfermagem se despedirem de mães que recebem alta logo depois de dar à luz, familiares sorridentes e alguns pais com olhos fundos de quem experimenta a privação de sono pela primeira vez.

E há o corredor da direita, onde a Jô está internada. Ele é silencioso a ponto de parecer interminável e, quase no fim, possui algumas portas com pequenas janelas transparentes que estão sempre fechadas, atrás das quais se encontram os leitos da UTI neonatal. Nesse lado do corredor, quase não se ouve risadas e se vê mais famílias exaustas. Menos altas imediatas e mais mães que deixam o prédio sem um bebê nos braços. O pensamento me dá calafrios. É ali também que se vê muita fé e orações. Pessoas que se apoiam mutuamente sem nem ao menos se conhecerem. Pais que seguram as mãozinhas de seus filhos por uma fenda no acrílico enquanto choram pelos filhos de outros.

O único ponto de encontro entre as famílias dos dois extremos é a velha máquina de café no meio do andar — exatamente onde acabo parando em uma das minhas visitas quando me ofereço para buscar um café para Rui. Todos os dias, eu tenho revezado com a mãe da Jô para que o casal nunca fique desamparado.

Há um homem alto coçando a nuca enquanto tenta fazer a máquina funcionar.

— Você tem que apertar aqui. — Aponto para um botão no canto inferior.

Ele estremece de susto e me lança um olhar de panda, marcado pelas manchas escuras.

— Tenho uma dessas na minha loja — explico.

O desconhecido arqueia uma sobrancelha antes de bocejar.

— Você deve ter uma loja chique — comenta. — Valeu, moça.

— De nada.

Aguardo o líquido fumegante percorrer o caminho até o copo antes de o homem pegá-lo e me dar lugar. Enquanto ele adoça o café, faço minha escolha na máquina.

— Só com isso para dar conta — ele diz, então bebe um gole.

— Deixa eu adivinhar: é sua primeira vez.

Ele assente.

— Segunda noite.

— Bom, vai melhorar — falo da boca para fora. Minha filha levou quase um ano inteiro para me deixar dormir por cinco horas seguidas, mas ele não precisa saber desse detalhe. — Com o tempo, você sabe.

— Ele é muito bonitinho, uma graça — diz o homem entre goladas. — Mas dormir não é a praia do garoto. Chora a noite toda. Um pesadelo.

Penso em Eliz, no lado oposto do corredor, cheia de tubos e fios ligados ao corpo frágil.

— Eu não chamaria de *pesadelo* — deixo escapar, distraída, enquanto pego o meu copinho.

— É, hã, sim. Você tem razão. Eu falei besteira. Um filho é sempre uma benção e tudo mais.

Esboço um sorriso fraco.

— Não, eu entendo o seu momento, de verdade. Já passei por ele. Não é fácil se adaptar a essa nova pessoa totalmente dependente de você.

O estranho balança a cabeça em concordância, mas exibe no cenho um vinco de dúvida. Assopro meu café e bebo um gole.

— Eu só acho que, se eu tivesse percebido como ia passar rápido, talvez tivesse sofrido menos. Agradecido mais... — O homem se retrai na defensiva e eu ergo a mão. — Desculpa, é o seu momento, você tem todo o direito de se sentir cansado. Eu só estava pensando alto.

— Aham. — Ele se despede com um assentir de cabeça e se afasta com um olhar desconfiado.

Sinto uma pontada de arrependimento por, talvez, ter falado demais; só que não consigo deixar de apostar, com um aperto no peito, que Jô trocaria as três últimas noites de sono tranquilo por muitas noites em claro com a bebê dela nos braços sem pensar duas vezes.

Fico hospedada na casa da minha amiga por três dias. Nesse período, a rotina é intensa para todos, até para o Marco, que se dispôs a ajudar a mãe dela com as crianças durante o dia, quando nós duas nos revezamos indo ao hospital. Todas as noites ele vai ao apartamento para dormir e, no dia seguinte, aparece no portão da Jô com um saco de pães quentes.

Sempre que me permitem, passo pela UTI para falar com Eliz. Amo todas as crianças da Jô, mas de alguma maneira o vínculo que formei com essa garotinha acaba sendo diferente. Cada minuto de vida dela, cada movimento daquele pequeno tronco que indica que os pulmõezinhos continuam funcionando, é uma lembrança constante de como nosso mais trivial minuto de fôlego é precioso; de como, nos primeiros momentos de vida, todos somos frágeis — e, como certa vez ouvi de um sábio pastor: “pensando bem, nunca deixamos de ser”.

Eliz começa a ganhar peso depois de ter perdido alguns gramas nos dois primeiros dias. E somente depois de a bebê ficar estável e de a Jô receber alta é que voltamos para Búzios.

O caminho de volta parece levar nove horas. Grazi está chorosa porque teve que deixar as crianças, e eu mal consigo dar atenção para ela, com a cabeça latejando de dor pelas três últimas noites maldormidas. Dou graças a Deus por ser o Marco dirigindo, e não eu.

Chegamos à casa dele por volta das onze, almoçamos na pousada e, depois de todos tirarmos uma soneca, Marco resolve dar uma volta com Grazi para que eu possa descansar um pouco mais.

Acordo cerca de quatro da tarde. A casa está vazia e silenciosa. Há um bilhetinho preso na geladeira dizendo que foram ao shopping e três chamadas perdidas de Marco no meu celular, que não ouvi vibrar enquanto dormia. Tento ligar de volta, mas cai na caixa postal. Encaro meu relógio de pulso, imaginando quanto tempo devem demorar, e, soltando os ombros em desânimo, vou até o banheiro para tomar um banho.

É a primeira vez que me atrevo a usar a velha banheira da suíte. Até me dou ao luxo de acender uma vela de sândalo. Espero que Marco não se importe. O aroma se mistura ao vapor da água quente e toma conta do cômodo. Para ser honesta, se eu não estivesse preocupada em checar o celular a cada cinco minutos, teria perdido a noção do tempo. Antes que meus dedos comecem a enrugar na banheira, ouço palmas vindas da porta da frente.

— Um momento!

Apago a vela com um sopro, seco o corpo e troco de roupa tão rápido quanto posso, pedindo desculpas para seja lá quem for durante o processo. Quando chego na sala com uma toalha enrolada no topo da cabeça, a visitante já está de pé no meio do tapete.

— Suzana — solto sem muito ânimo.

Eu deveria imaginar que, se fossem eles, eu teria escutado os gritinhos da Grazi.

A mulher está equipada com um grande chapéu, daqueles com proteção ultravioleta, óculos escuros, as bochechas brilhando pelo protetor solar e uma caixa térmica pendurada no braço dobrado. Ela olha em volta com a mão pendurada no ar e, virando-se para mim, encolhe o queixo para me olhar sob os óculos de sol.

— Você estava tomando banho com a casa aberta assim? Ficou maluca? Não sabe que existe todo tipo de doido por aí?

Sinto uma pontada na têmpora.

— Oi, Suzana. O Marco não está, saiu com a Grazi.

Ela me encara em silêncio.

— Eu sei, é por isso que estou aqui. — Meu olhar interrogativo a obriga a concluir a frase. — Vim te buscar para irmos à praia. Vamos, vamos.

Jogo meu corpo no sofá sem conseguir disfarçar o desagrado com a surpresa. Ela veio até aqui de propósito só para me levar à praia?!

— Suzana, eu tô exausta. Tive um final de semana que valeu por um mês, no mínimo. Não vou a lugar nenhum, sério. Só quero descansar enquanto espero a minha filha.

— Ah, sobre isso, eles ainda vão demorar.

— Como assim? — Afasto um pouco as costas do sofá.

— Acontece que o seu, hã... Como posso dizer? — Ela anda de um lado para o outro como se não tivesse acabado de escutar minha rejeição ao convite. — O pai da sua filha acabou preso em um engarrafamento terrível e estava prestes a ficar sem bateria. Como você não atendeu ao telefone, ele me pediu para fazer a gentileza de avisá-la.

Fecho os olhos, buscando, do fundo da minha alma, alguma paciência.

— Muito obrigada, Suzana.

— Disponha, querida.

— Mas me diga, por favor, onde nesta pequena cidade seu irmão pode ter ficado preso em um engarrafamento terrível?

— Eles não estão na cidade, óbvio, né, querida. O shopping fica em Cabo Frio. Está uma loucura para aquelas bandas, parece que teve um acidente. Marco disse que o GPS estava marcando pelo menos duas horas para chegar aqui e que já tinha passado do ponto que dava para pegar a via alternativa.

— Duas horas? — Ela assente. — De Cabo Frio para cá? — Faz que sim outra vez. — De carro? — Suzana bufa. Nem mesmo os óculos escuros conseguem me impedir de imaginá-la revirando os olhos sob as pálpebras. — Quanto tempo faz isso?

— Uma hora, talvez menos.

Esfrego o rosto.

— Não acredito.

A mulher muda o braço que usa para segurar a caixa térmica.

— É por isso que estou aqui!

Jogo o corpo para trás e o turbante na minha cabeça começa a se desfazer.

— Veja bem, querida — ela diz. — Tenho duas crianças acabando com meu combustível nesse momento. — Ela aponta para fora. — E isso aqui — ergue a caixa térmica — está pesado. Então vai colocar seu biquininho depressa.

— Por que raios você está carregando uma caixa pesada enquanto seus filhos estão no carro? — digo ao me levantar.

— Ora, eu precisava abastecer a caixa.

Meu tempo no banho foi, pelo visto, longo o bastante para permitir um assalto à geladeira. Subo as escadas para o quarto e começo a me vestir sem ânimo algum, só porque ela vai continuar insistindo e eu não tenho nada melhor para fazer mesmo.

— A praia é relaxante — continua ela lá da sala. — E, pelo que estou sabendo, você não entrou em nenhuma até agora. Era só atravessar a bendita rua! Meu irmão me pediu para fazer a delicadeza de te levar e eu vim com toda a minha boa vontade.

Retorno com meu maiô preto e uma canga amarrada na cintura.

— Seu irmão te conta tudo?

— É o que parece — ela pisca, satisfeita.

Suzana dá as costas na direção da saída.

— Nós vamos de carro? — Sigo atrás dela enquanto atravesso o quintal. — Não era só atravessar a rua?

— Eu preciso estacionar em algum lugar, querida. Todo espaço que existe nessa rua consiste no portão da garagem, e eu não quero atrapalhar o Marquinho de entrar.

— Você não pode, sei lá, colocar o carro para dentro?

— Aí vou ter que *sair* para ele entrar. Isso não dá mais trabalho?

Dou de ombros. Que seja. Vamos atravessar a rua de carro, então. Eu me acomodo no banco do carona sob os olhares curiosos dos meninos. Suzana despenca no banco ao meu lado e, nos minutos seguintes, estamos na praia.

Uma artesã passa por nós oferecendo bolsas de palha trançadas manualmente. Um trabalho impressionante por um preço inacreditável. Considerando que tenho me sentido uma patricinha deslocada com a minha tiracolo de correntes e que eu achei mesmo o artesanato encantador, compro da mulher uma bolsa de ombro.

A vendedora e eu conversamos por um tempo. Falamos sobre a importância do trabalho manual e sobre como, com a onda da inteligência artificial em diversos ramos comerciais, atividades como a dela devem passar por uma valorização nos próximos anos. O brilho otimista se intensifica nos olhos da senhora quando peço o contato dela para, quem sabe, fazermos uma futura parceria de negócios.

Suzana não dá a mínima importância para nenhuma de nós, e tento não me aborrecer por isso. Algumas pessoas podem ter todo o dinheiro do mundo e ainda assim ser incapazes de reconhecer quando estão diante do que é valioso de verdade.

A essa altura, os dois meninos, José Antônio e Antônio Neto, já passaram correndo por nós e entraram na água. E, sim, eu acho que, seja lá quem tenha sido Antônio, os pais dessas crianças o consideravam muito.

Então relaxo o corpo na espreguiçadeira que alugamos com um guarda-sol em uma barraquinha. Faz algumas horas desde que eu almocei e já estou com fome, mas Suzana se recusa a me deixar comprar algo. Em vez disso, me oferece uma garrafinha de chá gelado tão horrível que, na primeira distração dela, eu jogo metade do líquido na areia, em um ponto onde ela não consegue ver.

Agora estou entediada, sem livro para ler ou assunto para conversar, e nem reclamar posso, porque Deus me livre se ela retirar alguma coisa a mais dessa caixa térmica.

— Então — digo com um suspiro. — Você sempre vem para a praia assim, cheia de aparatos?

A mulher com certeza percebe a gozação, mas não compartilha o divertimento.

— Quando estou com os meninos, é claro. Não confio nessas coisas que são vendidas assim, pela praia. Principalmente água.

Eu permaneço calada por pelo menos dez segundos, absorvendo a informação.

— Por quê? Você tirou a sua direto de uma fonte mineral mágica nas geleiras?

Suzana sorri pela primeira vez em toda a vida dela.

— Eu conheço a origem — articula.

— Que é...?

Ela solta um pigarro.

— Um supermercado — ela empina o queixo — de confiança.

— Ah, claro. — Seguro o riso.

Suzana solta um suspiro e desliza os óculos de sol para o cabelo, apertando os olhos antes de berrar para os meninos não irem até o fundo.

— Nossa, eles nunca param de dar trabalho — diz para mim ao abaixar os óculos, então se deita na espreguiçadeira.

Aperto os lábios.

— Nada como um incentivo desses a essa hora. — Ergo o braço para espiar o relógio.

Só se passaram vinte minutos dessa tortura. Olho na direção da pousada por sobre os ombros. Nada do Jeep de Marco. Nada da minha filha.

— Você não vai entrar na água? — pergunto, tentando desviar o foco do embrulho no meu estômago.

Acho que aquele chá me deixou com mais azia.

— Ah, não. — Ela esfrega a pele esbranquiçada com mais protetor solar. — Eu nunca entro.

A confissão me deixa estupefata.

— Sério, isso? Você disse que o mar era relaxante!

— Nã-nã-não — corrige com o dedo em riste. — Eu disse que a *praia* era relaxante, me referindo à faixa de areia. Isso inclui vislumbrar a maravilhosa paisagem.

— Você devia ter sido mais específica, então. Na *areia* eu já tinha vindo.

— Bom... — começa, mas permanece sem palavras por uns dois segundos. — Meu irmão não me disse isso.

— Parece que ele não te conta tudo, não é mesmo?

Ela solta uma risada de escárnio capaz de deixar o mais inocente dos seres humanos desconfiado. Mas decido não continuar a conversa.

A pontada que eu sentia na cabeça começa a ficar forte, em um nível que me obriga a ir até a água e dar um mergulho. No começo, ao colocar os pés no mar, me arrependo profundamente. Essa água é mais gelada do que qualquer uma em que eu me lembre de ter entrado. Sinto uma saudade súbita do litoral paulista e me insulto mentalmente por todas as vezes que desejei estar na Região dos Lagos por causa daquelas benditas imagens com uma escadaria paradisíaca que circulam pela internet. Mas, para a minha surpresa, acabo me acostumando à temperatura com o passar dos minutos e me sinto, na verdade, 10% mais relaxada quando retorno para a cadeira.

Me deito apoiando a cabeça e fecho os olhos.

— Oh, acho que eles chegaram! — A voz empolgada me faz levantar de súbito. — Ah, não. Não eram eles.

— Não acredito, Suzana! — Levo a mão à testa. — Você tá brincando?

— Desculpe, querida. Era um carro da mesma cor.

— Aquilo nem era um Jeep!

Ela aperta os lábios.

— Eu não queria aborrecer você.

Alguma coisa nos olhos dela me faz retrair o corpo e soltar um suspiro. Por algum motivo, desconfio que não esteja me irritando tanto de propósito.

— Tudo bem, eu... me desculpe. Eu só não estou com cabeça. Nem deveria estar aqui.

Ela se cala. Só dura um instante.

— Eu forcei a barra.

— Um pouco — admito e nós duas deixamos risadas abafadas escaparem.

Encaramos o mar em silêncio. Dessa vez, ela não o quebra.

— Aquilo foi insano — solto.

Ela me olha de soslaio.

— Mas eles estão bem, né? Digo, sua amiga e o bebê?

— É menina. — Uma ponta de saudade desperta no meu peito. — Eliz. Elas estão bem, sim. A bebê ainda não teve alta, mas está progredindo bem, dizem os médicos.

— E a mãe já saiu?

— Sim, mas eles continuam monitorando de casa. Apesar de ela ser jovem, a eclâmpsia precisa de cuidados, mesmo no pós-parto. Ela nos deu um susto e tanto.

— Imagino. — Suzana parece se perder um pouco nos pensamentos. — Você disse que ela é jovem. Quantos anos tem?

— Pouco mais de quarenta.

A mulher me encara com uma curva quase imperceptível no canto dos lábios.

— Veja você. Obrigada por considerar as quarentonas jovens.

— Bom, a Jô não é nenhuma menininha. Mas ela é jovem para... você sabe.

— Morrer — Suzana completa, inexpressiva. — Como o idiota do meu marido.

Não consigo evitar um leve arregalar de olhos com a informação.

— Ele era jovem para morrer também. Mas achou que seria ok me deixar sozinha nesse mundo com suas duas réplicas. — E aponta com a cabeça na direção dos meninos.

Eu a observo em silêncio. Ela retira os óculos para coçar o nariz e, por apenas um momento, posso ver a umidade nos seus olhos verde-água.

— Sinto muito, Suzana.

A mulher funga com discrição. Até esse movimento ela faz com elegância.

— Tudo bem. Faz parte da vida.

Olho para o horizonte sem uma resposta para isso.

— Veja como é a vida — Suzana diz alguns minutos depois, esticando o pescoço na direção da pousada.

Apesar da gafe do Jeep, essa é a primeira vez que me dou conta de que ela tem vigiado o retorno deles tanto quanto eu.

— Quando eu menos esperava, ganhei uma sobrinha — conclui.

Semicerro os olhos.

— Então você acredita em mim?

Ela me lança um daqueles olhares gélidos.

— Por favor, quem não acreditaria?

A pergunta ridícula me obriga a responder em tom de deboche.

— Você sabe, o seu irmão.

Suzana se empertiga sobre a espreguiçadeira e estica o corpo para alcançar a caixa térmica. Em reflexo, afasto meu corpo um pouco para trás. Enquanto ela vasculha o conteúdo, deixa escapar um muxoxo, então saca uma garrafinha de "água das geleiras mágicas" e abre a tampa.

— Ah, querida. Toda essa exigência do Marco não tem nada a ver com você. Ele é como Tomé, sabe?

— O discípulo?

— Ele precisa ver para crer. — Suzana assente.

Eu a observo enquanto leva o líquido à boca, muito magra e cheia de si, com saboneteiras salientes o bastante para fazer inveja em qualquer modelo de lingerie dos anos 1990. A postura não reflete em nada a mulher fragilizada que agora há pouco falava sobre o falecido marido com ressentimento. Depois de terminar a bebida, ela tampa a garrafa e estica as pernas desprovidas de celulite sobre a cadeira comprida. Então se apoia sobre os cotovelos e joga o cabelo para trás, balançando-o com o prazer de quem se delicia com os poucos raios de sol que a enorme sombrinha sobre as nossas cabeças não consegue deter. Olha, nem a estátua da Brigitte Bardot poderia ter tanta autoestima.

— Mas você não precisa? — pergunto.

Suzana levanta o pescoço e me olha com condescendência.

— Além das evidentes semelhanças físicas? Faça o favor, Vânia. Você é rica e bem-sucedida. Ele é um playboy quebrado gerenciando um muquifo. O que você ganharia inventando uma coisa assim?

Olho para trás, na direção da Pousada Laguna. Os lampiões vitorianos que enfeitam graciosamente o jardim já começaram a acender. Há um pequeno muro coberto por azulejos portugueses e um telhado de alvenaria sendo colorido pelo tom rosado do cair da tarde. Sou acometida pelo ímpeto de defender a construção.

— O empreendimento do seu irmão vai muito bem. Ele não precisa ter um hotel cinco estrelas para ser bem-sucedido. Riqueza nem sempre tem a ver com luxo, sabia?

A mulher me encara em silêncio, sem esboçar nenhuma expressão. Receio que responderá com alguma coisa como "disse a Fada do Brilhante", mas, para a minha surpresa:

— Enfim, não é esse o ponto. — É tudo o que sai da boca dela.

Estou prestes a abrir a minha para responder, quando um Jeep vermelho vira a esquina. Meu coração salta no peito. Não o espero estacionar para pular da cadeira e começar a recolher minhas coisas.

— Meu irmão é um sonhador — Suzana diz, levantando-se também. Então leva uma das mãos em formato de concha até a altura da boca e grita: — Meninos, saiam da água agora! — Ela se vira para mim com uma expressão divertida. — Ele acredita em contos de fadas, sabe?

— Duvido muito — retruco enquanto jogo meu protetor solar dentro da bolsa.

— Fomos criados na igreja. Ele te contou?

— Contou, sim — confirmo, sem entender qual é o ponto.

— Imagine só: quando era adolescente, em um retiro de carnaval, ele pediu um sinal para Deus.

— Sinal?

Olho ao redor, procurando meu short por todos os lados. Ah, ali está, na esteira que estendemos entre as espreguiçadeiras.

— É, um sinal para que Deus revelasse a ele a mulher com quem devia se casar.

Abro um sorriso enquanto deslizo o short pelas pernas até a altura dos quadris. É engraçado imaginar um Marco jovenzinho pensando em arrumar uma esposa.

— Deus respondeu?

— Ele está casado?

Fecho os olhos e inspiro fundo. Juro que preciso cerrar a mandíbula para não deixar escapar a resposta atravessada que me veio na ponta da língua. Uma coisa não muito conveniente para uma mulher que nasceu de novo. Ela empina o nariz com petulância e ignora minha careta.

— Enfim, o tempo passou, ele se desviou do Caminho, tentou se casar com aquela lá... e nada aconteceu. Assim que voltou para a igreja e teve aquela doença, o que ele fez?

Dou um nó na blusa que acabo de abotoar.

— Não faço a menor ideia. — Começo a bater os chinelos cheios de areia um no outro para logo em seguida colocá-los de volta no chão... de areia.

— Amadureceu? — Suzana continua. — Não. Pediu o mesmo sinal.

Solto uma risada.

— Bom, pelo menos ele permaneceu fiel aos próprios princípios. — Empertigo a postura, estou com tudo pronto. Então olho para ela, de repente curiosa. — Você sabe o que é?

— Se eu sei? — Ela abre um sorriso debochado. — Eu cresci ouvindo sobre isso, garota. É o sinal de Rebeca.

— Rebeca? — Tento me lembrar das histórias dos patriarcas. Qual dos três foi casado com Rebeca mesmo?

— Você sabe, a história do poço. Da mulher que ofereceu água aos camelos, então o servo de Abraão soube que era com ela que Isaque deveria se casar. Bem, ele adaptou um pouco, claro, mas meu irmão acredita que, quando conhecer a mulher com quem deve se casar, ela vai oferecer a ele um pouco de água.

Demoro alguns segundos para assimilar a informação. Enquanto coloco minha bolsa de palha no ombro, sou atingida pelo lampejo de uma memória.

— Você está sempre fazendo isso.

A lembrança ecoa no meu cérebro e me faz esboçar um sorriso hesitante.

— O quê?

— Me oferecendo água.

Rio um pouco mais. *Ah, qual é! Ele não deve estar pensando...*

— Você me ofereceu água quando nos conhecemos, lembra?

Arregalo os olhos, boquiaberta.

— Mas existem coisas que você não precisa ficar sabendo.

Meu. Deus.

Marco não está pensando que Deus revelou a ele que eu sou a esposa por quem ora desde criança.

Ele tem certeza.

COMA UM TATUÍ

Analiso Marco enquanto ele tira algumas sacolas do porta-malas. A barba por fazer deu lugar a uma mandíbula lisa, muito bem desenhada. A pele bronzeada está um pouco mais pálida. O cabelo desalinhado que cai sobre a testa é capaz de me tirar suspiros, e aqueles olhos... Ah, os olhos. Ele deveria ser proibido de usá-los.

Por falar em olhos, os de Grazi estão inchados como os de quem acabou de acordar. Enquanto eu a tiro da cadeirinha, ela deixa escapar um bocejo que confirma minha suspeita.

— Pelo menos dormiu um pouquinho mais, né, meu amor? — falo de mansinho. — Depois de uma viagem daquela, acabar em um engarrafamento é terrível.

Marco deixa escapar uma risada pelo nariz.

— Ela dormiu o tempo todo.

Ergo a cabeça, assustada.

— O tempo todo?

— Eu passeei com ela desmaiada no carrinho.

Arregalo os olhos.

— Não desmaiada de verdade — ele corrige, nervoso. — Foi modo de dizer.

Sacudo a cabeça. Essa não é a questão.

— Tá. Mas depois ela acordou, né?

Marco me encara, hesitante, com os braços cheios de sacolas.

— Não.

— Quanto tempo exatamente ela dormiu?

— Umas quatro horas.

— Meu Deus! — Pestanejo observando minha pequena ursa, que começa a se remexer para descer do meu colo. Os primeiros sinais de que a reserva energética foi restabelecida com sucesso. — Isso vai nos custar caro mais tarde.

— Ela estava tão fofinha dormindo, não tive coragem de acordar.

Coloco a Grazi no chão e ela sai correndo para dentro de casa. Marco faz sinal para que eu entre primeiro.

— Parece que alguém andou gastando — digo ao passar por ele, em falsa recriminação.

— Foram só umas coisinhas...

— Marco — interrompo. — Eu estava brincando. Obrigada por cuidar dela.

Ele fica em silêncio por um segundo, depois aperta os lábios.

— Não foi sacrifício.

— Eu sei.

Minutos depois de entrarmos, Marco faz uma segunda viagem até o carro e nos surpreende com uma enorme caixa de papelão, muito mais volumosa do que as sacolas e, a julgar pelo esforço que faz para carregá-la, mais pesada também. Olho para ele com interrogação, e começo a me preocupar com o que seriam as tais "coisinhas" que andou comprando por aí.

— Eu achei que ela ia precisar — Marco diz com os ombros encolhidos e um sorrisinho.

Me aproximo da caixa e aperto os olhos para ler as pequenas inscrições na embalagem. Há uma foto colada com a ilustração do conteúdo. Levo uma mão até a boca. Eu pensei que ele fosse esperar o resultado do exame antes de começar a comprar esse tipo de coisa. Na imagem, há uma pequena cama montessoriana em formato de casinha.

— Ela vai, sim — respondo, tocada.

Marco abre um sorriso tão bobo quanto encantador antes de fazer uma terceira viagem e aparecer com um pequeno colchão, que leva direto para o quarto. Eu o sigo, acompanhando a cena ainda sem acreditar. Ele deposita o objeto no chão ao lado da minha cama.

A cama dele, quero dizer. Estou tão entorpecida que mal percebo quando o homem sai do cômodo e me deixa a sós com a visão do ambiente. Grazi passa correndo por mim e se lança sobre a espuma macia, reivindicando o território dela. Solto uma risada enquanto a observo se divertir com repetidos pulinhos travessos. Eu me apoio na porta com os braços cruzados e, quando Grazi finalmente parece ter se cansado, ela se aninha na ponta do colchão e coloca um dedo na boca. Com a outra mão, enrola um cacho do cabelo. Sinto Marco se aproximar por trás de mim e, logo em seguida, um leve aperto no meu ombro.

— Você está bem? Quer descansar um pouco?

Viro a cabeça e olho para ele de soslaio, o peito aquecido pelo toque. Não me desvencilho. Ele não faz menção de me soltar.

— Eu é que devia perguntar isso.

— Eu tô bem, vou dormir mais cedo. Você é que estava indisposta. — O polegar se move de leve pela minha pele.

— A praia pode ser revigorante.

Ele dá uma risada baixa.

— Com a minha irmã como companhia?

— Falando nisso, para onde ela foi? Meu Deus, como pude me esquecer dela?

Marco ri e faz um sinal com a cabeça na direção da sala. Eu o acompanho cruzando os braços na frente do corpo, meu ombro lateja com saudades da mão que o acariciava.

— Ela acenou um tchauzinho do outro lado da pista enquanto você pegava a Grazi da cadeirinha.

— Ah. Queria ter me despedido.

Ele se senta no sofá e dá dois tapinhas amistosos no estofado ao seu lado. Aceito o convite e me sento na outra ponta. Como o sofá é espaçoso, há uma distância entre nós que evita qualquer contato.

— Vocês se deram bem? — ele pergunta.

— Ela não é tão ruim.

Ele esboça um risinho satisfeito.

— Eu não discordo. Ela é minha melhor amiga.

— Sério?

— É. Costumamos contar tudo para o outro, até mesmo... — Ele para de repente.

Eu espero, sem desviar os olhos dele. Marco solta um pigarro antes de continuar:

— Bom, ela também foi muito responsável pela minha caminhada cristã.

— Como assim?

Marco encosta a cabeça no sofá e encara o teto, reflexivo.

— Tudo começou quando entrei na faculdade. Conheci a Ana e fiz uns amigos, digamos, descolados, como nunca tive. Eu virei um cara popular de repente. Sei lá, talvez porque já não era tão magrelo como na época da escola e meu cabeção não se destacava tanto.

Solto uma risada ao encolher as pernas de um jeito confortável e apoio o queixo nos joelhos. Duvido muito que Marco seja o tipo de pessoa alheia à própria aparência ou que já tenha sido. Mas até acho a falsa modéstia bastante engraçadinha.

— Achei que precisava curtir a vida e, bem, eu tinha uma casa legal, um carro maneiro e dinheiro pra gastar. Comecei a desejar coisas banais e a sentir vergonha de admitir que era da igreja. Não lembro qual foi o exato momento em que, na verdade, deixei mesmo de ser.

Marco suspira com o olhar vago.

— Todo esse tempo se passou — continua —, quase uns quinze anos, e a Suzana foi a única, além da nossa mãe, que nunca deixou de orar por mim. Ela e meu cunhado nunca desistiram, sabe? Eles se casaram bem novos, e ele era muito dedicado ao ministério. Foi uma espécie de missionário entre empresários antes da...

Assinto para mostrar que já sei sobre a viuvez precoce da Suzana.

— Da covid.

— Nossa — sussurro. — Eu ainda não sabia como tinha sido.

— Pois é.

Começo a ouvir passinhos cambaleantes se aproximarem. Grazi vem carregando a boneca de pano e se senta no tapete, distraída com o brinquedo.

— Então é recente. — Escorrego pelo sofá até me sentar ao lado dela. — Pobre Suzana...

— Pouco mais de um ano — confirma Marco. — O Vitor era um cara muito gente boa, é difícil não sentir a falta dele. Minha irmã tem passado bastante tempo aqui com os meninos. Não tem sido fácil para eles também.

— Imagino — digo, acariciando a cabeça da Grazi. Ela se esquiva de mim, não está interessada em amor e carinho no momento. — Então eles vêm muito para cá? Quero dizer, aqui, para a sua casa?

— Ah. — Ele se levanta e começa a procurar alguma coisa entre as bolsas da viagem. — Eu quis dizer aqui em Búzios. Mas, sim, ela me visita com frequência.

— Papai — Grazi interrompe.

Só papai, sem titio. Sinto um frio na barriga. Marco passou muito tempo sozinho com ela enquanto estávamos no Rio, me pergunto como ou quando a ensinou.

— Vem *bincá*.

Marco abre um sorriso bobo e vem se juntar a nós no tapete trazendo consigo o pote de plástico pelo qual procurava.

— Isso significa que Suzana não mora em Búzios?

— Ah, não, ela mora em Copacabana — ele diz, segurando a boneca pelo tronco enquanto Grazi faz "penteados" nela.

A interação entre eles é mais natural, mais íntima. Quase como se se conhecessem desde sempre.

— Mas os meninos estão de férias, então eles têm ficado na casa de praia, na Rasa — continua Marco. — Assim podem ter sempre a mim por perto. Você sabe... Uma figura masculina.

Assinto em silêncio. Não consigo deixar de admirar a devoção que ele tem à família ao mesmo tempo que sinto uma pitada de inveja. Posso contar nos dedos as duas míseras vezes que meu irmão esteve com Graziela. Tirando a visita rápida que nos fez na maternidade, ambas foram em pequenas confraternizações na casa brasileira da nossa mãe. Um Natal e o aniversário dela de sessenta anos. Mesmo assim, a interação entre os dois foi mínima.

— Eles têm sorte de ter você — sussurro. — E a Grazi também.

Marco abre um sorriso, orgulhoso, e me conta as atividades a que ele e Grazi se dedicaram na casa da Jô. Entre sessões de Netflix com as outras crianças e mergulhos na praia a poucos metros do quintal, os dois até caçaram insetos marinhos que parecem pequenas baratas, com os quais Marco fez uma farofa bastante questionável. Ele abre o pote de plástico e, no mesmo instante, Grazi bate palminhas e abre a boca.

— Se chama tatuí. — Ele pega a coisinha e a estende para mim. — Vai, experimenta. Guardei para você.

— Parece barata — recuso com uma careta.

Grazi solta uma risada enquanto enche os dedos com dezenas de baratinhas enfarofadas e as leva até a língua sem a mínima cerimônia. Nojento. Entrelaço as mãos, segurando o impulso de arrancar o inseto/crustáceo/seja lá o que for da boca dela. A julgar pela história que me contam, o estômago da minha filha já estava sendo forrado por essas pequenas pragas ao longo dos últimos dias.

Decido ir até a geladeira e assaltar alguma comida de verdade enquanto os dois raspam a vasilha de farofa. Encontro um pote de Nutella e saco uma colher do armário. Eu me apoio com as costas no balcão, observando a cena de Marco e Grazi no tapete. Minha filha solta risadinhas roucas quando ele tenta tomar um dos tatus sei lá o quê da mão dela com a boca. Ela recolhe os dedos, esmagando o bicho contra o próprio peito, e o enfia na boca bem rápido para evitar o furto. Marco solta uma risada sonora. Os olhos dele brilham.

Lembro-me da minha conversa com Suzana e meu coração bate mais rápido. A Nutella derrete na minha língua e sou invadida por uma onda de prazer e, talvez, um pouco de imprudência também. Pela primeira vez, desde que cheguei aqui... Pela primeira vez em três anos, enquanto os vejo interagir com tanta naturalidade e amor, começo a pensar: *Meu Deus, por que não?*

* * *

Horas depois, Grazi ainda está brincando de boneca. Marco sai para resolver umas coisas da pousada e eu ligo o computador para trabalhar um pouco. Respondo a algumas mensagens da minha mãe e da Jô, faço uma chamada com a *pet sitter* para conversar com o

Sr. Tumnus, que não faz questão de dar mais de dois miados para a tela, e depois ligo para a gerente da Fada do Brilhante. É uma chamada de vídeo, então, quando a imagem dela aparece, sou obrigada a conter minha expressão alarmada.

Joice é uma menina com 27 anos e algumas promoções por mérito. Ela é responsável pela loja e tem feito uma ótima gestão nos últimos dois anos. Até hoje, porém, nunca tinha sido abandonada à própria sorte desse jeito. Com a minha viagem e a ausência de Jô, cuidando de um bebê hospitalizado, a garota parece ter envelhecido uns cinco anos. Olheiras fundas marcam a face dela, e o cabelo, que costuma estar cuidadosamente alinhado, desponta fios para todos os lados.

— Ai, Deus. — Tapo minha boca com uma mão. — Você está exausta.

É sério, não me lembro de tê-la visto assim desde antes da pandemia, quando o rapaz de quem estava noiva decidiu cancelar tudo na véspera do casamento de conto de fadas que eles vinham planejando, com direito a lua de mel na Disney e tudo mais. Além de ter saído com o coração partido, o acontecido rendeu a ela um terrível transtorno de ansiedade generalizada que a fez sofrer por meses.

— Não sei por que você está dizendo isso. — Joice parece um pouco ofendida.

— Só liguei para saber como você estava.

— Eu tô bem, meu — a menina diz com tanta convicção que isso só me deixa mais descrente. — Já deixei vocês na mão, por acaso?

— Claro que não.

— Tá tudo sob controle.

— Joice, eu não tenho dúvidas da sua competência, mas a Jô está ausente até do trabalho remoto, e eu também não tenho conseguido te dar atenção. Todo mundo tem um limite. Prometo que vou voltar em breve.

— Está tudo bem. — Posso imaginá-la batendo os pés. — Eu dou conta.

— Faça o favor de não trabalhar fora do horário e delegue funções para sua subgerente.

— Pode ficar tranquila, chefe. — Ela dá um sorriso meio exagerado. — E leve o tempo que precisar.

Desligo, pensativa. O tempo que precisar? Como eu poderia ignorar o que acabei de ver enquanto curto umas férias não planejadas com a minha filha e o pai dela?

É especialmente por isso que acabo em uma página de venda de passagens aéreas. Deslizo o cursor do mouse enquanto verifico os preços de tickets para os próximos dias. Acesso o site onde acumulo milhas, faço algumas contas e percebo que a melhor opção é um voo que sai em três dias. Bem, estamos juntos há pelo menos dez, mais do que eu havia prometido ao Marco.

Bem nessa hora, ele entra bocejando pela porta da sala. Dá um beijo no topo da cabeça da Grazi e estica as costas.

— Ei, está fazendo o quê?

— Comprando nossas passagens — digo em um sussurro.

Ele congela os movimentos.

— Eu sinto muito, mas já está na hora.

— Quando vocês vão? Amanhã?

— No sábado.

Quase dá para ver as engrenagens do cérebro de Marco funcionando enquanto ele balança a cabeça com os lábios presos entre os dentes.

— Podemos ir à igreja depois de amanhã, então? — Antes que minha mente confusa formule uma resposta, ele continua: — Eu queria que vocês conhecessem minha congregação antes de irem embora e, já que comprou a passagem para sábado, a única chance vai ser na reunião de oração da quinta-feira.

— Claro, sem problemas.

Marco só faz que sim com a cabeça e se vira para sair, anunciando que vai tomar um banho.

— Marco — chamo, apressada. — Eu ficaria mais tempo, se pudesse.

A expressão dele, que mistura cansaço com tristeza e carinho, o faz parecer mais velho, sério e lindo de morrer. Meu coração dói.

— Eu sei — ele diz sem um pingo de raiva na voz.

Abaixo a cabeça e sinto uma pontada de angústia. Acho que seria mais fácil se ele tivesse ficado bravo.

Depois do banho, que parece ter reposto um pouco da energia dele, Marco resolve montar uma certa cama no formato de casinha.

Isso teria sido muito útil se conseguíssemos fazer a Grazi dormir. Em dias normais, em que ela não dorme a tarde inteira, vai para a cama antes das oito. Agora já passam das onze e a pimentinha continua cheia de energia. Deixamos que brinque até esse horário, quando enfim anuncio o limite. Tento tranquilizá-la com algumas músicas que canto para ela desde a barriga, mas a menina começa a ficar irritada e chorosa. Nada funciona.

Até mesmo o pai dela, que jamais entrou no próprio quarto enquanto eu o tenho ocupado, se junta a nós para tentar acalmá-la. Estou sentada na beirada da cama montessoriana e Marco se debruça na outra ponta. Ele começa a contar uma história improvisada que toma a atenção da criança por míseros quinze minutos. Assim que a história acaba, o choro volta.

Grazi pede colo. Eu a seguro e, assim que Marco está prestes a sair do quarto, o choro volta. Ele detém os passos e oferece colo. Ela aceita e se aninha. Marco se senta com ela na cama montessoriana. Ela fica tranquila por alguns segundos, mas só o tempo que levo para tentar me esquivar para a cama maior.

No meu primeiro passo para fora do território de Grazi, um choro histérico corta o quarto. Ficamos nesse impasse por um tempo interminável. Se eu a aconchego, ela pede pelo Marco. Se ele dá colo, ela quer segurar minha mão.

Fazemos de tudo para que as duas pequenas pálpebras se fechem, mas, às duas da manhã, estamos ambos exaustos.

— Não aguento mais — choramingo.

Se a minha cabeça voltou a doer, mal consigo imaginar como Marco deve estar exausto. Com os olhos avermelhados, ele chacoalha Grazi no colo enquanto ela chora.

— Gracinha — ele implora —, a mamãe e o papai estão cansados. Por que você não dorme um pouquinho, hein?

A resposta é um grito estridente e ininterrupto.

— Já chega disso! — Eu me levanto e vou decidida até a cama de casal. — Me dá ela aqui. — Marco me olha com incerteza, a mão apoiada nas costas da chorona. Chacoalho as mãos, insistente. — Não vou matá-la, juro.

Ele solta um suspiro, depois me passa Grazi com cuidado. Eu a coloco no meio da cama e me deito ao lado. Aos soluços, minha filha se aninha mais perto de mim. Fecho os olhos e volto a cantar baixinho enquanto a cabeça lateja. Passar da hora de dormir é sempre um caos, mas hoje está sendo um pesadelo fora do normal. Isso não pode ser só cansaço.

Eu me apoio no cotovelo e acaricio a testa da Grazi, sem deixar de cantar. Algumas gotas de suor molham a testa dela. Peço para Marco ligar o ar-condicionado, e o pequeno movimento que ele faz na direção da cômoda onde está o controle remoto a faz voltar ao choro. Ela reclama por ele. Nos entreolhamos. Assinto em um acordo silencioso.

Marco se deita na outra ponta da cama, tão distante de nós quanto possível. Grazi estica a mão para tocar a dele. Suspiro ao acariciar os cachinhos macios e, depois de cantarolar por mais um minuto, as pestanas dela começam a pesar até que se fecham por completo. Estou tão sonolenta que não consigo nem sequer agradecer a Marco. Apenas deixo minha cabeça pesar no travesseiro e os olhos se fecharem por um minuto. No minuto seguinte, o sol da manhã atravessa a janela para me despertar.

Grazi está atravessada na cama. Os pés no meu rosto e a cabeça no peito de Marco, profundamente adormecido em um ronco baixo. Como eu, ele ainda está vestido com a roupa do dia anterior. Nossas mãos se cruzaram na altura de nossas cabeças e, de alguma forma, terminaram entrelaçadas. Quando puxo o braço para nos desvencilhar, ele abre os olhos. Encolho minha mão. Marco se apoia nos cotovelos e olha ao redor.

— Bom dia — sussurra com a voz um pouco mais grossa. — Eu não deveria estar aqui.

Levanto devagar e esfrego o rosto. Não fosse pela luz do dia que invade a janela, eu poderia jurar que dormimos por apenas um minuto.

— Bom dia. — E dou um bocejo. — Não acho que você teve escolha.

Marco se desvencilha de Grazi e escorrega para fora da cama. Ele ainda está calçando os chinelos, tem o cabelo loiro desgrenhado e a bochecha amassada pelo lençol. Preocupo-me instantaneamente com a vista que *ele* tem de onde está. Passo a mão pelos meus cachos.

— Me desculpa, Vânia. — Marco coça a cabeça, cabisbaixo.

— Por me ajudar com nossa filha?

Ele solta um suspiro.

— Pela invasão de privacidade.

— Ah, sim. *Isso.* — Desço da cama e vou até a janela para a abrir tentando agir com naturalidade, apesar do meu rosto quente.

— Não foi uma situação que a gente causou de propósito — continuo ao deslizar o vidro. Uma brisa morna invade o quarto. — Né?

Ele desliga o ar-condicionado.

— Não. — Marco coloca o controle sobre a cômoda e desvia os olhos para a cama, para nossa filha. — Claro que não.

— Marco. — Espero até que ele olhe para mim. — Obrigada.

Ele encolhe os ombros.

— Pelo quê?

— Você sabe.

Ele caminha até a porta do quarto com aquele meio-sorriso simétrico de satisfação.

— Não tem de quê. — Então olha para trás. — Café?

Mordo os lábios tentando conter o sorriso.

— Café.

QUEM ENTRA NA ÁGUA PODE SE QUEIMAR

É preciso descrever em detalhes esta cena para que você tenha uma boa visão do momento e tente me julgar um pouco menos quando se der conta de que estou debruçada no balcão, com o queixo apoiado em uma das mãos, enquanto observo Marco Remi preparar para nós o melhor café solúvel que já experimentei em toda a minha vida. Quero dizer, que estou prestes a experimentar. Não que eu goste de café solúvel nem nada, mas tenho certeza de que esse aqui está ótimo.

O homem veste uma camisa regata que evidencia o delineado dos braços. Cabisbaixo, ele trabalha concentrado na tarefa. O sol matinal entra pela janela, e os raios evidenciam o vapor que sobe das xícaras: o maravilhoso, exótico e refinado aroma de... Nescafé. Aceito a caneca fumegante que ele passa para mim e, sem pensar duas vezes, engulo parte do líquido amargo.

— Você toma assim? — pergunta ele. — Sem açúcar?

— Aham. — Faço o possível para me manter inexpressiva. — É melhor para sentir o gosto puro dos grãos.

Ele aperta os olhos em divertimento e vira-se de costas para pegar alguma coisa na geladeira. Estico o braço até o sachê mais próximo de açúcar, despejo todo o conteúdo na minha caneca e atiro o saquinho na direção de um vaso de plantas através da janela.

— O que está fazendo? — Marco coloca o pote de geleia na mesa.

Eu paro de girar a caneca na tentativa de fazer o açúcar se dissolver.

— Eu tô... hã... tentando esfriar um pouco. Prefiro café morno. É muito mais confortável para beber.

Essa parte não é mentira. Na verdade, é a única coisa que faz sentido nessa história toda de Nescafé e, mesmo assim, ele me olha como se eu fosse louca, mas não tece nenhum comentário. Em vez disso, continua colocando todo tipo de guloseimas à nossa disposição.

Com a mesa posta, Marco besunta alguns pãezinhos com manteiga e enfileira todos ao lado de uma torradeira. De dois em dois, cada um deles começa a se tornar uma versão quente e tostada do que costumava ser.

Comemos enquanto ele me conta dois ou três causos engraçados e surpreendentes de Grazi do tempo que passaram juntos em Copacabana e como ele sempre se pergunta de onde vem tanta sagacidade. Preciso jurar que não é de mim.

— Ela é assim por mérito próprio — asseguro antes de dar mais uma mordida na minha torrada com geleia.

Ele assente e, em silêncio, encara as migalhas no prato de sobremesa. Quando volta a erguer os olhos para mim, vejo um brilho de insegurança chamuscar.

— Vou sentir muita falta de... — Ele se interrompe. — Muita falta dela.

Solto um suspiro. Marco tem o olhar perdido entre o pote de geleia e o de manteiga, os fios de cabelo sobre a testa balançam com a brisa que entra da janela. Ah, Marco... Meu coração aperta. Estico a mão para tocar a dele.

— Vamos sentir sua falta também — respondo me incluindo como sujeito porque, ora, alguma autoconfiança merece ser adquirida depois da minha epifania sobre aquela história de sinal. — Mas isso não é o fim, sabe?

Marco gira a mão para cima e retribui o carinho. Com o polegar, desenha círculos invisíveis na minha palma. Por prudência, decido ignorar o frio na barriga.

— Ah, não. Eu sei que é só o começo, mas... mesmo assim.

— Aham — solto, quase sem ar.

Ele deixa a cabeça cair de lado, meio emburrado, meio sonhador.

— É que fiquei mal-acostumado em tê-las por perto. Não consigo imaginar como seria passar a manhã inteira longe daquela garotinha ou sem um beijinho de bom-dia.

Talvez, em outro contexto, o monopólio de Grazi nas frases dele pudesse me despertar ciúmes, mas, honestamente, não sei em qual seria. Tudo o que sei é que cada demonstração de amor do Marco pela nossa filha me deixa muito, muito mais atraída por ele do que talvez eu devesse estar.

Recolho a mão do jeito mais sutil que consigo. Uma faísca de confusão escapa do olhar dele. Verifico meu relógio de pulso e constato que Grazi deve dormir por pelo menos mais uma hora.

— Vai fazer alguma coisa agora? — pergunto.

Marco faz a tela do celular dele acender.

— Daqui a uns vinte minutos, preciso resolver algumas coisas na pousada. Por quê?

Levanto-me da banqueta e começo a recolher as coisas do balcão.

— Estava pensando em fazer uso dos seus recém-adquiridos dons.

Marco me encara com o olhar interrogativo.

— De babá — completo.

— Ahhh. E eu pensando que estava incluído nos planos. Quais planos, mesmo?

Junto as mãos de um jeito travesso.

— Eu estava pensando em dar uma caminhada na areia. Se não for problema.

Ele coloca um avental para começar a lavar as louças que eu retirei do balcão.

— Pode ir, vamos ficar bem.

Dou um pulinho empolgado e vou até Marco para agradecer com um beijo na bochecha.

Entenda, apesar da minha evidente animação, eu não estou esperando pelo que acaba acontecendo. Quando fico na ponta dos pés e aproximo minha boca do rosto dele, Marco se vira para mim e o que era para ser um cumprimento inocente se torna o mais constrangedor beijo de canto de boca já registrado na história da humanidade.

Cambaleio com o susto e ele me ampara com um braço ao redor da cintura. Graças a Deus, somos adultos o bastante para encarar a situação de forma madura. Trocamos olhares por uma infinidade de segundos enquanto nossos rostos coram ao mesmo tempo. Marco solta uma risada nervosa e eu apoio uma das mãos no balcão para me equilibrar. Desvio os olhos para todos os lados e todas as coisas que não incluem o rosto dele. Mas que ideia brilhante foi essa?! Céus, essas coisas só acontecem comigo.

— Então tá. — Empurro-o pelo peito. — Valeu mesmo. Preciso ir antes que ela acorde.

E saio em disparada.

Acho que Marco me responde com um "não tem por onde". Acho. Já estou longe demais para ter certeza.

* * *

Quase caio de cara no chão ao atravessar a rodovia. Ana está batendo papo com uma garota que deve ter mais ou menos a idade dela na frente da pousada e grita quando me vê tropeçar em uma tartaruga no acostamento. Uma tartaruga de trânsito, sabe? Aquelas coisas amarelinhas que servem para sinalizar a rua. Não uma tartaruga de verdade, pelo amor de Deus.

— Cuidado, dona Vânia!

O "dona" quase me faz sair rolando. Mas alcanço a calçada, intacta, antes de conseguir olhar para trás. Ajeito a postura e removo o tufo de cabelo que entrou na minha boca. Do outro lado da rua, Ana aperta os olhos, com cara de preocupada, enquanto a amiga usa a mão para cobrir a boca — não sei se de susto ou para esconder o riso. No meu íntimo, espero que seja a primeira opção.

— Tá tudo bem aí? — pergunta ela.

Dou o sorriso mais razoável que meu rosto quente de vergonha é capaz de elaborar.

— Aham, tudo certo! — Aceno desengonçada e sinalizo um joinha com o polegar. — Foi o vento. — Só eu rio, sem graça, do meio projeto de piadinha.

Ana faz uma careta antes de voltar a atenção para a amiga outra vez.

Bato as mãos na bermuda, determinada a ignorar os últimos minutos de vergonha, e me viro na direção da praia. O vento bate contra o meu rosto. Respiro fundo, sorvendo o ar salgado, e pestanejo diante da visão que se estende diante de mim.

Desde que conheci a Cristo e comecei a aprender mais sobre Ele, observar a natureza passou a ser uma experiência nova. Não que de repente eu tenha virado uma pregadora nem nada, mas é engraçado como momentos cotidianos que antes não me inspiravam pensamentos muito além de "olha que vista linda", no último ano, se tornaram "meu Deus, muito obrigada pela salvação".

É, assim. A esse ponto.

Enquanto caminho pela areia da praia, me distancio mais e mais da Pousada Laguna e da casa de Marco. Esvazio a mente de toda a confusão matinal em que me meti. Com os chinelos nas mãos, deixo os pés afundarem a cada passo, sentindo prazer na textura dos grãos ainda frescos. Esse é um daqueles momentos em que me vejo como essa minúscula parte de um projeto incrível. Tão pequena quanto um grão de areia, e, ainda assim, importante o bastante para ser objeto da atenção do Criador. E, como você bem sabe, não só da sua atenção, mas também do seu amor, a ponto de ter sido adotada por Ele, comprada por um preço altíssimo. É uma daquelas ocasiões epifânicas que fogem da compreensão.

Ergo o rosto para permitir que os suaves raios de luz das primeiras horas da manhã aqueçam a minha pele. Respiro fundo e contemplo o horizonte infinito. A praia está praticamente vazia, exceto por um casal de idosos que caminha de mãos dadas ao longe e por uma garota com roupa de academia que passeia com um golden retriever. Algumas gaivotas conversam na própria língua ao planarem sobre minha cabeça. Ergo o rosto para tentar observá-las e percebo que estão, na verdade, brigando pela carcaça de um peixe pendurada no bico de uma delas. Elas discutem até a altura de uma escuna atracada perto da praia e, por fim, acabam se separando. Uma para terminar de devorar a presa e a outra para pairar sobre as águas, à procura de alimento para si mesma.

É nesse ponto que alcanço um costão cheio de pedras e percebo que minha caminhada chegou ao fim.

Está cedo demais para voltar, cedo demais para encarar Marco depois de o ter... beijado? Bem, ainda que não tenha sido uma atitude, digamos, planejada, eu me contento em aproveitar a vista por mais um tempinho, sentada em uma das pedras.

As ondas quebram na areia, fazendo algumas conchinhas rolarem em aglomerados de espuma branca. Algumas borboletas vindas da vegetação da encosta rodopiam em uma valsa suave.

Tiro o celular do bolso e abro o aplicativo com meu plano de leitura bíblica. Eu só percebo que se passou um bom tempo durante a leitura e uma conversa com Deus porque o vento começa a soprar mais quente e o sol faz a minha pele arder. Estou prestes a me levantar quando ouço uma voz conhecida à distância.

— Mamãe!

A alguns metros, Grazi corre descalça pela areia em um vestido de praia esvoaçante. Ao me alcançar, tem as bochechas coloridas em um rosado que se atenua por uma camada grossa de protetor solar.

— Vocês dois! — Forço um tom de surpresa e desvio rápido os olhos para não encarar Marco. — O que estão fazendo aqui?

— Ela acordou e quis te encontrar.

Entreabro a boca.

— Mas você não tinha o que fazer na pousada?

Um sorriso lento ganha forma no rosto dele. Um sorriso lindo. Meu coração acelera.

— Passamos por lá antes. Eu não quis dizer não.

— Não diga!

Ele inclina a cabeça e me fita com uma expressão travessa de culpa. Reviro os olhos em uma falsa censura. Então percebo as tralhas penduradas no ombro dele.

— Com pés de pato e tudo?

— Nadadeiras — corrige, esfregando as mãos, animado.

Um segundo depois, começa a retirar o equipamento da bolsa e eu percebo que, além dos próprios pés de pato, ele também trouxe uma versão do par em miniatura para nossa filha. Seguro o riso quando ela levanta um pezinho para que ele a calce.

— Você está se saindo bem, não é? — comento.

Marco encaixa o pé de pato com cuidado nela.

— A gente se entende. — Ele pisca um olho, charmoso. — E acho que estou começando a pegar o jeito.

Grazi solta um gritinho e mostra o pé livre de nadadeira. Ele capta a ordem e volta a atenção para ela na mesma hora. Parece que Marco Remi tem instinto paterno, no fim das contas.

— É — digo enquanto observo a cena. — Está, sim.

Grazi fica incapaz de andar com os pés equipados pelos dois trambolhos e é engraçadinho vê-la tentar. Antes que nossa filha caia de verdade, Marco a ergue no ombro e caminha até a água, levando as próprias nadadeiras embaixo de um braço e as duas máscaras de mergulho penduradas no punho pelas alças. Ele a deposita na porção molhada da areia e entra na parte rasa da água para se equipar. Enquanto isso, Grazi fica paradinha, batendo as mãos acima da cabeça. Em poucos instantes, os dois começam a nadar, mergulhando à procura de sabe-se lá o quê. Grazi flutua com o apoio do pai e afunda a cabeça de um jeito que só o pequeno cano ligado à máscara de mergulho fica para fora. Faz isso com a destreza da filha de um mergulhador.

Me aproximo da água e puxo o celular do bolso para filmar. Uma onda alcança meus pés descalços, fazendo cada fibra do meu corpo se contrair de frio. Recuo alguns passos, em completo estado de horror. Eu havia me esquecido de que esse é o mar paradisíaco mais gelado em que estive na vida. Observo, através da tela do celular, Marco sorrir por trás da máscara de mergulho, enquanto Grazi bate os pés segurando-se a ele. As gargalhadas dos dois são empurradas pelo vento até mim. Não faço ideia de como eles conseguem se divertir em uma água com a temperatura do ártico, mas o vídeo está ficando perfeito.

Aproximo a imagem em um zoom bem na hora em que Marco envolve Grazi com os braços, gira o corpo e se levanta rápido. O vídeo ainda capta o grito de dor que ele dá antes que eu apague a tela. Meu coração acelera. Grazi envolve o pescoço do pai com os braços, enquanto Marco cambaleia na minha direção. Estico os braços, ansiosa. Ele geme conforme passa nossa filha para o meu colo. Removo a máscara dela, revelando dois olhinhos assustados. Marco joga todo o equipamento na areia, máscara e pés de pato, então gira o pescoço para trás trincando os dentes.

— O que...? — começo a dizer ao contornar o corpo de Marco para entender o que está acontecendo, mas, assim que meus olhos recaem sobre as costas dele, perco a voz.

Quase uma dezena de marcas de tentáculos cortam o tronco e as laterais do braço em um vermelho vibrante. Levo uma mão à boca, horrorizada.

— Água-viva — diz em um gemido.

Na mesma hora, reviro Grazi à procura de marcas de tentáculos. Marco estende uma mão para mim.

— Ela está bem.

— O que eu faço?

Ele se debruça sobre os joelhos.

— Pegue o baldinho dela. — Aponta para a bolsa com suas geringonças.

Coloco Grazi na areia e corro até lá. Reviro a bolsa à procura do pequeno balde e volto correndo para Marco.

— Agora enche com água — diz, ofegante.

Corro para o mar, encho o baldinho com água e retorno derrubando parte do líquido pelo caminho.

— E agora?

— Joga nas minhas costas.

Obedeço no mesmo instante. Marco se encolhe com o toque do líquido.

— Ai, meu Deus — soluço, agitando as pernas na areia. Pequenas bolhas começam a despontar na pele avermelhada.

— Isso ajuda a limpar tentáculos que estão... ai... grudados.

Volto a encher o balde e repito o processo três vezes. Grazi acaricia a mão dele enquanto junto nossas coisas e voltamos para a casa.

No desespero, cometemos o erro de fazer o caminho que corta a pousada por dentro e geramos um alvoroço entre clientes e funcionários. Cris, que nem sequer está em horário de trabalho, surge no saguão e o convence de que os ferimentos estão extensos demais para serem tratados em casa. Então, depois de arrastar o Marco quase pela orelha até o banco de carona do Jeep, ela nos leva até a unidade de pronto atendimento mais próxima. Apreensiva, sigo no banco de trás, segurando a mão da Grazi na cadeirinha.

Como não permitem acompanhantes durante o atendimento, ficamos, as três, na sala de espera.

— Marinho — Cris interrompe um médico no meio do caminho —, me fala como tá o garoto.

— Oi, Cris. Ele vai ficar bem, só está fazendo uma limpeza local e já pode ir.

O médico olha ao redor e tenta dar um passo, nitidamente ocupado, mas a mulher não larga o braço dele.

— Limpeza? Limpeza de quê?

— Restos de tentáculos. Ele devia estar com a cabeça na lua para ter se deixado queimar tanto assim.

— Ele protegeu a menina — ela responde com o nariz empinado. — Já viu uma água-viva avisar que está chegando?

O homem olha para mim e para Grazi no meu colo, detém o olhar sobre ela por um momento e, calado, dá um tapinha no ombro da Cris antes de se retirar.

— Abusado. — Ela volta a se sentar ao meu lado. — Deixa a mãe dele saber que ele trata os pacientes assim.

— O que você quer dizer com "ele protegeu a menina"? — pergunto.

— Ué, foi o que o Marquinho disse na pousada enquanto você foi buscar a identidade dele. Os dois estavam brincando perto do costão e de repente uma baita água-viva apareceu atrás dela. — Entreabro os lábios, sentindo o coração agitar só de pensar naquelas marcas de tentáculos na pele fina de Grazi. — Na hora do susto, ele a abraçou e virou de costas. Aí já viu, né?

Eu a encaro, imóvel por alguns segundos. Meus olhos se enchem d'água.

— Calma. — A mulher pega minha mão. — Ele vai ficar bem, o Marquinho é forte. Além do mais, pai é assim mesmo. Dá até a vida pelos filhos.

Faço que sim com a cabeça enquanto abraço mais forte a minha filha.

Se essa frase me tivesse sido dita há dois anos, eu não saberia o que significava ter um pai protetor. Há dois anos, eu não teria acreditado nela. Mas isso não acontece, porque agora eu sei.

A mulher fica inquieta pela próxima hora que passamos esperando, quase tanto quanto uma certa pessoinha de dois anos de idade; e, quando Marco finalmente aparece, sem camisa e com o corpo todo enfaixado, Cris solta um palavrão.

— Desculpe pelo linguajar. — Ela ergue uma mão pacificadora. — Esqueci que você também é da igreja.

Franzo o cenho. Como se o problema não fosse ter uma criança na sala! Grazi salta, tentando se libertar do meu colo para correr e abraçar uma das pernas do pai.

— Papaaaaiiii — ela dispara, inocente à estranheza do novo visual.

— Oi, gracinha. — Marco geme com a voz entorpecida e o semblante de quem tomou medicamentos demais.

— Tá tudo bem? — sussurro ao me aproximar.

Ele esboça um sorriso torto e deixa um ronco escapar pelo nariz.

— Quero dizer, quanto está ruim?

— Vai dar pra sobreviver — sussurra ele. Então, voltando-se para a Cris: — Controla o temperamento perto da garota, por favor.

Ela revira os olhos.

— Vou controlar o temperamento se você continuar inteiro.

Prendo uma risadinha e, devagar, caminhamos até a saída.

CANTARES 4:9

Marco passa o resto do dia ou sentado no tamborete do balcão ou deitado no tapete da sala, de barriga para baixo, fazendo piadas sem graça sobre se parecer com uma múmia. Só que vê-lo nesse estado é doloroso, então ele não tem muito sucesso em tirar de mim mais do que uma risada forçada.

Já eu passo todo esse tempo o observando com discrição. A verdade é que a mente e o coração de Marco continuam uma incógnita para mim. Será que a conclusão da Cris não é precipitada ou simplória demais? Teria mesmo sido instinto paterno? Porque, há pouco mais de uma semana, ele disse que precisava *ver*. Será que ainda precisa? Ele parece gostar tanto dela. Mas o meu pai também pareceu gostar de mim por um tempo. E qualquer pessoa com o mínimo de decência teria protegido uma garotinha de dois anos naquela situação. Está certo que eu nunca imaginaria *meu pai* fazendo esse tipo de coisa altruísta por mim e eu não gosto de falar mal daqueles que já se foram, mas, convenhamos, ele não era lá muito decente.

Eu sei que não deveria ficar pensando no meu pai desse jeito, mas, caramba, não consigo evitar. E, sim, provavelmente eu também deveria falar com a minha terapeuta a respeito disso, em especial considerando o tempo que se passou desde a última consulta. Anoto no meu bloco de notas "agendar consulta com a Dra. Kátia!" e trato de afastar as ideias.

O dia passa e já são quase seis da tarde. Estou sentada no sofá, saboreando uma dose quente daquele café solúvel e concentrada na releitura do penúltimo capítulo de *Orgulho e preconceito*, quando Marco se levanta do nada.

— Vou me arrumar.

— Se arrumar? — Ergo uma sobrancelha.

Ele para na metade do caminho até o quarto.

— A igreja, esqueceu?

Eu o encaro em silêncio por alguns segundos.

— Mas você está se sentindo bem para sair assim?

Ele faz uma careta exagerada.

— Eu não vou para a igreja porque estou me sentindo bem.

— Vai *para* se sentir bem? — Considero a conclusão muito inteligente.

— Não. Vou porque preciso.

Certo, ele sabe ser convincente, mas ir ao culto nesse estado ainda me parece um pouco de exagero.

— Tudo bem, mas...

Grazi, até agora muito concentrada em correr pela casa com a máscara de mergulho, vem até mim com um pedido de ajuda para tirar a geringonça. Há um pouco de cabelo embolado na alça, o que dificulta o processo. Ela resmunga enquanto desfaço o nó.

— Fala sério, que bonitinha! — Marco estica os dois braços, apontando para Grazi como se mostrasse uma peça rara. — Ela deve ser a pessoa mais nova a dominar a arte do *snorkelling*.

Eu o fito em expectativa, esperando pela tradução do termo.

— Você sabe... — Ele junta as mãos e simula um pequeno salto. — Nossa modalidade de mergulho.

— Ah — digo, sacudindo a cabeça. — Enfim, acho de verdade que você precisa descansar.

O sorriso dele se desfaz no rosto.

— Eu não vou deixar de ir, Vânia. Mas, se você acha melhor ficar em casa, vou entender.

Solto um suspiro.

— Não é questão do que eu acho ou deixo de achar melhor. — Finalmente desvencilho o cabelo da criança da máscara. — Não se trata de mim. Só estou preocupada com o seu bem-estar, mas você que sabe.

Marco dá de ombros.

— Eu tô bem pra ir.

Difícil de acreditar.

— Tá bom.

Ele continua me encarando em silêncio. Inspiro fundo.

— Tá bom, ainda vamos com você.

Aquela linha de sorriso se desenha no rosto dele.

— Obrigado — sussurra com a mão no peito e entra no quarto.

Suspiro de novo. Como dizer não a isso? Volto a encarar a página do livro, correndo os olhos depressa para acabar o capítulo a tempo. Porém, duas páginas depois, Marco surge todo bonito no corredor, o que é o fim da minha concentração.

Decido abandonar a leitura para arrumar Grazi e a deixo sob a supervisão do pai depois de estar vestida e penteada. Então é a minha vez de me arrumar e de ficar, talvez pela primeira vez no dia, sozinha em um cômodo. Tomo um banho muito rápido e tento me arrumar no mesmo ritmo. Faço o melhor que posso com o cabelo jogando os cachos volumosos para o lado. Encontro um vestido preto de tubo na mala que serve para qualquer ocasião, incluindo, acredito eu, um culto de quinta-feira à noite em uma cidade onde todos parecem usar chinelos e saídas de praia o tempo todo. Pelo menos todos os turistas como eu.

Estou quase terminando de me maquiar quando escuto uma batida à porta. Destranco-a e volto para o espelho.

— Oi — Marco diz com timidez. — Falta muito?

— Não. — Levo o pincel de uma máscara de cílios até o olho. — Já estou quase.

Eu o ouço soltar um pigarro. Viro a cabeça para a porta.

— Nossa. — Ele pisca. — Você tá...

Nos encaramos por alguns segundos com meios sorrisos de canto de boca. Como no beijo que demos sem querer.

— Está muito linda mesmo — termina.

Fecho a tampa da minha máscara e lanço um olhar fatal para ele. Nada como uma boa maquiagem e um elogio para fazer uma mulher sentir que tem os olhos mais bonitos da cidade. Caminho até ele devagar.

— Obrigada. Você também está muito bonito.

Ele abre um sorriso bobo.

— É mesmo?

— Sim, nem parece aquela múmia de mais cedo.

O sorriso dele se alarga. Marco está bloqueando a passagem, mas eu não me importo. Estamos próximos, presos em um longo contato visual que nenhum de nós faz questão de encerrar. Ele se inclina um pouco mais para perto. Meu coração pula no peito. O aroma amadeirado característico do perfume que ele usa fica cada vez mais intenso. O ar, cada vez mais quente. O rosto do Marco, cada vez mais próximo. Posso sentir a respiração contra a minha pele. De repente, uma vozinha aguda surge debaixo de nós.

— E a *Gázi*, mamãe? Tá *ninda?*

Marco dá um passo para trás. Engulo em seco, o coração ainda disparado, e abaixo a cabeça para encará-la com um sorriso.

— Muito linda, meu amor.

Volto a olhar para cima. Ele não está mais aqui.

* * *

Quando chegamos à igreja, a celebração já iniciou, o que nos poupa de algumas apresentações, mas não do olhar curioso de quase todas as pessoas presentes. Em especial, de jovens mulheres e solteiras, eu presumo. Nos sentamos em um longo banco de madeira, parecido com aqueles de igrejas de filmes clássicos americanos. Na verdade, tudo a respeito da arquitetura deste lugar parece muito clássico e diferente da minha realidade congregacional. Até mesmo a escolha dos hinos e a forma como as pessoas cantam.

Marco me espia com o canto do olho enquanto Grazi se acomoda na perna dele.

— Você não quer vir com a mamãe? — pergunto, baixinho. — O papai está dodói.

Ela faz que não com a cabeça e aperta a calça dele com as mãos.

— Não tem problema. — Ele dá dois tapinhas no meu joelho, mantendo as costas distantes do encosto do banco. — Pode deixar.

Um homem grisalho assume o púlpito. Ele fala sobre a graça de Cristo de um modo que me faz pensar que, seja lá quais forem as diferenças doutrinárias entre nossas igrejas – e, para ser honesta, eu pouco entendo disso –, concordamos no essencial. Estou tão absorta pela mensagem que só depois de um tempão eu me lembro de perguntar para o Marco se ele precisa que eu segure um pouco a Grazi. Ela volta a se agarrar a ele.

– Calma, o papai está aqui com você – diz com mansidão, depois me lança uma piscadela para dispensar a oferta.

Só que eu noto a forma como ele parece inquieto no banco, esticando as costas, encurvando os ombros, e começo a me preocupar de verdade com os ferimentos dele. Estou prestes a obrigar nossa filha a vir para o meu colo quando uma coisa que o pregador fala me faz virar para encará-lo.

– Meu amado! Minha amada! Olhe agora para o irmão ao seu lado e diga, com sinceridade, que o ama.

Abro os lábios, estupefata. As pessoas começam a se remexer nos bancos, mas o meu corpo permanece enrijecido. Hesitante, espio Marco com a visão periférica, sem virar a cabeça. Ele também parece me evitar no começo, mas, depois de um segundo, com todo mundo obedecendo ao pastor, acaba virando o tronco na minha direção. Sou obrigada a fazer o mesmo.

Sentados quase de frente um para o outro, a gente se olha em silêncio. Marco ali, todo arrumado, com a minha filha no colo, os dois me encaram em expectativa. Quatro esferas azuis cristalinas recaindo sobre mim.

– Eu... hã... – gaguejo.

Ele abre um sorriso.

– Você não odeia quando eles fazem isso? – sussurra em tom confidente, com uma careta.

– Ah, sim.

Mas a verdade é que não sei. Eu deveria odiar? O sorriso de Marco se desfaz um pouco diante do meu impasse e ele aperta os olhos desconfiados antes de se virar de volta para o púlpito. Eu faço o mesmo e aproveito para ajustar o vestido com as mãos, uma desculpa que me permite um segundo para respirar e me acalmar. Depois, fixo a atenção no pastor.

Ainda não me concentrei na mensagem quando Marco se inclina de lado, mais e mais perto, até que o rosto dele esteja na altura da minha orelha.

— Minha irmã... — começa bem baixinho. Meu coração dá um salto. Não ouso me mexer. — Eu amo você.

Engulo em seco. *Ele disse isso porque o pastor mandou*, mentalizo. Nem por um segundo acredito no pensamento.

E ainda com o rosto próximo da minha orelha, ele sussurra:

— Você fez disparar o meu coração.

* * *

No fim da pregação, as palavras de Marco estão projetadas na parede, que encaro com o fôlego reprimido. Um versículo de Cantares, meu Deus. O pastor está falando sobre um encontro de casais, e o fato de Marco ter pensado nesse versículo mais cedo e o ter recitado para mim me faz passar o resto dos avisos chacoalhando a perna e o espiando de rabo de olho.

O pastor desce do púlpito e o ministério de louvor começa a se organizar para cantar o último hino. Marco volta a se inclinar na minha direção, eu prendo o fôlego na mesma hora.

— Você prestou atenção no versículo?

— Hã... a-aham.

É claro que prestei. Fiquei olhando para ele o tempo todo que esteve projetado, a ponto de já poder incluí-lo na minha humilde listinha de versos que decorei. Cantares 4:9: "Você fez disparar o meu coração, minha irmã, minha noiva; fez disparar o meu coração com um simples olhar, com uma simples joia dos seus colares".

— Tudo a ver com a gente, não acha?

Marco prende um sorriso entre os lábios enquanto pestanejo para ele. As pessoas se colocam de pé quando o ministério de louvor começa a cantar e a gente faz o mesmo, embora eu fique só com os lábios semiabertos, sem cantar de fato.

Tudo a ver com a gente? O que ele quer dizer com isso?! Tudo a ver comigo porque eu desenho joias? Tudo a ver conosco porque é assim que o faço se sentir? Como raios ele espera que eu consiga me concentrar na música depois de lançar essa bomba no meu colo?

Mal sou capaz de me lembrar das pessoas que cumprimento ao final do culto, ou da conversa com o pastor ao sermos apresentados pelo Marco. Inclusive, todas as próximas cenas se tornam um borrão, até que finalmente estamos do lado de fora dos muros e resolvemos andar pela cidade para comer alguma coisa. É quando consigo respirar fundo e colocar os pés no chão.

Voltamos à Rua das Pedras, ainda a essa hora movimentada e pipocando de turistas. Estamos muito arrumados, deslocados a ponto de atrair olhares só porque — a ironia — estamos vestidos como moradores locais que possuem compromissos, enquanto todas as outras pessoas usam trajes praianos e parecem desfrutar constantemente de eternas férias de verão.

Do meu lado, Grazi caminha sem pedir colo, o que é uma surpresa agradável, mas não me atrevo a comemorar. Em vez disso, eu a seguro pela mão com o desejo secreto de que ela nunca se dê conta de que está andando com as próprias pernas.

— Tudo bem por aí? — pergunto a Marco, que anda com a mesma rigidez com que saiu do hospital. — Não era melhor voltar direto para casa?

— Não, só mais um pouquinho. Vamos aproveitar.

Olho ao redor, observando boutiques, cafés e restaurantes, e começo a desejar um sorvete ou alguma coisa gelada qualquer que desacelere o meu ritmo cardíaco. Não que exista alguma relação comprovada pela ciência entre as duas coisas, mas, por favor, meu cérebro não está funcionando agora. Tudo o que ele sabe é que estou surtando e que preciso de sorvete.

Encontramos uma sorveteria onde tem um parquinho para Grazi se divertir depois de devorar um picolé. Ela me deixa sozinha com o pai dela e a missão de não envergonhar a mim mesma enquanto tento devorar uma casquinha parcialmente derretida. Estou concentrada em uma última mordida no que em algum momento foi uma bola de sorvete quando, sem que eu tenha calculado, os dorsos das nossas mãos se esbarram de leve. O calor da pele dele contra a minha dura um segundo, só até a gente afastar as mãos ao mesmo tempo. Ele pede desculpas e sorri, nervoso. Depois, dá uma mordida no próprio sorvete, cuja consistência parece incrivelmente conservada. De novo, sinto o toque da mão dele e, ao buscar seus olhos, sei que desta vez foi intencional. Ele cruza nossos pulsos e deposita os dedos sobre os meus, ponta com ponta. Por segundos a fio, sustento o olhar profundo e, enfim, esboço um pequeno sorriso de concordância. Só então Marco entrelaça nossas mãos com firmeza.

Ficamos assim pelos minutos em que assistimos à nossa filha subir e descer no brinquedo e também desse modo caminhamos de volta pela calçada, até alcançarmos o carro.

Sou eu que conduzo o veículo até a frente da pousada; quando estacionamos, Grazi já está adormecida. Marco insiste em carregá-la para dentro e, embora consiga disfarçar bem, ainda consigo ver os músculos das costas dele ficarem cada vez mais tensos. Fazemos o já familiar trajeto que atravessa o saguão. Como de praxe, uma música instrumental ecoa baixinho de uma caixa de som, o ambiente exala um cheiro suave de sândalo de velas aromáticas e Cris nos lança um olhar recriminatório por trás do balcão. Deixo que Marco avance alguns passos para fora antes de puxar assunto com ela.

— Cris — sussurro e estico o pescoço para fora, para garantir que ele não esteja por perto, então me inclino na direção dela. — Não tem nada disponível? Nem um quartinho?

Ela levanta os olhos por cima dos óculos de grau para me fitar.

— De novo isso, meu Deus?! Voltou da igreja com essas ideias por quê? Foi o pastor que mandou separar, foi?

Sacudo a cabeça. Abro a boca para respondê-la, mas um casal argentino passa pelo saguão e nos cumprimenta aos sorrisos. Dou um aceno apressado e, enquanto eles se distanciam, conversando em espanhol, volto a encarar a Cris.

— Do que você tá falando? Nem sei se o homem sabe onde estou hospedada. — A senhora fica com uma expressão cansada, fitando um ponto atrás de mim. Nem finge que está interessada no meu assunto. — Eu só queria que o Marco não precisasse dormir no chão, sabe? No estado em que está.

Ela semicerra os olhos de um jeito exagerado e apoia os braços no balcão. Agora uma garota de marias-chiquinhas se aproxima de uma máquina automática e começa a apertar os botões de forma aleatória enquanto segura uma nota de cinco reais.

— Olha, eu sei que o garoto não vai aceitar dormir na cama enquanto você dorme no chão.

Ela dá a volta no guichê e vai até a menina. Sigo atrás dela. Com cara de poucos amigos, Cris aponta para o lugar onde a nota deve ser depositada.

— Mas, até onde eu sei, tem uma cama *king size* na casa — ela conclui ao se virar para mim com as mãos na cintura.

Abro a boca para retrucar.

— Ah, por favor! Não me diga que vocês são certinhos demais para dividirem uma cama?

A máquina estala e uma latinha rola para fora da abertura na parte inferior. A menina estica a mão para pegá-la e se afasta, saltitante.

— De nada — Cris resmunga para si mesma, então volta ao seu lugar atrás do balcão. De novo, sigo atrás dela. — Que bons modos essas crianças de hoje em dia têm!

— Não vamos dividir a cama — afirmo, categórica. — Já estamos dividindo coisa demais, você não acha?

Ela meneia a cabeça em recriminação.

— Dois adultos, pelo amor de Deus.

— Assim é a vida. Um quartinho, por favor? — Junto as mãos em prece.

— Minha filha — Cris ajeita os óculos com a ponta do dedo —, para eu arrumar um quarto para você numa época dessas, teria que expulsar alguém a pontapés.

Suspiro, derrotada.

— Sinceramente — continua a mulher —, pensei que já tínhamos passado dessa fase.

— Você é uma pessoa terrível e sem sentimentos — digo, desferindo um tapinha na mão dela. — Espero que se sinta bem com isso.

Ela sorri com um gracejo.

— Boa noite, querida. Aproveite a cama.

Estreito os olhos para ela antes de sair da pousada. Tiro o salto, os pés latejando de tanto andar, e sigo descalça até chegar à casa dele. Do corredor, posso ver que Grazi já está dormindo debaixo de uma mantinha na cama montessoriana. Fecho a porta do quarto e volto alguns passos até a entrada do banheiro social, que também está com a porta entreaberta.

Entenda, o objetivo é fechar a porta, não me deparar com a figura de um homem desnudo da cintura para cima. Ele vira o pescoço por cima do ombro e, no susto, recuo um passo, tarde demais para evitar que ele me flagre espiando. Exceto que eu não estava. Mas, sejamos honestos, é o que parece.

— Oi. — Marco termina de abrir a porta assim mesmo, do jeito que está.

A calça bem presa a um cinto, só para deixar claro, mas a ausência da camisa me faz desviar os olhos para um interessantíssimo vasinho de planta em cima da pia.

— Aconteceu alguma coisa? — ele pergunta.

— Não. — Coço a nuca antes de ter coragem para encará-lo. Quando o faço, eu me esforço para mirar nos olhos. — Eu acabei parando para conversar com a Cris.

Marco me lança um olhar confuso, mas não questiona.

— Acho que não vale a pena tomar um banho — ele diz encolhendo os ombros em uma careta. — Essa deve ter sido a primeira vez na vida que fui para a igreja sem fazer isso antes.

— Eu não julgo. — Entro no banheiro e dou a volta para olhar os curativos. — Acho que não faz mal ficar longe da água até amanhã.

— É, eu... — Ele me olha através do espelho. — Queria saber se você pode me ajudar com eles.

— É claro, Marco. Nem precisava pedir. Eu não esperava que você alcançasse as próprias costas. Além disso, você merece um pouco de bajulação depois de ter salvado o dia.

— Obrigado.

De um dos armários, ele tira um pequeno kit de primeiros socorros. Então vamos até as banquetas no balcão da cozinha. Marco se senta em uma delas e eu, de pé atrás dele, começo a retirar as gazes que cobrem os ferimentos. Cada centímetro da minha pele se arrepia quando as bolhas por cima das marcas são expostas. Minha mão paira sobre a pele machucada, sem de fato tocá-las.

— Deve estar doendo muito — digo com a voz entrecortada e mordo o lábio inferior para amenizar a agonia. — Sinto muito mesmo, Marco.

Ele gira a banqueta.

— Ei. — Marco estende um dedo para acariciar meu rosto com carinho. — O que é isso? Tá tudo bem, eu vou ficar bem. É só me entupir de remédios e...

Eu me inclino, em um impulso, pressionando os lábios contra os dele. É um beijo rápido, dois segundos no máximo, e, quando me afasto, Marco está abrindo os olhos.

— Isso também é eficaz — ele conclui batendo as pestanas.

Levo uma mão à boca. Eu não acredito no que acabei de fazer.

— Me deixa cuidar disso — digo com um pigarro. Ele pisca e eu giro um dedo no ar para reforçar a ordem.

— Tá bem. — Marco vira de costas. — Como quiser.

Enquanto lavo os ferimentos com soro fisiológico, ele se empertiga e fecha o punho com força. Molho uma gaze até a encharcar e a espremo pelas costas dele. Marco solta um gemido contido de dor.

— Sabe, eu estava pensando...

Marco abaixa a cabeça e gira o pescoço, retesando o bíceps ao toque do líquido.

— Acho que você deveria dormir na cama. Só hoje.

— Ahhh. — Ele suspira de alívio quando termino de espremer a gaze. — Você sabe que isso não vai acontecer.

Passo uma mão pelo cabelo dele. Os fios loiros e pesados escorrem pelos meus dedos.

— Você está cansado, dolorido. Não quero vê-lo dormir no chão.

— Não estou dormindo *no chão* — retruca, voltando a ficar de frente para mim. — Estou dormindo em um colchão muito confortável que, por acaso, está no chão.

Cruzo os braços e o fito com incerteza. Marco se levanta, depois me segura pelos ombros e devolve o olhar com intensidade.

— Eu vou ficar bem. Não se preocupe.

— Obrigada por fazer isso por ela. — Aperto os lábios.

Ele estica um dedo e leva um cacho que está cobrindo meu olho para trás da orelha.

— Eu faria de novo se fosse preciso. Sempre vou proteger a Grazi.

Meu coração acelera. É inevitável.

— Eu sei.

— E, se você me permitir... — Ele desliza os dedos por meus braços e entrelaça nossas mãos. — Sempre vou proteger as duas.

Sorrio, o coração em chamas. Essas palavras dissipam por um instante toda insegurança a respeito dos sentimentos dele. Posso parecer volúvel, impulsiva, talvez, mas aquela névoa que ocupava a minha mente desaparece. Mais do que o pai da minha filha, Marco é o homem dos meus sonhos. E, se já era incrível antes, agora é quase perfeito.

— Então estaríamos em ótimas mãos — respondo, acariciando um espaço livre de ferimentos em um dos ombros.

Ele me puxa para mais perto.

— É? — Devagar, estica o pescoço para alcançar meus lábios.

Dessa vez, o beijo dura um pouco mais, como uma valsa suave.

— Humm... Porque, se vamos fazer isso... — Ele repete o beijo e tira de mim um sorriso. — Vamos precisar... — Marco me beija de novo. — Oficializar.

Afasto o tronco, surpresa.

— Como assim?

Tá certo que já pulamos algumas etapas em um relacionamento normal, mas isso foi no passado.

— Namoro — ele fala. — A gente precisa, você sabe, namorar. De verdade. — Então revira os olhos. — Por que isso soa tão ridiculamente adolescente?

Dou uma risadinha.

— Eu não acho. — Encolho os ombros. — Na verdade, acho até muito fofo.

Marco apoia as mãos nas laterais da minha cintura. Apoio as minhas no ombro dele.

— Ser fofo é bem coisa de adolescente mesmo — ele argumenta.

— Então deixa eu ver se entendi. — Ergo a cabeça para o teto como quem faz um cálculo. — Você quer um compromisso, mas não quer ser meu namorado porque não temos dezoito anos.

Ele afunila os olhos para mim. Uma curva singela se formando nos lábios.

— Você sabe o que quero.

Arqueio uma sobrancelha. Se fosse há três anos, eu poderia dizer que sabia exatamente do que ele está falando. Mas conheci o caráter de Marco o suficiente ao longo das últimas semanas para duvidar que esse seja o caso agora.

— Que seria...?

Ele parece surpreso de verdade com a minha ignorância.

— Um namoro no nosso contexto nunca é só um namoro.

— Nosso contexto? Pais solteiros?

— Isso também, mas somos adultos e cristãos. É diferente. E no nosso caso mais ainda, considerando que temos uma criança envolvida.

— Nossa filha — afirmo, curiosa para ver como ele vai reagir.

Marco não reage. Não esboça uma mínima expressão. Ignoro o leve incômodo que isso me causa. Não acho que seria a coisa mais brilhante do mundo voltar a esse assunto assim, do nada. Não quando ele está sendo tão romântico e gentil comigo.

— Então o que você quer de mim é isso? — Franzo o cenho. — Um compromisso cristão muito, muito sério?

Marco abre um meio-sorriso arrebatador e acaricia meu queixo.

— Quero que você seja minha esposa, Vânia. E, meu Deus, como espero que isso não leve muito tempo para acontecer.

AZUL-CELESTE POR TODA A PARTE

Talvez se envolver em um namoro faça as pessoas agirem como se tivessem dezoito anos outra vez. Pelo menos é assim que Marco e eu parecemos no meu último dia em Búzios. As passagens estão compradas para amanhã à tarde e, mesmo agora, já me sinto nas nuvens.

Deixo a mala quase pronta logo cedo, exceto por alguns itens que Grazi pode precisar antes da viagem, e resolvemos curtir o dia juntos tanto quanto podemos. Colhemos frutas, pulamos a amarelinha que Marco desenha com giz de cera na varanda, comemos as frutas colhidas e fazemos sorvete com aquelas que sobram.

Nossa manhã e tarde são tão tranquilas quanto caseiras e se resumem a essas interações com nossa filha no quintal enquanto trocamos olhares secretos, damos sorrisinhos confidentes e ficamos de mãos dadas, fazendo hora.

Isso dura até o momento em que Grazi começa a pedir por tinta e eu descubro que os dois tiveram alguns momentos artísticos durante as minhas tardes no hospital com a Jô. Animado pela solicitação, Marco desaparece dentro da casa e retorna munido com uma resma de papel, vários potes de tinta guache e um bando de pincéis esfiapados.

— Você sempre me surpreende — comento enquanto ele faz uma fileira de cores em uma bandeja de isopor.

De cócoras, o homem esboça um sorriso bobo e pisca para mim conforme termina o trabalho. Grazi senta-se diante de uma folha e pega um pincel. Riscos indistintos de tinta começam a surgir no papel, uma mistura das mais variadas cores que acaba formando um marrom barrento.

— *Maielo.* — Ela ergue a mãozinha exigente e, no mesmo instante, o pai procura pelo pote da tinta.

Quase parece um auxiliar cirúrgico entregando os equipamentos requisitados.

— O mais chocante — ele diz ao colocar um pingo de tinta na bandeja — é que ela sabe as cores direitinho.

— Foi a Aline quem ensinou.

— Aline?

— A babá.

— *Beimeio*!

Marco obedece de pronto, despejando a tinta vermelha ao lado da outra. Grazi afunda o pincel sujo com brutalidade. Mais uma cor se dissolve na arte enlameada.

— *Agóia zul*, papai *Maquinho.*

— Papai Marquinho? — Eu o fito com um vinco entre as sobrancelhas. — Essa é nova.

Marco deixa uma risada escapar e pega o frasco de tinta azul.

— Nããão! — Graziela protesta com tanta veemência que o pai fica com um olhar assustado.

O potinho paira no ar.

— Não, papai *Maquinho. Quéio zul*!

— Minha filha, isso aqui é azul.

— Nããão! — grita, chorosa, como se Marco tivesse feito um grande insulto à comunidade das tintas guache. — *Quéio zul-celete*!

O homem arregala os olhos, tão surpreso quanto eu com a precisão da exigência.

— Parece que esse não é o azul-celeste, papai Marquinho. — Faço o possível para segurar o riso.

Ele olha em volta coçando a cabeça, à procura de alguma coisa que se pareça com azul-celeste. Do lugar onde estou, sentada no chão a poucos metros, levo segundos para constatar que não temos essa cor. Marco então decide fazer o tom com as próprias mãos. Ele busca outra bandeja de isopor, dessas que vêm com alimentos no mercado, e despeja nela metade do vidro azul-escuro. Em sua grande sabedoria colorimétrica, derrama quase toda a tinta branca, o que forma uma pasta bicolor. Então usa uma pequena vara que consegue no pé de acerola para misturar o conteúdo e... *voilà*, o perfeito azul-celeste.

Satisfeita, Grazi se concentra em concluir a obra-prima e, depois de se tornar ela própria uma mistura de cores nas unhas, nas roupas e no cabelo, finalmente se cansa de pintar. Ela começa a ficar preguiçosa, pede pelo "mamazinho" entre um bocejo e outro. Eu me levanto para preparar a mamadeira e, depois de arrancar o vestido e a lavar como posso em uma pia, levo-a até a cama. Em questão de minutos, ela mama e adormece.

Caminho até a varanda e flagro Marco esticando o desenho amarronzado sobre uma pedra debaixo do pé de manga.

— Vai emoldurar? — pergunto em tom de brincadeira.

Mas, para minha surpresa, ele apruma a postura e responde:

— Provavelmente.

Solto um riso pelo nariz. É inevitável me sentir um pouco apaixonada. Minha atração por ele vive em constante divisão entre o encanto por sua aparência-personalidade-devoção a Deus e pelo jeito como, dia após dia, ele se derrete mais por nossa filha.

Caminho até ele devagar e o toco no braço. Marco se vira para mim e abre um sorriso.

— Como você está? Em relação às dores.

Então envolve minha cintura com os braços e puxa meu corpo para perto.

— Aguentando. Na verdade, nunca estive tão feliz.

Deito a cabeça no peito de Marco. Sentir o coração dele batendo forte faz o meu disparar, vibrante. Ele deposita um beijo no meu cabelo e desliza os dedos por uma porção de cachos.

— Você está? — sussurra. — Está feliz?

Assinto, sem conseguir conter um sorriso afeiçoado.

— Muito.

— Que bom. — Ele aperta um pouquinho mais o abraço. — Que bom.

Nos afastamos e entrelaçamos as mãos para voltar para casa. É fim de tarde, a hora dourada. O sol baixo colore as copas das árvores e as telhas da varanda de um tom alaranjado. Os lampiões do jardim começam a acender e as paredes externas da casa já refletem a mudança da luz. A reciprocidade do sentimento de despedida é quase palpável entre nós.

Assim que colocamos os pés na varanda, a sensação de ter pisado em alguma coisa viscosa me faz enrijecer o corpo e cerrar os olhos.

— Ai, não! Minha sapatilha de couro legítimo... — Suspiro com tristeza. — Da Tory Burch.

— O quê?

— Coleção de outono — eu gemo, chorosa. — Comprei na Mercer Street.

O homem olha para baixo, tendo a visão do que eu me recuso a olhar.

— Ah. — Ele prende os lábios entre os dentes. — Opa. Bom... é só guache. Deve sair.

Reúno coragem para abaixar a cabeça. Meus pés se tornaram uma poça azul-celeste. Volto a suspirar em lamento.

— Espero que você tenha razão.

— Eu achei que você tinha dito que não dava importância para esse tipo de coisa.

Levanto os olhos, desacreditada.

— Como assim?

— Se não me falha a memória — Marco cruza os braços com um olhar zombeteiro —, você disse que não se apega a coisas materiais.

— Eu disse que não me apego — respondo ao levantar um pé de cada vez para tirar os sapatos. — Não que perdi completamente o senso da moda. Ou do valor do dinheiro.

— Tenho medo de perguntar quanto elas custaram.

— Não pergunte. — Dou uma piscadela travessa.

Então, em um movimento brusco, sacudo as sapatilhas na direção dele. Gotas azuis salpicam no rosto, no cabelo e no peito de Marco. Ele abre a boca por segundos a fio, em total descrédito. Solto uma risada tão alta que me pergunto se Grazi conseguiu escutar através da janela. É muita sorte que o sono dela seja pesado demais para ser interrompido tão rápido. Ele avança sobre mim para me erguer pela cintura, como se o peso não fosse nada de mais, e me coloca sobre os ombros. O movimento é tão repentino que não consigo me defender. Rindo, uso as sapatilhas para sujá-lo ainda mais. Marco solta um chiado entredentes que me faz lembrar de suas feridas. Arregalo os olhos.

— Desculpa! — Sacudo as pernas no ar. — Marco, me coloca no chão! Você vai se machucar.

Mas ele só obedece a ordem para mergulhar a mão na bandeja de tintas e espalhá-la pela minha cabeça. Reprimo o grito que quer escapar pela garganta. O sono da Grazi não é *tão* pesado assim. Ele me deixa escorregar para o chão e, como se não bastasse o azul-celeste no meu cabelo, Marco completa a vingança com cócegas até que eu perca o ar. Então se deita ao meu lado, apoiando o peso do corpo em um braço. Eu me deleito em observá-lo. A visão é a de uma completa lambança. Uma linda e arrebatadora lambança.

Deitada de barriga para cima, ofego. Ele se inclina sobre mim e desliza um dedo azul pelo meu rosto. Aperto os olhos e deixo escapar uma última risada, mas, dessa vez, apenas duas singelas curvas surgem nos cantos dos lábios dele.

— Sabe o que eu mais amo em você? — ele sussurra.

Afunilo os olhos.

— Ama? Duas semanas e você já *ama* alguma coisa em mim?

— Primeiro, são quase três semanas. — Marco continua passeando um dedo pelo meu rosto. — Segundo, eu já disse que sim. Na igreja, não estava falando da boca para fora.

Mordo os lábios. Só dura o tempo que levo para perceber que Marco desvia os olhos para eles. O homem usa as costas da mão para limpar a tinta respingada na minha boca.

— Eu nunca faço isso — ele continua.

A camisa branca dele está salpicada de azul e contrasta com a pele bronzeada. As ondas bagunçadas do cabelo escapam para a frente dos olhos, e os lábios carnudos e rosados, muito bem desenhados, são hipnotizantes. Seria fácil listar as coisas que amo nele.

— Então tá — digo. — O que você mais ama em mim?

— As covinhas.

— Quê?! — Volto a rir. — Do que você tá falando? Eu não tenho covinhas.

— Ora, claro que tem. — E leva o dedo mindinho até um ponto no meu queixo. — Bem aqui, mas só aparece quando você ri.

Eu me apoio sobre um cotovelo e apalpo meu bolso, à procura do celular. Ligo a câmera frontal e, quando minha imagem surge na tela, abro um sorriso. Nenhuma covinha se mostra visível.

— Viu? Eu disse...

— Elas não aparecem com um sorrisinho chocho desses — Marco protesta.

Dou a ele o benefício da dúvida, inspiro fundo e forço um sorriso mais largo. Então elas aparecem, discretas, embaixo do sorriso, no local exato aonde ele havia apontado. Desvio os olhos arregalados para Marco.

É ele quem ri dessa vez.

— Eu estou em total estado de choque. — Alterno o olhar entre ele e meu celular. — Não acredito que tenho covinhas!

— E a Grazi as puxou de você.

— Eu sempre achei que ela não tinha nada de mim. — Guardo o celular no bolso. — Bem, além do temperamento, é claro.

— Do que você está falando? Ela tem bastante de você!

— Não precisa dizer isso para me agradar. — Faço uma careta débil.

Marco aperta minha costela com os dedos em pinça, fazendo que eu me encolha e volte a rir.

— Não acabei de dizer que não faço isso?

— Tá beeem. — Suspiro, emocionada. — Eu aceito.

Estendo as mãos, pronta para implorar que ele não comece com isso outra vez, mas não é preciso. Marco recolhe os dedos e volta à posição original, um pouco de lado, um pouco reclinado sobre mim.

— Ótimo.

Ele desliza a mão pelo meu cabelo e eu fecho os olhos, absorvendo a sensação. Sinto o rosto dele se aproximar do meu pescoço e a região fica arrepiada.

— Será que consigo memorizar seu perfume? — pergunta depois de inspirar fundo contra a minha pele.

Viro-me para o fitar. Não nos tocamos, apesar da proximidade, exceto pelas pontinhas dos nossos narizes. O ar que ele expira sopra quente contra o meu rosto.

— Vai comprar igual? Se você gostou tanto assim, era só pedir emprestado.

Ele esboça um sorriso preguiçoso e se inclina um mísero centímetro, mas é suficiente para que nossos lábios estejam unidos um ao outro.

— Bobinha — fala entre deliciosos beijinhos estalados. — Eu espero ter muitos desses na minha casa um dia.

Deslizo um dedo pela linha da gola da camisa dele.

— Nesta casa aqui?

Marco se afasta alguns milímetros, olhando para mim com cautela.

— Você não gosta da casa?

Envolvo a nuca dele com as mãos e o fito profundamente nos olhos. Meu peito arde em animação.

— É perfeita.

❄ ❄ ❄

Tá bem, não sei se brincar com guache na varanda é o que adolescentes de dezoito anos costumam fazer. Decerto não é o que eu fazia com essa idade, mas posso dizer com toda a certeza que este é o relacionamento mais puro, talvez o mais *sincero*, em que já estive.

E, tomada por esse senso de honestidade, por essa certeza súbita de que não temos nada a esconder um do outro, resolvo, em uma das trocas de curativo de Marco, introduzir o assunto que muda tudo.

Já estou quase terminando o trabalho, com Marco sentado no sofá de costas para mim, e eu sentada de lado, o kit de primeiros socorros entre nós e Grazi no décimo sono no quarto. Ele solta um gemido quando coloco o esparadrapo para fixar o curativo, o que me faz recolher a mão.

— Opa. Desculpa.

— Não, tá tudo bem. Obrigado por cuidar desse velho moribundo.

Então se vira com dificuldade e descansa um beijo nos meus dedos.

— Não há de quê. — Desfiro dois tapinhas amistosos em uma área ilesa do ombro dele. — Prontinho.

Ele me ajuda a arrumar o kit separando o lixo, enquanto recolho o que sobra do material reutilizável. Um estalo anuncia que a trava da tampa foi acionada.

— Quando você ia me contar? — pergunto.

— Contar o quê?

— Ah, você sabe... que sou sua Rebeca. — Gracejo com um sorriso como quem diz "surpreeeesa".

Primeiro Marco não reage. Depois pestaneja.

— Onde você ouviu isso?

Algo no tom da pergunta esquenta minhas bochechas. O sorriso fraco que ele esboça me faz pensar que é um constrangimento mútuo. A primeira pista de que talvez não tenha sido uma surpresa positiva.

— Eu achei que... hã... Eu tinha entendido que você pediu... hã... um sinal, sabe, para Deus...

Um vinco de confusão se forma no intercílio dele.

— Mas *quem* disse isso?

Começo a imaginar se Suzana me pregou uma peça ou se entendi tudo errado. Meu rosto esquenta um pouco mais, o coração disparado de um jeito ruim.

— Quando eu estava na praia com a Suzana...

Marco se levanta de supetão com um estrondo quando o joelho bate na mesa e ela quase é levada junto. Ergo uma mão ao peito com o susto. Ele olha ao redor parecendo confuso pela própria trapalhada. Só depois de alguns segundos é que esfrega o joelho.

— Suzana te contou isso?

Marco me encara, o rosto vermelho, esperando uma resposta. Assustada pelo rumo que as coisas tomaram, fico em silêncio. Ele começa a perambular em círculos com as costas rígidas cobertas por esparadrapos.

— Eu nem sei por que estou surpreso! Essa minha irmã, a vida inteira tão altruísta e nem um pouco intrometida.

— Marco.

As palavras parecem fugir do meu cérebro no momento em que ele me encara. Uma pontada de arrependimento surge no meu peito. Por que achei que seria uma boa ideia mencionar isso?

— Não — sussurra entredentes. — Ela foi longe demais dessa vez. — Embora Marco mantenha o tom moderado, posso ver a raiva crescente faiscar nos olhos dele.

Na escola da vida, há uma regra básica sobre falar bobagem: não tente corrigir o incorrigível, a menos que queira piorar a coisa toda. Eu, ao que tudo indica, devo ter faltado a essa aula.

— Imagino que não tenha sido por mal. Não é como se ela tivesse feito isso de propósito.

Ele respira fundo e esfrega o rosto, deixando escapar um riso amargo.

— Eu conheço a irmã que tenho.

Esfrego as têmporas para aliviar a tensão que começa a se acumular. De todas as coisas que eu nunca quis causar na vida, uma briga entre irmãos deve estar no topo da lista. A adrenalina corre por minhas veias de tal forma que os pensamentos começam a embaralhar. Sou invadida pela súbita necessidade de fazer Marco entender que sei do que estou falando.

— Olha, eu juro...

— O que foi que ela te disse, exatamente?

— Ela... hã... — Minha mente trabalha depressa, tentando encontrar uma maneira de não deixar as coisas ainda piores. — Falou que, quando era criança, você pediu para Deus um sinal... que a mulher que se tornaria sua esposa te oferecesse água, para que você pudesse reconhecê-la.

Marco me encara com um silêncio perplexo e eu engulo em seco, encolhendo o corpo no sofá. Dizer em voz alta faz, de repente, a história se tornar mais real. Pela primeira vez, me ocorre que talvez eu tenha invadido uma linha invisível de intimidade que ele possivelmente não queria compartilhar. Por que homens precisam ser tão frustrantes? Em um minuto estão falando em casamento e, no outro, fazendo com que nos sintamos como grandes enxeridas.

— A Suzana não fez isso sem querer, Vânia. Não foi por acaso.

Não sei explicar. Não sei se é porque isso me constrange muito ou porque começo a ficar supernervosa, mas penso em Suzana e na naturalidade com que me contou essa história. Sou tomada pela mais completa certeza de que ele está enganado a respeito das intenções dela.

— Sua irmã não sabia que foi isso o que *eu* fiz quando nos reencontramos, se é o que está pensando. Não tinha como ela saber! Se você contar para ela que eu disse, ela pode não gostar e...

— Ai, meu Deus! — ele me interrompe em um estouro.

Estremeço. Marco respira fundo e pressiona os olhos, controlando o próprio temperamento. É tarde demais. Um vislumbre de decepção desponta no meu peito. Mordo os lábios. Pode parecer ridículo, porém, mesmo que eu tenha falado demais, assistir ao pai da minha filha perder a paciência assim me faz pensar que já vi esse filme antes.

— Você está preocupada com o que *ela* vai pensar? Ela não tinha que dizer nada, entendeu? Não era assim, e... esse não era o momento.

Um choque de adrenalina faz meu estômago gelar. Não era... o momento? Quer dizer que o problema não é a revelação, mas o momento? Meu coração afunda no peito, decepcionado. Isso diz *tanto*. Talvez eu devesse ter dado ouvidos aos meus instintos, que a todo tempo me diziam que, apesar de tudo, ele ainda não acreditava. Seria bom demais, não é? Ele não podia ser o homem imaculado e dotado de perfeição que eu venho idealizando.

Devagar, eu me levanto do sofá e cruzo os braços na frente do corpo.

— E qual seria o momento, Marco? Hein?

Ele deixa escapar um suspiro pesado, dá um passo para trás e abre os braços. Como eu sou idiota. Ele nunca escondeu. Foi bem claro quando disse que precisava ver. Como eu pude ter me enganado tão fácil assim pelas atitudes gentis?

— Você não pensou — Marco diz pausadamente —, nem por um segundo, que talvez eu tivesse o direito de escolher como e quando compartilhar uma coisa tão... íntima?

Engulo em seco. Na verdade, pensei, mas então há uma ideia gotejando, insistente, no meu cérebro que me faz ignorar a pergunta.

— O momento seria quando você pegasse o resultado do exame?

Marco pestaneja. Minha garganta fecha um pouco mais. O pomo de adão dele se move, saliente no pescoço, e, quando o homem enfim desvia o olhar, eu entendo que acertei.

— Quando você descobrisse que não sou uma mentirosa?! — falo mais alto. O brilho nos olhos dele esmorece diante do questionamento. — É isso, não é?

— Essa história era pessoal, Vânia. Era entre mim e Deus.

— Você está mudando de assunto! É isso, não é?

O olhar de decepção que ele me lança é diferente de qualquer interação que já tivemos. Meu peito está tão apertado que o desgosto parece mútuo.

— Eu já te disse — digo com a voz trêmula —, nada vai mudar. Você vai continuar sendo o pai dela daqui a quinze dias, vinte meses ou trinta anos! *Você. É. O. Pai. Dela.*

O queixo de Marco estremece, mas isso não me faz retroceder. Pelo contrário, meu peito arde de raiva, uma raiva que eu só me lembro de ter sentido uma vez. Em uma situação quase parecida com esta.

— Você realmente gosta de mim? — Marco pergunta.

Abro a boca para insultá-lo, mas de repente a surpresa fica maior do que a raiva.

— Quê?!

— Gosta? Ou só estava impressionada com o tal "sinal"?

Abro a boca, atordoada. É sério, isso? Ele está colocando os *meus* sentimentos em dúvida?! Solto uma risada de escárnio olhando para o teto.

— Sabe, Deus não te deu um sinal. Não pode ter dado, porque, se deu, então você é um péssimo cristão! — Ele arregala os olhos, as duas íris cristalinas ainda mais opacas de tristeza. — Você não confia em mim e também não confia em Deus.

Marco apoia as mãos na cintura e olha para baixo.

— Eu acho que você está começando a passar dos limites.

— Estou mentindo nisso também? — disparo. Mais uma vez, ele não responde. — Hein? Responde! Eu disse alguma mentira?

— Se você pensa assim — ele ergue a cabeça —, não pode ter sido um sinal mesmo.

Uma lágrima escorre pelo meu rosto. Marco desvia o olhar. Ainda há uma gaze molhada de soro na minha mão que lanço na direção dele. Ela cai no chão na metade do caminho. Vou a passos pesados para o quarto, sem olhar para trás, e tranco a porta atrás de mim. O vislumbre de uma ideia transpassa meu pensamento. É um sinal muito estúpido. Quero dizer, oferecer água? Ninguém nunca ofereceu água para ele na vida? Por que eu achei que seria eu?

Encaro minha mala no canto de uma parede e fecho os punhos com força. Preciso retomar o controle. No canto oposto do cômodo, Grazi se remexe na cama. Enquanto a fito, meu coração se encolhe e as lágrimas deslizam pelo rosto. Já não sou mais capaz de contê-las.

O que estou fazendo? Como pude ter sido tão estúpida? Tão egoísta? Isso não se trata de mim. Não devia ser sobre mim e Marco.

Nunca se tratou de nós.

❄ ❄ ❄

Ignoro a batida leve à porta.

— Vânia — Marco chama do corredor. — Por favor, não vamos brigar.

Deixo um riso escapar sob as lágrimas. Em cima da cama, minha mala está aberta enquanto a encho com as últimas coisas que ainda estavam do lado de fora.

— Eu acho — sussurro para mim mesma enquanto fecho o zíper — que está um pouquinho tarde para esse pedido.

Um cadarço acaba ficando preso, pendurado para o lado de fora. Grunho de raiva. Duvido que Marco tenha escutado o sarcasmo, mas de alguma maneira parece responder.

— Por favor...

Sinto o coração apertar enquanto caminho na direção da porta para destravá-la. Giro a maçaneta e a porta desliza com um ranger.

Marco me encara por um segundo. Então desvia os olhos para a mala na cama.

— O que está fazendo?

Ele tenta segurar minha mão, mas cruzo os braços para evitar o contato.

— Estou indo embora.

Ele sacode a cabeça.

— Como assim? Você não pode, o voo é só amanhã.

Desvio os olhos para os pés.

— Vamos ficar na casa da Jô.

Embora ela não saiba disso ainda, é claro. Mas prefiro omitir essa parte da informação.

— Vânia, não precisa.

— Se você puder me ajudar com a Grazi, eu agradeço.

Ele entreabre os lábios, os olhos atônitos.

— Escute, estávamos nervosos. Não precisa disso. Você sabe que eu não quis dizer...

— Mas disse — interrompo. — As coisas que dizemos quando estamos com raiva revelam muito sobre nós.

Ele esfrega o rosto e se esquiva de mim para entrar no quarto. Continuo parada na porta, os braços cruzados. Marco segura meus ombros, virando-me para ele.

— As coisas que dizemos quando estamos com raiva geralmente são as piores idiotices.

— Verdades fantasiadas de idiotices?

Ele meneia a cabeça.

— Mentiras ditas para ferir. — Então pausa. — É isso o que está tentando fazer agora? Me ferir? Porque está funcionando. Não precisa ser desse jeito. Estava tudo tão bom!

— Até não estar mais — sussurro. Não acho que ele seja capaz de sentir, nessas palavras, o quanto lamento. — Vai me ajudar com ela ou não? Aproveita para se despedir.

Ele junta as sobrancelhas, piscando os olhos com tanta tristeza que espero as lágrimas brotarem deles. Elas nunca vêm. Solto o ar com força e me viro para a cama. Puxo a mala até ela escorregar pelo colchão. O baque faz Grazi se remexer mais um pouco. Atrás de mim, ouço Marco dizer:

— Não faz isso, por favor.

Minhas pernas vacilam. Essas palavras. Essas exatas palavras.

Congelo onde estou, meus músculos estão trêmulos e a respiração, entrecortada.

— Por favor — repete ele, já ao meu lado. — Você quer que eu implore? Porque, honestamente, estou disposto a fazer isso. Posso juntar os cacos do meu coração e ficar de joelhos se isso fizer você ficar.

— Marco, para. Estou indo só algumas horas antes do previsto.

Ele me fita imóvel.

— Meu Deus, isso é sério? Você não vai nem esperar a cabeça esfriar?

Mordo os lábios.

— Não preciso fazer isso. — Então olho para trás, sobre os ombros. Grazi está sentada na cama, nos observando com os olhinhos azuis semicerrados de sono. — Olha para ela, Marco. É por causa dela que estou aqui, não por causa de nós. Não desse jeito. Pelo menos... era como deveria ter sido.

— Você está sendo impulsiva. Não precisa ir embora, é claro que eu amo você e é claro que acho que você é... — Ele se interrompe. — Quantas vezes nos últimos dias eu disse que quero me casar com você?

— Você nem confia em mim, Marco. — Ele suspira. — Não é sequer capaz de negar.

— N-não é verdade. Não se trata disso. Vânia, não tem nada a ver!

Assinto em silêncio. Um silêncio que dura segundos e abre um abismo entre nós. Há consentimento mútuo e implícito de que não resta muito a ser dito.

— Olha, a gente se fala por telefone, tá? Agora... — Lanço um último olhar para Grazi. O semblante confuso faz meu peito apertar. — Temos que ir.

VOANDO DE VOLTA

— Meu Deus, Vânia! Dá a volta nesse carro agora mesmo — Joaline dispara pelo viva-voz.

— Jô, eu não vou voltar. Estou chegando aí em... — desvio os olhos para a tela do celular acoplado ao para-brisa — duas horas.

— Amiga, usa a cabeça. — Ela precisa se interromper para dar atenção a uma das crianças. — Você tá fazendo tudo de novo.

— Tenho bastante certeza de que nunca rompi um relacionamento avassalador com o cara dos meus sonhos antes.

— Você sabe que não estou falando disso.

— E com certeza nunca me pediram em casamento depois de duas semanas de convivência. — Ignoro o comentário. — Aliás, qual foi a última vez que estive com alguém por todo esse tempo mesmo?

Eu ia perguntar qual foi a última vez que estive com *alguém*, mas pondero a tempo de perceber que seria muita humilhação.

— Pera aí. Como assim, casamento?

— Pois é. E eu caí nessa! Qual de nós dois tem mais problemas? Não responda, por favor.

— Ele te pediu em casamento?

Reduzo a velocidade para passar por um radar.

— Mais ou menos.

— Vaninha, vocês não... hã... né?

— O quê? — pergunto, toda inocente, concentrada na pista.

Dou seta para pegar a via expressa e, enquanto isso, o silêncio se estende na linha. Então, quando compreendo o que ela quis dizer, entreabro os lábios em descrédito.

— Não acredito! Você não está mesmo pensando que eu fui para a cama com ele.

Ela gagueja qualquer coisa inaudível.

— Joaline!

— Ora... — ela diz depois de alguns pigarros. — Sei lá, vocês estavam na mesma casa e tão apaixonados...

Respiro fundo.

— Não estávamos na mesma casa por escolha minha! E sou uma nova pessoa.

— Então, não... — Minha amiga se interrompe.

A pausa é longa o bastante para eu perceber que ela está em pleno conflito entre a língua e a consciência.

— O que foi, Jô? O que você quer me dizer?

— Então, não cometa os mesmos erros da pessoa que você costumava ser.

Solto um suspiro e me despeço. Olho para o GPS. Ficar na casa dela não precisa ser uma opção. Está certo que a Jô foi — e ainda é — uma pessoa essencial na minha caminhada cristã, mas há momentos em que, convenhamos, ela se mete demais.

Essa é a constatação que me faz reprogramar a rota direto para o aeroporto. Gastar um pouco mais adiantando as passagens vai sair mais barato do que enfrentar a Jô ou acabar me hospedando em algum hotel da Zona Sul. Além disso, cá entre nós? Que saudade da minha casa.

* * *

Preciso ignorar pelo menos três chamadas do Marco durante o percurso — incluindo estrada, aeroporto e o táxi que nos deixa na portaria do prédio, onde acabo parando para pegar algumas correspondências.

— Bom dia, dona Vânia. — Seu Alípio, o porteiro, me entrega um pacote do clube de assinatura de livros e alguns envelopes.

Agradeço e, com Grazi no colo, subo de elevador até a cobertura, onde coloco a pequena no chão para destrancar a porta do apartamento. Grazi é a primeira a entrar, correndo para abraçar o Sr. Tumnus.

Olho ao redor. A sensação de familiaridade me abraça. Tudo está no lugar em que deixamos. As obras de arte nas paredes, o tapete verde-musgo cobrindo quase a metade da sala, os sofás brancos surpreendentemente limpos, a mesa de centro em formato orgânico, a luminária de palha pendendo sobre ela. Exatamente do mesmo jeito. Exceto talvez pelo lírio-da-paz um pouco murcho no aparador.

Deixo a mala perto da porta e vou até lá. Ao lado da planta, está um recadinho carinhoso da *pet sitter*. Desenrosco a parte de baixo do vaso autoirrigável e o levo até a pia para enchê-lo com água. Grazi já sumiu no próprio quarto, então caminho até a janela para abrir o vidro e, no mesmo instante, uma brisa quente afaga meu rosto.

— Nada como respirar o ar puro de São Paulo.

Não tem muito tempo que o sol nasceu, dá para ver pedacinhos do céu claro por entre os prédios. Olho para baixo, observando o movimento das pessoas e o trânsito intenso já a essa hora. Ignoro o aperto no peito enquanto convenço a mim mesma de que não estou sentindo a menor falta da paz de Búzios. Nem do verde no quintal da casa do Marco ou da vista para o mar.

— Isso é besteira. — Sacudo a cabeça. — Desde quando eu preciso de uma vista para a praia para ser feliz?

Um roçar aveludado na perna me faz abaixar a cabeça. A bola de pelos pretinha vibra em um ronronar saudoso. Eu me inclino para pegá-lo no colo e caminho até o quarto da Grazi. Encosto-me na porta e afundo os dedos no pelo do Sr. Tumnus enquanto a observo brincar de chá com uma boneca.

— Vem, mamãe — ela chama ao levantar uma pequena xícara na minha direção.

Sorrio e dou mais alguns passos até a pequena mesa. Então me sento no chão com as pernas cruzadas. O Sr. Tumnus pula para fora do meu colo enquanto ela acrescenta outras três xícaras ao cenário. Depois, serve chá imaginário de um pequeno bule.

— Essa é da mamãe — ela diz ao me servir. — Da *Gázi*... — Repete o trabalho ao servir a si mesma. — E essa é *pala* a Lola. — A boneca que está sentada ao meu lado.

— E essa? — Aponto para a xícara que não recebeu uma porção de chá. — Do Sr. Tumnus?

Ela solta uma risada gostosa de criança.

— Não, mamãe. Essa é do papai *Maquinho*.

— Ah.

Grazi me olha com a estranheza de quem acha uma indagação estúpida. Abaixo o olhar e finjo beber chá. Tento não prestar atenção na forma como minha garganta arde.

Depois de ela já estar distraída com as bonecas, eu me levanto devagar e, de volta à sala, começo a abrir cada uma das correspondências que chegaram na minha ausência. Inicio pela embalagem característica do clube de assinaturas. É sempre empolgante abrir o pacote sem ter a mínima ideia de qual livro me aguarda. Passo o indicador sobre o relevo da capa para sentir a textura, faço as páginas deslizarem depressa entre os dedos e trago o livro à altura do nariz para sentir o aroma do papel. Solto um suspiro, voltando a analisar a capa. Há uma garota cujo cabelo cor de cobre está sendo levado pelo vento e alguns pássaros voando ao redor dela. Pelo formato das letras do título, parece ser uma ficção científica. Eu o coloco sobre a prateleira, vou começar a leitura ainda hoje. Então me volto para um envelope que se destaca dos outros tanto pela textura do papel quanto pelo selo internacional. Já sei do que se trata antes mesmo de abrir.

Eu nunca havia me esquecido da Feira de Joias de Nova York antes, mas também nunca tinha vivido tudo o que passei nas últimas semanas. Levo uma unha à boca enquanto estudo o convite. Esse sempre foi, dentre todos, meu evento preferido. Além disso, foi durante *e* por causa dele que minha vida mudou para sempre, lembra? Eu estava a caminho dessa feira quando aquela senhora entrou com um instrumento no metrô. Ao descer mais os olhos até a data, deixo um suspiro escapar. O evento é em três semanas. Um pouco fora de época, como da última vez, mas o que não virou uma bagunça desde que saímos da pandemia?

Um estrondo vem do quarto de Grazi.

— Filha? — Estico o pescoço, os ouvidos aguçados.

Grazi leva um segundo para responder.

— Caiu, mamãe.

Corro na direção do quarto dela, mas, antes de alcançar a porta, consigo vislumbrar a cena que me faz respirar aliviada: Grazi na ponta dos pés, debruçada sobre uma estante de brinquedos e uma verdadeira choldra de louças de mentirinha espalhadas pelo chão. Bem, há um motivo para utilizarem plástico na composição dessas coisinhas. Tudo parece inteiro, apesar do desabamento.

Eu me abaixo para ajudá-la a guardar a bagunça e, entre um bocejo e outro, Grazi reclama que está sentindo saudades do pai. Na verdade, esse é um sentimento que compartilhamos. Eu me refiro ao cansaço, é claro, porque meu corpo involuntariamente reflete cada um dos bocejos que ela deixa escapar. Quanto à saudade, eu me recuso a admitir.

— Mamãe? — ela chama, já no fim de um longo dia, depois de sair do banho. — Chama o meu papai *Maquinho?*

Termino de vesti-la com o pijama e a coloco na cama. Grazi me encara com expectativa.

— Não, filha — começo a dizer e um bico de tristeza aparece antes mesmo que eu termine a frase. — O papai está na casa dele, lembra?

— Mas pede *pá* ele *vim* aqui. — A voz chorosa é de partir o coração.

— Filha, é muito longe e está tarde. — Deslizo os dedos pelo cabelo dela.

Grazi afasta minha mão. O choro rouco fica mais alto a cada segundo, a boca cada vez mais retorcida. Esfrego a nuca, nervosa.

— Só um *poutinho*, mamãe!

Trago Grazi para o colo e, de pé, desfiro tapinhas nas costas dela conforme cantarolo uma daquelas canções que a acalmam. Ela se aninha no meu pescoço, mas deixa uma série de soluços escapar.

— A gente liga para o papai amanhã, tá?

— Não, mamãe. Eu *quéio* meu *papaiginho. Agóiaaa*! — Grazi afunda o rosto em mim, suspirando repetidas vezes.

Meu coração aperta a cada soluço. Cada grito de birra faz com que eu me sinta uma pessoa monstruosa. Então, no fim das contas, a coisa se torna insuportável e me obriga a pegar o celular. Faço uma chamada de vídeo para Marco. Ele atende no segundo toque.

O choro cessa e dá lugar a uma risada rouca quando a imagem do homem surge na tela. Marco esfrega o rosto de aspecto cansado do outro lado. Poucos segundos parecem ser suficientes para que ele entenda o que está se passando conosco agora.

— Meu amorzinho, que saudade!

Grazi estica os braços para o celular, animada.

— Papai! — Ela escorrega para fora do meu colo e leva o pai consigo. Fico invisível de repente.

— *Óia*, eu *binquei* com a Lola.

— Ah, essa é a Lola? Que linda.

— É.

— Cadê a mamãe?

Grazi vira o celular para mim por um segundo. Só tenho tempo de ver Marco abrir a boca antes que ela direcione a tela para o próprio rosto mais uma vez. Não sei se fico desapontada ou aliviada por isso. Eu me levanto da cama e começo a caminhar na direção da porta, mas não deixo o quarto a tempo de evitar ouvi-la dizer:

— Você pode *vim* aqui, papai *Maquinho?*

— Ah, filha... o papai queria muito, muito mesmo, estar com você agora, mas é longe.

Grazi fica imediatamente chorosa. E a isso se seguem resmungos dela e palavras de convencimento dele. Sei que estão sofrendo. Os dois estão. Mas acho... Bem, acho que acabaria sendo assim, de um jeito ou de outro. Seria inevitável.

Ou talvez... Ah, droga, se ao menos eu não tivesse ficado lá por tanto tempo! Se tivesse permanecido firme na ideia de ser apenas um bate e volta... Se não tivesse me deixado encantar pelos olhos azuis, a fé genuína, a paternidade carinhosa, as palavras românticas...

Ah, Marco! Que bela droga.

No corredor, eu me encosto na parede e fico ouvindo o que eles conversam. Demoro para me dar conta de que meus olhos estão úmidos. Com a tristeza camuflada na voz, ele conta uma história para nossa filha. Aos poucos ela se aquieta e, depois de quase uma hora de conversa, Grazi enfim pega no sono. Quando volto para o quarto, o celular paira ao lado da mãozinha inerte, com a tela apagada. Pego o aparelho, cubro o corpinho com uma manta e apago a luz.

Sinto cada músculo do meu corpo contrair de cansaço sob a água do chuveiro. Antes de me deitar, verifico com alívio uma mensagem de Aline, a babá, confirmando que estará aqui logo cedo, apesar de ter sido solicitada em cima da hora. Aproveito para ligar para a minha gerente.

O suspiro de alívio que Joice emite ao escutar minha voz é a maior evidência de que eu precisava mesmo voltar a trabalhar. Então, convencida de que nesta vida há coisas mais urgentes do que meu coração partido, eu me obrigo a dormir.

* * *

Desligo o despertador com a sensação de ter adormecido só por um minuto. A pontada na têmpora me faz perceber que este não será um dia fácil. Junto a uma dose de café de cápsula, engulo também dois comprimidos de dipirona. Depois de ter passado tantos dias bebendo café solúvel, esse expresso parece ter sido moído na hora.

Estou sem energia para desfazer as malas, e quase todos os meus documentos e itens pessoais estão naquela bolsa de palha feita à mão que comprei na praia com Suzana. Bem, o *handmade* é chique e extremamente caro em São Paulo, por isso, não importa a roupa que eu vá usar hoje, esta aqui com certeza vai ser a bolsa escolhida. Uma péssima ideia para quem não quer passar o dia se lembrando de Búzios, é claro, mas a conclusão só me ocorre depois que já saí de casa.

Quando chego ao shopping às dez em ponto, atravesso os corredores vazios com as primeiras portas deslizando para cima. O caminho é delimitado por vitrines e cartazes publicitários. Boa parte da iluminação é feita pela luz natural que entra no prédio através de um enorme teto de vidro em um átrio, no centro do primeiro piso, repleto de plantas artificiais e com uma fonte de onde jorra água cristalina. Passo por ele para acessar a escada rolante e, assim que alcanço o andar de cima, me deparo com a Fada do Brilhante.

— Lar, doce lar — sussurro.

Joice vem me receber com um abraço na porta. Não sei se é porque ainda estamos no horário de abertura ou se porque eu trouxe algum conforto com meu retorno, mas, diferente da última vez que nos falamos, hoje ela está radiante, com a aparência impecável, o cabelo muito bem alinhado e uma maquiagem perfeita. O sorriso nos lábios ressalta ainda mais sua beleza jovial.

— Você está ótima — elogio.

— Ora... — Ela me cutuca com o cotovelo. — Eu disse que dava conta, chefe.

Cumprimento os outros funcionários enquanto ela vai adiante até o computador do balcão. Pelos dados exibidos na tela, Joice me atualiza sobre o faturamento das últimas semanas e as ações de liquidação comuns no varejo para esta época do ano. Traçamos um plano para alcançar as metas estipuladas até o fim do mês e eu, enfim, peço que ela venha comigo até o estoque para uma conversa particular.

Joice arregala os olhos e esfrega as mãos com nervosismo. Seguimos pelas escadas internas da loja até chegarmos ao andar de cima, eu com minha bolsa de palha no ombro e ela com as mãos no bolso.

— T-tá tudo bem, chefe?

Solto um suspiro.

— Como você pode me perguntar isso? Não está tudo bem, Joice. Está perfeito. *Você* foi perfeita.

Ela pressiona os lábios com emoção e pestaneja, desviando os olhos para os pés.

— Eu falo por mim e também pela Jô quando digo que nossa loja não poderia estar em melhores mãos.

— Ah... — Ela tenta conter um sorriso. — Eu só fiz o meu trabalho.

— Bem, nós conversamos e você sabe que não tem mais como ser promovida aqui.

— Mas... — Joice arregala os olhos. — Eu estou feliz como estou. Vocês não vão me mandar embora, né?

— É claro que não! Por favor! — Sacudo a cabeça com tamanha bobagem.

Olho para baixo e vasculho a bolsa. Então retiro um envelope dourado de cetim que comprei no caminho.

— Isso aqui é para você. Um reconhecimento.

Ela reage em parte surpresa, em parte animada, até abrir o envelope e retirar o papel sofisticado. Por segundos a fio, permanece boquiaberta e estática. A mão fica um pouco trêmula quando levanta os olhos para mim. Prendo o fôlego em expectativa.

— O que... é... hã, isso é pra mim?

— A gente acha que você merece representar a Fada do Brilhante na Feira de Joias em Nova York.

Joice desvia os olhos para o papel e depois para mim outra vez.

— Mas é daqui a uns vinte dias.

Não respondo de imediato, congelada no meu lugar por um receio súbito.

— Você tem visto, não tem?

Ela sacode a cabeça, mas depois assente. Consigo respirar de novo. É claro que eu deveria ter conferido isso antes. Que estupidez!

— Tenho, porque ia...

— *Para a Disney* — completamos juntas.

Joice torce o nariz.

— Isso.

— Bem, não é um passeio e muito menos na Disney, mas o trabalho é legal e em um dos lugares mais incríveis do mundo.

— Isso é muito melhor, chefe — diz ela com sinceridade e, no rosto, a expressão de quem segura o choro. — Obrigada. Mesmo.

Pisco os olhos, o coração derretido.

— De todas as pessoas, Joice, você é a que mais merece. — Mas a garota está fora de órbita, mal parece escutar.

De repente, fica alarmada.

— Meu Deus, mas eu vou sozinha? Meu inglês está tão enferrujado! Espera. Eu preciso comprar casacos. Em Nova York está frio, não está? Tenho certeza de que em janeiro neva. Não neva? Eu nunca vi neve, é meu sonho, sério!

— Calma. — Solto uma risadinha. — Respira um pouco.

— Vai ser bem difícil respirar pelas próximas semanas. Eu não acredito que isso está mesmo acontecendo!

— Nós vamos juntas, você e eu. E deixe as compras para a viagem. Eu te levo para encontrar os melhores casacos pelas maiores pechinchas, juro.

Ela dá pulinhos animados e me puxa para um abraço.

— Obrigada, chefe. E Jô. Vou mandar mensagem pra ela. Eu amo vocês, cara! Obrigada, obrigada, obrigada!

Ela sorri dez vezes mais para cada cliente que recebemos nesta manhã e promete a todos que saem sem uma joia que muito em breve trará novidades de uma feira em Nova York. Também me faz arregalar os olhos duas vezes quando penso que os clientes que *estão* comprando algo, tendo ouvido isso, vão desistir da compra. Eu quase, quase me arrependo por não ter contado mais perto da véspera, mas a alegria dela é tão palpável que é impossível não me contagiar.

* * *

Afundada na burocracia da loja, não vejo o tempo passar. Só quando minha visão começa a ficar turva é que resolvo sair para um almoço quase jantar. Desço a escada rolante e caminho até uma cafeteria que fica de frente para o átrio central. A garçonete me serve ao som de uma bossa-nova e, se esse tipo de música não levasse a uma inevitável associação com o Rio de Janeiro, eu até me deixaria embalar pelo ritmo. Depois de algumas mordidas no croissant recheado de presunto parma e queijo gorgonzola, noto um jovem casal apaixonado a algumas mesas na frente da minha. O afeto público e descarado deles me faz mastigar mais rápido, nauseada.

Mesmo enquanto tento usar o celular para me distrair, deslizando o feed do Instagram com o dedo, meus olhos insistem em se desviar vez ou outra. Ao som de suas risadas, meu coração é aos poucos tomado por melancolia. O humor se torna cada vez mais amargo. Eu bufo com irritação e decido que, definitivamente, não vou aceitar passar o dia assim.

Quando termino o lanche, levanto-me de súbito, atraindo alguns olhares. Ajusto a bolsa no ombro, jogo o cabelo para o lado e saio do café decidida a não remoer minha infelicidade amorosa. E eu sei bem que uma volta pelo primeiro piso pode ser a exata distração de que preciso. Por isso, eu me deixo envolver pelo clima do shopping, o movimento das pessoas, a música, o vaivém entre as lojas. Eu sempre achei que esse lugar tem uma energia própria. Expectativas e promessas, ambas embrulhadas em pacotes que prometem saciar vontades e, por que não, dar um pouquinho de alegria também.

Distraída, acabo virando em um corredor com acesso à minha loja de sapatos preferida. Viro a cabeça para o outro lado. Com certeza não preciso de sapatos novos, e o mais prudente é apressar os passos e continuar com o rosto virado para longe da tentação. Meu plano funciona esplendidamente e eu passo pela loja sem nem ver. Volto o rosto para frente, orgulhosa do autocontrole, quando tenho o vislumbre da repentina imagem das costas de um homem quase no fim do corredor. Meu coração pula no peito. Eu seria capaz de reconhecer o loiro desalinhado daqueles cabelos em qualquer lugar!

— Marco? — A voz falha em minha garganta.

Ele arrasta uma mala de mão e parece olhar ao redor como se estivesse à procura de alguma coisa. De alguém. Prendo o ar por um segundo, o coração disparado. Ele veio. É claro que veio. Um de nós tinha que consertar as coisas.

— Marco! — digo um pouco mais alto e vou atrás dele, que continua andando com ares de perdido. — Ei, Marco!

Deve ter percebido que não tem motivos para duvidar de mim. Será que passou na minha casa? Bem, ele sabe que eu trabalho aqui. Apresso o passo. Alguns rostos se viram na minha direção, exceto pelo dele. O indivíduo continua o caminho e fica cada vez mais e mais distante.

Dou uma corridinha para alcançá-lo e chego a esticar o braço a ponto de tocar o tecido cinza da camisa social.

— Ei — digo quase sem fôlego.

Então o homem gira o corpo para mim e me encara com as duas esferas negras do rosto. As marcas visíveis da idade avançada acentuam ainda mais o vinco de confusão que se forma entre as sobrancelhas.

— Oh. — O frio na barriga é de pura decepção e vergonha. — Desculpa, eu... pensei que era...

Um sorriso lento se forma nos lábios dele.

— Me desculpe mesmo — concluo depressa.

O desconhecido não tem tempo de articular uma resposta. No instante seguinte, eu começo a andar apressada em direção a qualquer loja onde eu possa me esconder. Acabo entrando em uma perfumaria. A atendente dispara a falar e eu só concordo com ela, sem prestar atenção. A moça segura meu braço e espirra alguma coisa na pele. Enquanto processo o último acontecimento, um perfume forte invade meu nariz e faz meu estômago embrulhar.

— Isso é... — tento perguntar, mas sou golpeada por lembranças da Pousada Laguna.

A dor é quase física, tanto que me inclino um pouco para frente enquanto a garota muito jovem me encara com os olhos arregalados.

— S-sândalo — gagueja ela. — A senhora não é alérgica nem nada, né?

Sou tomada pela mais profunda agonia.

— Tira isso de mim. — Estico o braço. — Agora, por favor!

A menina corre para trás do balcão e tateia à procura de alguma coisa que não consigo enxergar.

— Hã.... Eu tenho água e uma toalha de mão.

Diante dos olhares enviesados dos outros funcionários e de alguns clientes, avanço para o balcão e puxo o pequeno pano que ela estende para mim. Esfrego contra o braço até a pele ficar vermelha, mas isso não faz o cheiro desaparecer, só diminuir um pouco. É como se eu estivesse naquele quarto, presa entre suas paredes. Paro de esfregar meu braço e ergo a cabeça. Todos os olhares estão fixos em mim. Sinto a bochecha esquentar.

— Eu sou — afirmo baixinho. — Sou alérgica.

— Ah, moça, me desculpa mesmo — a menina implora, os olhos ameaçando lacrimejar.

— Não, tudo bem, a culpa não é sua.

Ela caminha até mim com outro pano umedecido e o passa suavemente no meu braço. Eu me viro para um homem de terno que usa um crachá de gerente e está observando a coisa toda a alguns metros de distância.

— Não foi culpa dela, eu permiti que espirrasse. Devia ter perguntado antes.

Ele assente, sério. Eu me desculpo mais de uma vez e, torcendo para que isso não cause problemas à mocinha, saio atordoada da loja.

Caminho devagar, sentindo o coração latejar nos ouvidos, até me ver de frente para a sapataria que eu pretendia evitar. Uma vendedora conhecida me aborda cheia de sorrisos.

— Dona Vânia, quanto tempo! A senhora procura por algo especial?

Meus olhos vagam ao redor. O ambiente conhecido me traz um conforto inesperado e muito bem-vindo.

— Hã... Não tenho nada em mente. Pode me mostrar o que chegou de novo?

— Claro! — Ela abre um sorriso radiante. — Será um prazer.

Não consigo me lembrar do nome dela, então apenas forço um sorriso e entro na loja. O cheiro floral do ambiente é um tônico para a alma.

— Número 36, não é?

— Isso.

Ela ignora a mecânica dos meus movimentos e pede licença para ir até o estoque. Depois de desaparecer por um tempo, volta com algumas caixas empilhadas. A expectativa faz meu coração pular, alegre.

Sorridente e cordial, a vendedora se inclina para me ajudar a calçar um par de *scarpins* vermelhos em couro de cobra, o que me faz lembrar do meu primeiro encontro com Marco.

Céus!

Sentada em um pufe, tiro o sapato de um pé e permito que ela deslize o outro tal qual o príncipe fez à Cinderela. Meu coração vibra de animação com o encaixe perfeito. Deixo escapar um sussurro de prazer enquanto observo como a peça fica deslumbrante nos meus pés.

— E veja essa cor — comenta a moça antes que eu consiga perguntar o preço.

A experimentação dos modelos se torna uma experiência tão envolvente que as últimas tragédias são logo esquecidas. Sou tomada por uma excitação que conheço há muito tempo. Do tipo que espero que você nunca tenha experimentado na vida. Por quê? Bom, não vamos pensar nisso agora.

A mulher faz outras viagens de ida e vinda para o estoque, mais e mais pares de sapatos surgem na pilha. Calço pelo menos uma dúzia deles.

— Vou levar esses. — Todos eles, porque, pudera, depois de tudo isso, eu não seria capaz de escolher. — E os acessórios também — acrescento.

A menina agita a cabeça e começa a recolher todas as peças. Outra vendedora traz a máquina de cartão até mim e, depois de emitir a nota, as demais funcionárias se reúnem para abrir uma garrafa de champanhe.

— Eu não bebo. — Dou um sorriso sem graça.

Os dedos da garota deixam marcas escuras no suor do vidro.

— Hã... — Ela desvia os olhos entre mim e a garrafa, insegura, depois abre um sorriso e diz, de um jeito jocoso: — Um refri, então!

Elas me trazem um pouco de Coca em uma taça de cristal e, depois de brindar, a vendedora me acompanha até a porta com um sorriso que toma a metade do rosto.

De volta ao corredor do shopping, dedilho uma mensagem para a Joice informando que retornarei à loja apenas na segunda-feira. Meu peito começa a apertar antes que eu alcance o estacionamento. Esse é o motivo pelo qual eu disse que espero que você não compartilhe desse tipo de alegria. Nunca dura muito tempo.

Enquanto jogo as sacolas no banco traseiro, tento me convencer de que vou usar todas essas coisas, de que o desconto valeu a pena, de que meu guarda-roupa precisava mesmo ser renovado. Bato a porta com força e me apoio no vidro, cobrindo a boca com uma mão.

Meu Deus, a quem estou enganando?

A culpa me consome ao longo de todo o caminho e, quando chego em casa, Aline já está me esperando para ir embora. Ela faz um sinal de silêncio, então eu agradeço o serviço e retiro os sapatos para não fazer barulho. Passo pelo quarto da Grazi a caminho do meu. Ela está profundamente adormecida, o Sr. Tumnus aninhado aos seus pés.

Deposito todas as sacolas na minha cama e começo a guardar as compras. A sensação amarga fica mais forte. Cada par de *scarpin*, sapatilha e tênis precisa encontrar um lugar na sapateira; cada acessório é guardado junto a diversos outros. Um gosto de bile que eu não sentia há alguns anos se forma na minha boca. No fim, depois de quase uma hora procurando lugares para encaixar as novas peças, eu termino sentada no chão do quarto escuro, as costas contra a cama, abraçando os joelhos e me sentindo patética por derramar algumas lágrimas.

A essa altura, você já deve ter notado que tenho um diagnóstico. A minha ansiedade não é como a da Joice, por exemplo. Não faz meu coração parar e o fôlego sair dos pulmões. Não faz minhas pernas paralisarem e o peito doer. Primeiro, vem como uma necessidade urgente por alguma coisa nova, uma adrenalina que é, por um segundo, tão gostosa quanto sufocante. Depois, ela se transforma nesse sentimento horrível e angustiante, que me oprime até eu voltar para a primeira fase. Até entrar em uma loja, sentir o perfume típico, experimentar coisas novas, comprar todas elas e então me sentir o pior dos seres humanos.

O nome disso é oniomania, caso esteja se perguntando. É uma compulsão por compras que, não poucas vezes, já me colocou em situações embaraçosas. A dra. Kátia, minha psicóloga que não vejo há algum tempo, costumava dizer que eu não deveria sentir vergonha disso.

Mais fácil falar do que viver.

Por isso, embora você já tenha testemunhado alguns dos meus comportamentos estranhos, nunca me viu compartilhando essa história com ninguém. Eu nunca, em hipótese alguma, falo sobre isso em voz alta.

Bem nessa hora, enquanto estou com o rosto afundado nos joelhos e o coração apertado, meu celular vibra. É uma notificação do que deveria ser meu momento de devocional. Deslizo o dedo para fazê-la sumir. Agora não dá.

Não depois do que acabou de acontecer. Não tenho coragem.

Nem amanhã, nem depois. É o que percebo ao passar dos dias, quando continuo voltando para casa com bolsas, roupas, perfumes e acessórios. O momento que eu costumava dedicar ao devocional se torna uma hora de choro e encolhimento sob as cobertas. Às vezes assisto a uma série, às vezes passo o tempo jogando no celular, mas, na maioria delas, eu me forço a dormir mais cedo mesmo. A saudade do que eu costumava fazer nesse horário aperta minha garganta e, toda noite, eu prometo a mim mesma que amanhã será diferente. *Amanhã eu vou voltar direto para casa e, quando estiver melhor, pedirei perdão.* Como poderia fazer isso agora, sabendo que, no dia seguinte, teria que pedir perdão de novo pela mesma coisa?

Noite após noite, eu me deito abraçada a um travesseiro, incapaz de admitir para Deus que pareço ter voltado no tempo.

QUANDO SUZANA SE METE NA MINHA VIDA — DE NOVO

Conforme os dias passam, Marco e eu conseguimos estabelecer uma relação amigável o bastante para ser considerada saudável. Nós nos falamos por telefone todos os dias, por um breve momento, antes que eu entregue o aparelho para a Grazi. De vez em quando, até fazemos uma ou outra brincadeira. Mas, todas as vezes que ele tenta falar sobre o nosso relacionamento, dou um jeito de mudar de assunto ou encerrar a ligação. Assim, as tentativas começam a ficar mais raras a cada dia, até que cessam de vez. Eu sempre choro depois dessas chamadas, mas trato de fazer isso no banheiro, longe do olhar da Grazi, ou na presença da minha terapeuta. Nesse caso, toda vez.

Retornar para a terapia foi uma questão de necessidade. Eu trabalho em um shopping, pelo amor de Deus, e conheço muito bem o desastre que isso pode ser na vida de uma pessoa que tem a minha, odeio admitir, compulsão.

Já faz algumas semanas que não tenho cedido aos impulsos de comprar, o que é uma grande vitória, apesar de ainda parecer que me esqueci de como se ora.

Hoje é uma quinta-feira. Véspera da minha viagem para Nova York. A animação e ansiedade típicas de qualquer viagem internacional me deixam elétrica, meio zonza e quase neurótica. Faz mais de três anos que não faço isso e só agora começo a me dar conta de como tinha sentido falta.

Minha mãe está na cidade e resolve nos fazer uma visita. Ela brinca de chá de bonecas com Grazi no quarto enquanto eu termino de preparar a bagagem. As duas vão passar o fim de semana juntas, e minha filha não parece nem um pouco sentida por ficar longe da mamãe por três dias.

Confiro meu checklist mais uma vez, para garantir que, de fato, tudo está onde deveria estar. Roupas, três pares de sapatos, dois agasalhos, passaporte, maquiagens e remédios, cartão do banco, carregador portátil, o livro do clube de leitura e o convite da feira. Dou uma última olhada no meu guarda-roupas e bato o olho em uma bolsa branca de correntes que eu não uso desde...

Reviro os olhos e estico o braço.

— Você vai — determino, trazendo-a para a frente do rosto. — Definitivamente precisamos criar novas lembranças juntas. Não vou deixar que uma Chanel seja arruinada por causa do meu deslumbramento por um garoto.

— Falando sozinha? — A voz de mamãe me alcança.

Viro o rosto sobre o ombro para olhar para ela, que está parada perto da porta, uma mão na cintura.

— Você sempre diz que eu vivo fazendo isso. — Solto um suspiro desanimado.

— E vive mesmo. — Ela se aproxima até sentar-se no colchão ao lado da mala. — Você está bem, criança?

Contorço o rosto em uma careta.

— É claro. Por que não estaria?

Ela aperta os lábios.

— Não sei. Toda essa história com o pai da menina... Aconteceu alguma coisa entre vocês, não foi?

— Bem, com certeza. Do contrário, ela não estaria aqui.

Minha mãe afunila os olhos.

— Não banque a engraçadinha, Vânia. Você sabe muito bem do que eu estou falando.

— Mamãe — digo, suspirando de preguiça —, não tem nada.

— Bom, alguma coisa tem — ela insiste. — Você está com uma cara péssima!

— Dizem que isso é genético. — Eu rio sozinha, mas ela cruza os braços, carrancuda. — É, pode ser. Mas não tem a ver com ele. É coisa minha.

Encerro o assunto, levando a bolsa de matelassê até a mala. Mamãe desiste de extrair informações e me deixa sozinha no quarto.

Com os olhos fixos em um ponto além dos lençóis, começo a refletir sobre a indagação dela. É que agora, depois de uma distância temporal suficiente para manter a cabeça fria, nada parece fazer muito sentido naquela briga. Primeiro, porque me deixei apaixonar mesmo sabendo que ele naturalmente tinha dúvidas a respeito do meu caráter. Segundo, porque fui embora um dia antes, não pudemos conversar de forma pacífica e talvez amadurecer a ideia de um término sem traumas.

Por que, meu Deus, eu precisava ser tão louca por ele se no fim não acabaríamos juntos? E por que raios toda aquela história de sinal de Rebeca tinha vindo à tona para alimentar minha esperança e começar a enxergar coisas que não estavam ali?

Está certo que a minha impulsividade sempre me faz tomar decisões no calor da emoção. Decisões que costumam ser, também, um pouquinho *ardentes* demais. Isso é tão intrínseco à minha personalidade que eu nem sequer consigo ruminar o que causou todo o estrago emocional. Fui impulsiva ao me apaixonar pelo Marco? Eu teria me apaixonado por ele, há três anos, se tivesse a oportunidade ou isso só aconteceu agora porque ele é o pai da minha filha? Fui impulsiva ao jogar tudo pelos ares de uma hora para a outra?

Eu nem sequer consigo dizer.

Fecho os olhos e deixo os ombros caírem. Sei que isso não pode continuar assim, então decido procurar respostas no lugar que tenho evitado. Ando até a penteadeira e a vasculho à procura da Bíblia. Não demoro muito a encontrá-la. Deslizo os dedos pela capa de tecido floral, depois começo a passar as páginas de laterais douradas. Há algumas marcações coloridas ao longo de alguns livros, em especial nos do Novo Testamento, que eu vinha estudando nos últimos meses.

Meus olhos percorrem as páginas, mas não sabem onde pousar. Não consigo decidir o que ler, então tenho a brilhante ideia de apontar para versículos aleatórios com a esperança de que Deus me dê alguma resposta. Quero dizer, por que não?

Desse modo, com a Bíblia sobre as coxas, cubro os olhos com uma mão e, com a outra, folheio o livro. Paro de repente e escorrego o dedo até um ponto qualquer. Quando retiro a mão dos olhos, leio o versículo apontado na esperança de encontrar a resposta que procuro. 2 Crônicas, capítulo 2, versículo 30. Eis o que está escrito:

> "Salomão reinou quarenta anos em Jerusalém, sobre todo o Israel."

Bufo, desanimada. Talvez o versículo 31:

> "Então descansou com seus antepassados e foi sepultado na cidade[...]"

Que coisa! Isso não está ajudando em nada. Interrompo a leitura. Ergo os olhos ao céu, uma súplica silenciosa para que Jesus fale comigo, e repito o processo apenas voltando algumas páginas.

> "[...] havia ali uma caverna e Saul entrou nela para aliviar o ventre."

Nossa!

Sacudo a cabeça, afastando a imagem da mente, e decido tentar pela última vez, um pouco mais para o final da Bíblia, onde imagino que terei mais sucesso. O que encontro, em Romanos — Novo Testamento, finalmente! —, é:

> "Em seus caminhos há destruição e miséria."

Fecho a Bíblia depressa com o coração agitado.

— Certo, nada de caçar versículos aleatórios — resmungo.

Antes que eu termine de soltar o fôlego, o nome da Suzana pisca na tela do celular. Era só o que me faltava. Encaro o aparelho enquanto ele toca, avaliando se atender é mesmo uma opção que vale a pena. Ele continua por mais alguns segundos, até aparecer uma mensagem de chamada perdida. Sinto um alívio no peito. Pego o aparelho e, bem na hora em que vou limpar a notificação, uma nova chamada surge. Não tenho tempo de evitar que meu dedo toque na tela; no mesmo instante a imagem de Suzana se materializa na frente dos meus olhos e eu tento disfarçar a insatisfação. Ela arqueia as sobrancelhas.

— Pensei que não fosse me atender — dispara, sem dizer sequer um "oi", então aperta os olhos ao aproximar o rosto magro da câmera. — Nossa. Você está péssima, querida.

— Obrigada, Suzana — digo em tom de desânimo. — Me ligou só para dizer isso?

Ignoro o olhar magoado que ela me lança em seguida.

— Vocês estão mesmo brigados?

Há um tronco de árvore atrás dela, e a iluminação é tão intensa que os olhos parecem irritados o tempo inteiro. A julgar pelo chapéu e pelas bochechas sujas de branco, está fazendo a ligação da praia. Que ótimo. É tudo o que eu preciso mesmo.

— Não estamos "brigados" — simulo as aspas com a mão livre do celular. — Só não estamos juntos. Desse jeito que você está pensando.

— Vânia, isso é besteira — ela protesta com uma careta. — Por que estão fazendo isso? Se até mesmo Deus já confirmou que vocês devem ficar juntos...

— Como é que você sabe?

— Sei o quê?

— Como sabe que Deus confirmou que devíamos estar juntos, Suzana? — Cruzo as pernas sobre o colchão. — Eu não te falei isso e tenho certeza de que o Marco também não.

A descarada não se dá ao trabalho de enrubescer. Em vez disso, apenas pressiona os lábios e me encara com o olhar piedoso.

— Ah, querida... Eu disse que ele me conta tudo.

Esse é o instante em que percebo que Suzana sabia. Ela sabia. Em algum momento antes da nossa conversa, Marco já havia contado sobre a água que eu tinha oferecido a ele. Como sou idiota. Ela realmente me contou aquela história de propósito.

— Como você é manipuladora, Suzana. No que estava pensando? Que precisava dar uma mãozinha para Deus?

A mulher entreabre os lábios em choque. Pelo menos agora começa a parecer ofendida.

— Não foi nada disso!

— Ótimo trabalho. Duvido muito que seu irmão vá confiar qualquer coisa a você depois dessa.

A pele dela adquire um tom de vermelho que colocaria inveja em um rubi.

— Eu não acredito que você deu com a língua nos dentes.

Era só o que faltava! Então eu deveria adivinhar que ela estava tramando a coisa toda e, ainda por cima, deveria acobertá-la?

— Suzana, eu que não acredito que você já sabia de tudo esse tempo todo!

— Se eu sabia? É claro que sabia. Você faz ideia de que esse menino fala de você desde a primeira vez que a viu naquela joalheria três anos atrás?

Solto uma risada de descrédito.

— Ah, tá bom. Ele estava noivo há três anos.

— Ai, Vânia, como você é bobinha. O Marco fez aquele pedido de casamento por pura obrigação.

Franzo o cenho, confusa. Agora desconfio de que a mulher esteja delirando. Suzana se abaixa e começa a revirar alguma coisa. Depois de dois ou três segundos, coloca os óculos de sol.

— Então ele ficou noivo sem amar a mulher — divago em voz alta —, e você, como a irmã mais velha dedicada e melhor amiga, sabendo disso, fez questão de indicar sua joalheria favorita para que ele comprasse o anel?

— Ora, não era porque o casamento seria uma péssima ideia que precisava ser brega.

— Ah.

— Enfim, ele ficou curiosamente interessado em você. Me ligou logo em seguida para dizer que havia conhecido a Fada do

Brilhante em pessoa. Na época, eu pesquisei no Google e disse que seria impossível porque você morava em São Paulo, mas a criatura jurou de pés juntos. Dias depois, me contou que vocês se encontraram por acaso na rua. E como ele era o idiota que acreditava não existir acasos...

— É, você sabe mesmo da história toda — interrompo, contrariada.

— Estou dizendo. Ele já estava na sua há muito tempo.

— Por que está me dizendo isso agora? Mesmo que seja verdade, ele resolveu morar com a Ana.

— É, tem isso. — Posso imaginá-la revirando os olhos claros debaixo das lentes escuras. — Ana era o fraco dele. Um dia ela encasquetou que deviam reatar e o Marco simplesmente aceitou.

Engulo em seco em uma tentativa de empurrar a migalha de ciúme que resseca minha garganta.

— Eles já namoravam há, sei lá, uns dez anos — Suzana continua, alheia ao que sinto. — Ele não sabia dizer não para aquela garota. Estava acostumado, sabe?

— Não acho que eu saiba — respondo sem emoção.

A conversa me deixa inquieta, com vontade de me manter em movimento. Levanto-me da cama.

— E o que aconteceu com ela? — pergunto por curiosidade enquanto vou até a mala aberta.

— Então você não sabe? Ai, caramba.

Encaixo a bolsa de correntes por entre as roupas e levanto os olhos desconfiados para Suzana.

— Ele me disse que ela não gostou da experiência de viverem juntos — explico. — Por isso não deu certo.

— Bem, eu já tenho mesmo a fama de fofoqueira, então...

Abro a boca, desacreditada.

— Ele mentiu?

— Mentir é uma palavra muito forte. — Suzana deita o corpo na espreguiçadeira. Enquanto ela fala, eu tento fingir certa indiferença ao me concentrar em fechar a mala com uma mão. — A Ana desistiu mesmo do relacionamento, mas, de acordo com a minha filosofia, eles já tinham desistido muito antes de ele fazer o pedido. Só não tinham coragem de romper, e a própria covardia os levou ao pedido. Depois, a esse retorno que o impediu de procurar por você.

Por fim consigo fechar o zíper e esfrego a mão no rosto.

— A sua filosofia não está fazendo o menor sentido.

— O que estou tentando dizer é que ele era covarde demais para olhar para outra. De verdade.

— Covarde? Será que você não quer dizer *fiel*?

— Ah, ele sempre foi fiel. Já a Ana...

— Como assim? — Arregalo os olhos.

É muita informação de uma só vez. Quando eu começo a pensar que não deveria estar falando sobre a vida de Marco com a irmã dele — de novo! —, ela joga sobre mim uma notícia ainda mais chocante:

— Digamos que a nossa garota achou que seria uma boa ideia viajar sozinha, em segredo, claro, com o melhor amigo do namorado dela alguns dias antes de a pandemia estourar de vez. Então, quando os dois ficaram presos no confinamento em um Airbnb no Nordeste, todo mundo ficou sabendo.

— Nossa.

— Se isso não tivesse acabado com a autoestima do meu irmão, eu diria que era bastante romântico. Dava até para virar o enredo de um livro, você não acha?

— Não sei nem o que pensar nesse momento.

— Tecnicamente, isso tudo aconteceu depois do término com Marco, mas... foi rápido demais para ter sido só o começo do namorico dos traidores.

— Aí você já está especulando.

Suzana leva a mão aos óculos e os abaixa para encarar a tela. Chego a me perguntar se é para me fitar nos olhos ou admirar a própria imagem refletida na tela.

— Ah, querida... Eu posso ter muitos defeitos, mas não sou boba.

Emudeço por um momento, ruminando as informações.

— Era mesmo o melhor amigo do Marco?

— De infância.

— Que idiota!

— Agora você pode entender por que a atual melhor amiga dele é uma senhora de cinquenta anos.

Dessa vez, ela me faz soltar uma sonora risada.

— Bom, a Cris não apresenta risco mesmo.

— Não é isso. — Suzana balança a cabeça, pega um coco e leva o canudinho à boca brilhosa por gloss. Agora ela está tentando me causar inveja de propósito, só pode. — Hum, é que aquela turma, as pessoas em que ele mais confiava, exceto por mim, é claro, tratou a coisa toda como um grande conto de fadas. E nenhuma alma viva se importou com os sentimentos dele, se teve ou não o coração partido.

— Mas você mesma acabou de dizer que ele não amava a Ana — digo ao me dirigir para a cozinha.

Acho que tenho água de coco na geladeira.

— Sim, é verdade. Mas ainda amava o amigo.

— Ah.

— Pois é. Quebrar certos códigos pode ser irremediável. Ainda que o Marco jure que os tenha perdoado e ainda que essa história não cause mais sofrimento, foi um golpe e tanto. E com certeza o ensinou algumas coisas sobre a vida. Principalmente a respeito de... confiança.

Paro com a mão na garrafa fechada. Então puxo o objeto e fecho a geladeira com o pé.

— Quer dizer que é por isso que ele não confia em mim? — penso em voz alta, servindo um copo.

Ela suspira.

— Talvez.

Levo o copo à boca e dou um gole. Não é como se fosse um coco fresco, mas ajuda a engolir as últimas notícias.

— Pelo menos você é sincera. — Solto um suspiro.

— Mais ou menos. — Arqueio as sobrancelhas. — Eu não acredito que ele de fato desconfie de você. É claro que ele sabe que a menina é filha dele.

— Então por que foi um babaca?

— Meu irmão não é babaca.

Uma curva debochada desponta nos meus lábios.

— Ah, que bonitinho. Defendendo o irmão.

— Não, é sério. Ele não é mesmo. Além do mais, que linguajar horrível é esse?

Respiro para controlar a irritação e bebo mais um gole da minha água de coco quase artificial. É incrível como eu consigo esquecer com quem estou falando.

— Então tem outro *plot twist* nessa história? — Tento dar continuidade à conversa com um tom polido. — A Ana alguma vez teve um bebê de outra pessoa? Você vai me dizer que seu irmão tem um trauma que justifique todos os defeitos dele?

— Sim.

Solto um riso debochado que Suzana ignora.

— Sim, será possível que você ainda não entendeu? O Marco pede a Deus por uma família desde que era uma criança, sempre foi o maior sonho dele. Durante a pandemia, enquanto a vida dele estava desmoronando, com o sobrenome sendo ridicularizado a nível nacional, sem dinheiro e sem amigos, ele ainda se descobriu estéril, Vânia. Esse é o trauma.

Ouço tudo em silêncio. Mesmo que eu vasculhe minha mente à procura de palavras, nenhuma me vem à boca.

— Mas, enfim — continua ela —, meu irmão pode ter muitos defeitos, só que ser um — ela solta um pigarro — *babaca* não é um deles. O Marco já sonhava com essa família e agora tem medo de perdê-la, porque é humano e a fé dele é fraca. Covarde? Talvez. Mas não um babaca.

Mordo os lábios. Essa conversa foi longe demais e eu nem sequer saberia dizer o quanto da privacidade de Marco nós extrapolamos dessa vez; acho que o bastante para iniciar uma discussão tão intensa quanto a última. Estou prestes a desligar quando Grazi surge na cozinha, perguntando pela titia Su com empolgação.

De repente e para o meu alívio, Grazi se torna o centro da conversa. Deixo o celular nas mãozinhas da minha filha e, com a mente fervilhando, volto para o refúgio do meu quarto.

O MAR REVOLTO EM UM DIA NUBLADO

No dia seguinte, sentada ao lado de Joice no avião, as palavras de Suzana continuam borbulhando na minha mente. De alguma forma, a cada vez que converso com ela, acabo me tornando mais empática em relação ao Marco. A opinião de alguém que o conhece tão bem sempre acaba revelando detalhes do verdadeiro caráter dele, sobrepondo-se aos meus palpites a respeito de quem ele é.

Todos os dias durante as últimas semanas ele tem me enviado uma mensagem logo cedo e eu normalmente as ignoro ou respondo com poucas palavras, desviando a conversa para o nosso principal interesse em comum — que, aliás, deveria ter sido o único, como tenho cada vez mais me convencido. Mas hoje, em particular, meu coração está inclinado a responder com simpatia à pequena foto do indivíduo bonitão que aparece na tela do meu celular.

— Você tem certeza de que isso não vai fazer o avião cair? — pergunta Joice depois de estourar uma bolha de chiclete na boca.

Ela está encolhida em uma manta que tem a sigla da companhia aérea, com uma máscara tapa-olhos na testa e um aparelho de leitura digital na mão. Não parece preocupada de verdade com um desastre iminente — diferente do homem acomodado no assento à minha frente, que se levanta e gira o corpo para verificar o que estou fazendo. Depois de o desconhecido respirar aliviado e voltar a se sentar, eu encaro minha companheira de viagem com severidade. Ela prende o riso, encolhendo-se ainda mais.

— Você não voa há quanto tempo, hein? — Controlo o impulso de atirar meu travesseiro nela. — É para isso que aviões têm *wi-fi*.

— Não os aviões que eu pegava na ponte aérea para visitar minha avó em Mesquita. — Ela abre as mãos de frente uma para a outra. — Aquelas caixinhas desse tamanho assim, que costumam ser mais apertadas do que um ônibus de viagem. — E então balança as pernas de um jeito caricato na poltrona reclinável. — E com certeza não tinham primeira classe.

Um dos cantos da minha boca se curva em sarcasmo.

— Tá, mas celulares não derrubam aviões de tamanho nenhum.

Joice não parece convencida, apesar de voltar a atenção para o Kindle.

— Mas é uma sabe-tudo mesmo — ela sussurra para si mesma.

— Não sei de *tudo* — retruco. — Mas é sério. Não é para isso que existe o modo avião. Na verdade, tem mais a ver com a comunicação do rádio ou sei lá o quê.

Ela dá de ombros e boceja, guardando o aparelho de leitura na bolsa.

— Se você está dizendo... — conclui ao abaixar o tapa-olhos até a altura da vista.

O avião vibra suavemente com uma ínfima turbulência, e a janela ao meu lado adquire uma coloração esbranquiçada enquanto passamos por dentro de uma nuvem. Eu me aconchego no meu próprio assento e, decidida a ignorar a falta de crédito que Joice deposita em mim, volto a atenção para a mensagem de Marco. Mordo os lábios ao encarar a tela. Meu coração faz uma vã tentativa de não se agitar.

Que Deus abençoe sua viagem, Vânia.
Espero que seu coração se alegre Nele
durante esses dias.

Suspiro. Meu peito aquece enquanto os olhos voltam para a primeira letra e percorrem toda a frase de novo. E de novo. E de novo. Quanto mais eu penso, menos a nossa discussão parece fazer sentido. Solto outro suspiro. Dessa vez, decido correr a tela para ler as outras mensagens, começando pelas mais recentes:

Você me faz muita falta. Muita mesmo.

Estou com tantas saudades da Grazi, mas, quando penso que você não está mais comigo, sinto a dor em meus ossos.

E, depois de alguns minutos, finalmente chego às mais antigas:

Por favor, me diga que estamos bem.

Essa eu respondi à época com um "é claro que estamos" seguido de uma carinha fazendo uma piscadela.

Também há uma assim: "Já se deu conta de que tudo isso é uma grande bobagem?", que foi ignorada. E a clássica, jamais respondida: "Tá?", que seguiu a primeira:

Oi, Vânia. Quando você achar que está pronta para conversar sobre isso, por favor, me diga. Eu posso te pedir perdão quantas vezes for preciso, só não vamos deixar essa besteira estragar o que temos.

Desço a tela novamente, seleciono a mensagem que recebi por último e respondo com um profundo e sincero:

Olá

Ele não leva meio minuto para enviar de volta:

Oi ☺

Meus dedos digitam velozes:

Você está bem?

Melhor agora.

Apesar de clichê, é verdade. Você já chegou em Nova York?

Com um frio na barriga, penso que essa é a desculpa perfeita para enviar uma selfie. Então estico o celular na frente do rosto, mas faço uma careta quando vejo minha imagem refletida na tela. Minha nossa, como tive coragem de entrar no avião nesse estado?! Abro a bolsa e improviso uma maquiagem simples com o que tenho lá dentro, já que os principais produtos ficaram na mala despachada. Passo só um pouco de base, rímel e batom, mas é o suficiente para me deixar apresentável. Pego o celular e o equilibro na frente de um sorriso despretensioso.

Está no avião?!

Isso não costuma ser perigoso?

Ele não pode, sei lá, cair?

Deixo um resmungo escapar baixinho e olho para Joice de canto de olho. Ela continua dormindo. Volto para o telefone.

Tem wi-fi no meu voo. Não acredito que eles estariam distribuindo internet por aí se oferecesse risco à segurança da tripulação.

Ele responde com uma risada.

Por alguns segundos, o ícone que sinaliza a digitação pisca na tela, mas a mensagem demora um pouco para chegar. Espero por um longo texto, mas tudo o que vem é:

Saudade.

Abaixo o celular depressa. Vasculho o peito à procura da certeza que senti há alguns minutos de que estava tudo bem me reaproximar dele. Meu Deus, o que estou fazendo? Será que estou me deixando levar por vãs emoções mais uma vez?

Olho para o teto do avião, depois para o vidro na minha lateral. As nuvens nos abraçam como um lençol algodoado. Mal dá para ver através delas. Se Deus não quis me responder pela Bíblia ontem, não acho que há muitas chances de aparecer um anjo com um bilhetinho na janela.

Jogo o telefone dentro da bolsa e decido não dar continuidade à conversa. Depois, se for preciso, improviso uma desculpa qualquer. O *wi-fi* acabou porque, sei lá, faltou luz.

* * *

Chegamos à Big Apple por volta das oito da noite e passamos pela imigração sem problemas. Depois disso, pegamos um táxi até o hotel na Times Square. Esqueci de tirar as luvas da mala e minhas mãos acabam ficando rígidas. Preciso escondê-las nos bolsos do casaco mesmo que o aquecedor do carro esteja ligado, só por causa do tempo que passamos do lado de fora do aeroporto.

Joice é o melhor da viagem, preciso deixar registrado. Ela bate palminhas de alegria a todo momento, passa o caminho todo com a cara grudada na janela e, quando chegamos diante do hotel, ainda pede para o motorista tirar uma foto nossa na frente do táxi amarelinho "como nos filmes".

Já no quarto, trato de ocupar uma das camas e esclarecer, quase choramingando, o quanto estou exausta e que não sou jovem o bastante para sair nessa primeira noite gelada. Ela leva dez minutos para criar coragem e perguntar se eu ficaria ofendida caso saia sem mim. É claro que não. Joice retoca o perfume, passa os dedos no cabelo e pega a bolsa.

— Nova York nunca dorme! — ela diz, saltitando até a porta.

— Mas eu, sim. — Bocejo, me enfiando embaixo de uma coberta.

Na próxima hora, peço ao serviço de quarto um jantar, que como sobre a cama enquanto assisto a um episódio de um drama coreano da Netflix. Só mais tarde vejo que Joice fez diversos *stories* pela Times Square. Todo o passeio teve registros: ela foi até a escada vermelha, comeu um tradicional cachorro-quente de barraquinha e, pela última foto que vejo antes de fechar os olhos, esteve na H&M vestindo um enorme casaco de pele.

No dia seguinte, tomamos café bem cedo e vamos até a feira. Como faço algumas aquisições de gemas que não estavam previstas, decido alugar um carro para tornar o transporte mais seguro. Enquanto vou à locadora, Joice fica cuidando das gemas e se enturma com alguns designers da idade dela. Um em particular.

Eu não a julgo. Se eu tivesse 27 anos, também ia querer ficar amiga de Corbin Nixon. Decerto ficaria impressionada com o fato de ele ter 3 milhões de seguidores no TikTok e potencialmente derretida pelo estilo diferentão daquele cabelo cor de ébano na altura do ombro e pelos olhos azuis misteriosos. Não azuis como os de Marco – é claro que eu tinha que me lembrar dele. Os de Nixon não parecem cristalinos como as águas rasas de uma praia caribenha, mas azuis comuns e escuros, ainda que Joice tenha passado boa parte da manhã falando da profundidade deles como se fossem pequenas amostras de um mar revolto em um dia nublado.

– Sabe, havia um Nixon na minha época – cochicho algumas horas mais tarde, durante uma palestra tediosa.

Joice, porém, está absorta na apresentação. Não sei dizer se é interesse pelo conteúdo, se é para não fazer feio diante da chefe ou se é para compreender mesmo, considerando a língua. Então ela demora alguns segundos antes de se virar para mim com certa relutância.

– Por que você está falando como se fosse uma aposentada de oitenta anos? – pergunta com um olhar de estranheza. Prendo o riso. – Fala sério, chefe. Você só é seis anos mais velha do que eu.

– Acredite – digo com os olhos no celular, abrindo meu joguinho de fazenda. – Seis anos podem fazer toda a diferença na vida de uma pessoa.

– Quem era o Nixon da sua época? – Agora, sim, o tom dela é de interesse e curiosidade. – Ele tá aqui?

– *Shhh.* – Uma senhora ao nosso lado nos olha feio e sussurra alguma coisa grosseira sobre latinos que prefiro ignorar.

Viro-me para a Joice e faço que não com a cabeça, então me inclino para poder sussurrar:

– Não o vi nessa viagem. O nome dele é Nathaniel Collins. Nate, para as fãs. – Sou interrompida pela cotovelada orgulhosa que ela dá na minha perna.

– Chefe! – ela diz, animada. – Você tinha um *crush* nele?

— Todas tinham — respondo baixinho. — Mas ele nunca me deu muita bola.

Ela aperta os olhos.

— Mentira?!

— Acho que ele preferia garotas do tipo, hã... Angel da Victoria's Secret. Eu sou, você sabe — aponto para a mulher perto de nós com a cabeça e abaixo ainda mais o tom de voz —, latina demais.

Joice bufa, cruza os braços e se vira na direção do novo amigo, que está sentado várias fileiras à nossa frente, bem próximo do palco, como o adolescente nerd da turma. Ele levanta a mão o tempo inteiro para encher o palestrante de perguntas e arranca risadinhas do público em todas elas. Na verdade, agora que estou olhando o panfleto do evento, me dou conta de que o próprio Corbin tem mais apresentações nos próximos dias do que qualquer outro designer desta feira.

— Você não acha esse nome estranho para um americano? — Joice me resgata dos pensamentos. — Quero dizer, Corbin Nixon? Que nome é esse? Se ao menos ele se chamasse Kevin, ou Brian, ou Nicholas...

Pestanejo ao me dar conta de que ela acaba de citar três dos Backstreet Boys. Essa é a diferença que seis anos fazem na vida de uma pessoa.

— Nixon é literalmente o sobrenome de um ex-presidente americano.

Ela faz uma careta que dura alguns segundos, como se me estudasse para conferir se estou de brincadeira. Depois de um tempo, dá de ombros e volta a olhar para a frente.

— *Pfff*! E eu lá sou obrigada a saber disso?

— Não — respondo com um sorriso e volto para a minha fazendinha do celular.

Menos de dois minutos depois, porém...

— Sabia que ele mora no Upper East Side? — Joice pergunta.

— Hã... Não me surpreende.

— Chiquérrimo.

Ergo uma sobrancelha.

— Você está bastante por dentro da vida da alta sociedade de Manhattan. Tem certeza de que é sua primeira vez aqui?

— Fala sério, chefe. A gente tá falando de Nova York! E você acha o que de mim? Que nunca assisti a *Gossip Girl: a garota do blog*?

Eu a fito inexpressiva.

— O quê?! — Ela abre os lábios em um "ohh" desacreditado. — Você nunca assistiu, né?

— Seis anos, Joice. Seis anos fazem toda a diferença.

Ela suspira uma risadinha.

— Acho que você tem razão. Mas, enfim, hoje vai ter uma social na casa dele e adivinha quem *fomos* convidadas?

— Sério? — pergunto com desânimo. — Você quer mesmo ir? O que aconteceu com não perder nada da viagem?

Joice arregala os olhos. O choque no rosto dela me faz sentir como se estivesse acabado de falar uma besteira.

— Chefe, é uma festa no Upper East Side. Você está se ouvindo? Isso *é* a viagem!

A mulher ao nosso lado se levanta e, depois de nos encarar com severidade, pula duas cadeiras para longe de nós.

Faço um sinal de silêncio para Joice.

— Tá bom, tá bom. Nós vamos.

Ela abre um sorriso, antes de articular, sem emitir som algum:

— *Yaaay*!

UPPER EAST SIDE

Chegamos ao hotel por volta das seis da tarde e, se consideramos mesmo ir à casa do Corbin Nixon no Upper East Side, temos uma hora no máximo para descansar. Admito que não achei que seria uma boa ideia – nem quando Joice anunciou o convite, nem, muito menos, agora –, mas não quero ser a estraga-prazeres de meia-idade.

Depois de sair do banho, estico o corpo na cama do hotel e o restante do tempo é muito bem gasto em uma chamada de vídeo com a Grazi. Ficamos batendo papo sobre o que ela e a vovó fizeram durante o dia, e eu sou obrigada a ver e comentar cada uma das figurinhas da Barbie que minha mãe comprou para ela. A julgar pela animação das duas, minha falta não parece ser sentida; o que seria bom pelo ponto de vista de qualquer mãe com o mínimo de maturidade, mas eu preciso confessar que sinto um pouco de dor de cotovelo quando Grazi se despede dizendo que vai para a piscina com a vovó.

Depois de encerrar a chamada, eu bufo de pirraça e levo o celular até o peito. Enquanto encaro o teto, de alguma maneira, os pensamentos migram da minha filha para o pai dela. Levanto o celular até a altura dos olhos e abro o aplicativo de mensagens.

Só agora vejo que, depois de não ter recebido satisfação alguma desde a última mensagem no voo, Marco enviou alguns sinais de interrogação e uma figurinha com a imagem do gato de botas do

Shrek. A persistência dele aperta meu coração. Antes que o cérebro faça uma intervenção racional, dedilho rápido uma resposta.

Também estou com saudade.

Deixo o dedo pairar sobre o botão de enviar mensagem, o coração palpitando.

Rumino por tempo demais e, quando enfim crio coragem, seleciono o botão com uma força desnecessária. Dessa vez, Marco não responde de imediato, apesar de o ícone azul no canto da tela informar que o texto foi visualizado. Vários minutos depois, a mensagem continua sendo ignorada. Eu me pergunto se o cozinhei demais. O homem tem me procurado com humildade por todos esses dias, pelo amor de Deus. Ele sempre diz que está com saudades, não esconde o interesse romântico por mim, diz que espera com paciência que eu volte e resolva meus problemas interiores, mas talvez ele tenha se cansado.

— Quem pode culpar você? — sussurro ao depositar o celular na mesinha de cabeceira.

— Que foi, chefe? — Joice balbucia, concentrada em passar uma máscara de cílios.

Desanimada, me levanto para começar a me arrumar também.

— Nada, não.

❄ ❄ ❄

É incrível o que a ansiedade pode fazer com uma pessoa. Ali estava eu, tranquila em um segundo, confortável debaixo das cobertas, e de repente, no instante seguinte, *puff*, não estou mais. Enquanto troco de roupa e faço a maquiagem, remoo cada palavra de cada mensagem que Marco me mandou tentando fazer as pazes.

O que me levou a pensar que ele me esperaria para sempre?

Antes de conhecer a Cristo, só três coisas podiam sanar esse tipo de angústia que estou sentindo agora: sacolas de coisas que jamais seriam usadas, um encontro com um desconhecido que eu jamais veria de novo e, claro, encher a cara. Depois da minha conversão, muitas inquietudes foram curadas e, para aquelas que ainda não foram, descobri que a terapia podia ser benéfica. Então as coisas começaram a ficar sob controle, a ficar... no passado.

Exceto por aquelas semanas recentes depois de voltar de Búzios, como você sabe. E talvez agora também, considerando o impulso que sinto de aproveitar a cidade que não dorme, sabendo que muitas lojas ainda...

Balanço a cabeça e trato de terminar de me arrumar o mais depressa possível, então me enfio no carro na companhia de Joice e dirijo até o Upper East Side, a uma distância longa e segura da Times Square.

Quando chegamos à casa de Nixon, Joice se enturma rápido, como se conhecesse essas pessoas há anos. Eu, que realmente conheço, estabeleço certa distância. Aproveito o momento sozinha para encontrar um sofá em um lugar tranquilo. Passo um dedo pela corrente da bolsa branca de matelassê enquanto envio uma mensagem para a minha terapeuta com um pedido para encaixar uma sessão extra na agenda da semana. Amanhã é domingo, então só posso me lamentar por ter que esperar, no mínimo, 36 horas por um atendimento.

Minhas pernas começam a ficar nervosas e eu olho ao redor, procurando o que fazer. Uma vibração do celular me faz abaixar a cabeça para o colo. É o meu plano de leitura bíblica. De novo. Quero dispensar a mensagem, mas acabo abrindo sem querer.

Seu plano de leitura de 3 meses está 21 dias atrasado.

Ergo a cabeça. Não acredito que fiquei todo esse tempo sem ler a Bíblia. Acho que isso nunca aconteceu desde... bem, desde que comecei a lê-la.

Volto a abaixar os olhos para ler o texto. Eu sei, é curioso que eu tenha ficado tanto tempo longe da leitura bíblica e tenha escolhido justo uma festa para fazê-lo, mas eu estou me sentindo estranhamente deslocada e, bem, não tenho outra coisa para fazer mesmo.

O texto é de Efésios 4:22:

> "Quanto à maneira antiga de viver, vocês foram ensinados a despir-se do velho homem, que se corrompe por desejos enganosos, a serem renovados no modo de pensar e a revestir-se do novo homem."

Desligo a tela e deposito o aparelho em cima da minha perna.

— Que ótimo, *agora* o Senhor resolve me mandar um bilhetinho.

Olho para os lados. Um bilhetinho necessário. Joice e duas de suas novas amigas se juntam a mim no sofá, rindo e tecendo comentários sobre a palestra de Nixon. Por um momento, eu me sinto parte integrante do fã-clube das nixetes e tento me convencer de que é melhor estar aqui com elas do que sozinha, sendo atormentada por preocupações e ansiedades, quando Joice se aproxima do meu ouvido.

— Chefe, não olha agora, mas tem um coroa bem gato te encarando lá do bar.

Na mesma hora, viro a cabeça para trás.

— Não! — Ela deixa uma risada escapar e quase derrama a bebida alcoólica que tem nas mãos.

Um homem grisalho muito charmoso me observa, apoiado ao balcão. Ele acena de um jeito contido. Aperto os olhos para tentar identificar quem... não pode ser.

— Pega leve com isso aí — digo para Joice, então me levanto.

— Oops! — Ela encolhe os ombros. — É só mais essa, juro.

Assinto ao ajustar o vestido.

— Vou até lá cumprimentar meu amigo.

— Amigo? Que amigo?

Não respondo. Já estou andando na direção do bar, com a bolsa bem firme na mão, enquanto sinto os olhos dela queimarem a minha nuca.

— Nate Collins — digo, abrindo os braços para cumprimentá-lo.

Ele sorri de um jeito charmoso e se inclina para desferir um beijo na minha bochecha.

— A Fada do Brilhante!

Dou uma voltinha, fazendo graça.

— Em pessoa.

— Você está maravilhosa.

Sinto o rosto enrubescer. Ser elogiada por Nate Collins ainda é a mesma maravilha de quatro anos atrás. Uma pontada de animação surge no meu peito pela primeira vez na noite. Gosto disso.

Um pouco de conversa fiada surge de forma gradual, e todas as vezes que ele se inclina para falar comigo, fazendo a voz se sobrepor à música, sinto o hálito do vinho ficar cada vez mais forte.

— Me deixa pegar uma bebida para você — ele diz na primeira pausa da conversa.

— Ah, não. Eu não bebo mais.

O cenho do homem se franze e um sorriso duvidoso aparece nos lábios dele.

— Não toma vinho? Certeza?

A insistência me faz sentir um desconforto que ignoro. O mal-estar da alma parece começar a voltar.

— Certeza.

— Tá bom, então. O que eu posso pegar para você?

— Se você tem tanta necessidade de beber comigo, vou aceitar uma limonada.

Ele ri e faz um sinal para o barman sem tirar os olhos de mim.

— Amigo, uma limonada para essa garota linda.

Arqueio a sobrancelha e prendo o riso. Não me lembrava de ele ser tão xavequeiro. Enquanto tomamos nossas bebidas, algumas mulheres passam por nós e param para cumprimentá-lo. Reconheço uma delas de outras feiras e tenho certeza de que já saíram juntos. Magra e pelo menos vinte centímetros maior do que eu, ela me lança um olhar ressentido quando se afasta.

— Você está ótima — ele solta, levando a taça pela metade aos lábios. — Maravilhosa.

Pressiono os lábios e estalo a língua em desaprovação.

— Você já disse isso, Nate.

Ele coloca a taça no balcão.

— E também criteriosa.

Apoio meu copo ao lado da taça e cruzo os braços.

— Isso eu sempre fui.

Nate se inclina para mais perto, a ponto de nossos joelhos se tocarem.

— É uma pena que eu não tenha tido a oportunidade de... você sabe, perceber.

Cerro os olhos e estico o braço para desferir um tapinha leve no ombro dele.

— Ah, Nate... A gente saiu muitas vezes com o pessoal.

— Mas eu não estou falando disso. Você não acha que a gente deveria, sei lá, se conhecer melhor? Sem o pessoal?

Espera. Nate Collins está mesmo me fazendo essa proposta? Uma onda de adrenalina e empolgação me acerta e meu coração dá um salto. É inevitável.

Se eu posso dizer que alguma vez já me senti tentada na vida, esse é o momento.

As palavras macias dele me distraem tanto que só me dou conta de que estamos muito próximos quando ele me envolve pela cintura com uma das mãos.

— Você se lembra de quando saiu com aquele idiota do Spencer? Deveria estar comigo.

A respiração contra meu pescoço faz a lateral do meu corpo se arrepiar inteira. Um fio de prazer atravessa o meu peito. É impossível pensar que a única pessoa no mundo que poderia me levar a não querer isso tenha decidido me ignorar justo hoje.

Então, eu mesma me pergunto, quase de imediato:

Como assim, a única?!

E as palavras que li há pouco reverberaram no meu coração.

"Revista-se do novo homem."

O frio na barriga se transforma em uma onda de urgência que me faz repousar a mão na dele e, em um movimento rápido, afastá-la do meu vestido.

— Acho que você estava com uma modelo naquele ano.

Inclino o torso um pouco para trás, tentando me afastar discretamente. Nate me observa com estranheza, os olhos vagando entre meu rosto e a própria mão.

— Ah, qual foi? Vai dizer que você não quer?

Meu coração acelera. Porque sabe que quero, mas, ao mesmo tempo, não. Engulo em seco e o fito dentro dos olhos.

— Não quero, Nate.

Ele solta uma risada áspera, os olhos carregam um brilho sórdido.

— Para com isso. Você nunca foi da turma das recatadas.

Eu me levanto da banqueta com um passo para trás. Ao mesmo tempo que o movimento repentino provoca o barulho da madeira arrastando no chão, uma pontada de mágoa é varrida para baixo do tapete da minha alma.

— Não sou a mesma de antes.

Então vou depressa até o sofá, antes que Nate possa dizer qualquer outra coisa, mas Joice não está mais ali. Olho ao redor me sentindo nauseada. Eu a vejo distraída em uma conversa com Nixon em um canto da sala. Eu me aproximo deles e forço um sorriso educado para o homem, então toco no braço dela com a mão trêmula, o olhar implorando perdão por interromper a noite.

— Estou indo embora.

Ela me encara com os olhos arregalados.

— Tá tudo bem?

Desvio os olhos para Nixon, um olhar rápido antes de voltar e assentir para ela, nervosa. Sinto o coração pulsar nos ouvidos.

— Se importa de pegar um Uber? — pergunto.

Joice vira o corpo para mim, o olhar preocupado.

— Não, vou com você.

— N-não precisa... — começo a gaguejar, trêmula, mas a mão dela envolve o meu pulso com firmeza.

— Agora, chefe.

❄ ❄ ❄

Na porta principal da casa de Nixon, peço ao manobrista para buscar o carro. Ele chega em poucos minutos e, antes de fechar a porta, solicito ao rapaz que aguarde por um momento. Aqui existe uma cultura de gorjetas que procuro honrar sempre — ou sempre que encontro a carteira dentro da bolsa, pelo menos.

— Caramba — resmungo. — Só um minuto.

O menino aperta os lábios e esfrega as mãos enluvadas enquanto aguarda. Uma fumaça branca escapa pelo nariz dele.

Começo a vasculhar na esperança de encontrar a carteira ou, sei lá, pelo menos algum dinheiro, quando acabo apalpando alguma coisa volumosa e arredondada que puxo para fora. Diante de mim se materializa um globo de neve. Milhares de grãos de purpurina agitados pelo movimento. Embaixo deles, a figura de três pescadores.

Todo ar dos pulmões parece sair pela minha boca de uma vez. Minha garganta arranha e os olhos lacrimejam. Um soluço dolorido me escapa.

— Chefe?

Joice me lança um olhar preocupado.

— A senhora está bem? — O rapaz se inclina sobre a porta aberta.

— Sim — digo com a voz aguda enquanto encaro o globo através das lágrimas. — Tá tudo bem. É só que eu... me esqueci. — Começo a chorar e rir ao mesmo tempo, os ombros balançando pelos soluços. — Como pude esquecer?!

Joice toca o meu braço e me fita com o olhar confuso.

— Esquecer do que, chefe?

Inspiro profundamente, tentando retomar o controle. Então, trazendo o pequeno globo de chuva de prata até a altura do volante, sou enfim capaz de responder:

— De deixar a neve cair.

DEIXE A NEVE CAIR

Posso sentir as conferidas de esguelha que Joice me lança durante todo o caminho até o hotel, mas, se ela quer saber o que aconteceu, não dá muitos indícios além do vinco de preocupação que instala entre os olhos.

— Posso fazer alguma coisa por você? — pergunta quando entramos no quarto.

Eu pressiono os lábios e faço que não com a cabeça. O fato de eu ter controlado as emoções e parado de chorar parece conformá-la um pouco. Joice se aproxima de mim e me dá um abraço.

— Se precisar, já sabe.

Ainda não é tarde o bastante para os padrões de Nova York, mesmo assim, nos aprontamos para dormir. Removemos as maquiagens e substituímos as roupas de festa por pijamas confortáveis. Menos de uma hora depois, Joice já está dormindo na cama ao lado da janela.

Eu, porém, não consigo pegar no sono. Durante horas, encaro o teto do quarto, me remexo na cama, pressiono os olhos com força e até, pasme, tento contar carneirinhos, mas nada disso importa. Adormecer continua tão impossível quanto fazer a Grazi pegar no sono depois de cochilar a tarde inteira.

Um ronco baixo escapa da garganta de Joice, depois outro e mais um. Viro o rosto, um pouco irritada, e percebo que ela está de barriga para cima. Solto um suspiro, então me levanto e vou até ela. Hesitante, eu a toco no ombro para incentivá-la a se virar.

A estratégia funciona. Joice se remexe, vira de lado e o pequeno motor parece desligar.

Caminho de volta para a minha cama, embrulho-me sob os lençóis e, fechando os olhos, tento falar com Deus pela primeira vez em muito tempo.

Oi, Pai. Eu... nem sei por onde começar. Falar com o Senhor não deveria ser difícil, mas estou com tanta, tanta vergonha.

Aperto os olhos com mais força e cerro o punho na coberta.

Eu me deixei dominar pelos meus medos, fugi da sua face e tentei preencher meu coração com coisas passageiras para não precisar enfrentá-los. Eu achei, achei mesmo, que nunca voltaria a... a isso... depois de o conhecer. Mas hoje eu quase...

Abro os olhos por um segundo para soltar o ar dos pulmões. A primeira coisa que vejo é a silhueta escura de um lustre metálico pendente sobre a cama. Minhas duas mãos descansam entrelaçadas na altura do estômago. Uma lágrima brota em um dos olhos e escorre pela bochecha. Joice se move um pouco na cama ao lado e eu percebo que não dá para continuar aqui. Não se eu quero fazer isso.

Minhas pernas escorregam pelo colchão e, descalça, caminho na ponta dos pés até o banheiro, iluminando a passagem com a lanterna do celular. Tranco a porta e me abaixo no chão frio até ficar de joelhos, então continuo orando. As palavras começam a fluir, amalgamadas a um arrependimento sincero. Derramo meu coração para Deus, regando o piso com lágrimas. As mãos no peito enquanto meu corpo se move em um louvor que só nós dois podemos ouvir.

Há tanto para dizer. Perdão para pedir. Gratidão para expressar.

Obrigada pelo escape.

Obrigada por não desistir de mim.

Obrigada por ser o meu Pai. Por falar comigo.

Por favor, fale comigo mais uma vez.

Assim, durante horas, continuamos conversando. Só quando os primeiros raios de sol começam a atravessar uma pequena claraboia na parede, eu me levanto e me sento sobre a borda da banheira. Seco as lágrimas com uma toalha de rosto e, com a respiração entrecortada, olho para o celular. A lembrança do meu plano de leitura bíblica vem de modo repentino. Franzo a testa.

E se...

Meus dedos deslizam pela página da Bíblia digital e atualizo o plano para ficar em dia. As pequenas bolinhas vermelhas que apontam as leituras em atraso se tornam azuis. Passo a tela para o lado até encontrar uma verde que indique a leitura de hoje.

Leio os capítulos do evangelho de Lucas e, então, o Salmo 147:

> "Como é bom cantar louvores ao nosso Deus!"

Meu coração aperta. Eu acabei de experimentar isso.

— Aleluia, Senhor — sussurro com o coração aquecido e um sorriso que começa a despontar nos meus lábios. — Como é bom poder te louvar! Obrigada pela sua misericórdia!

> "Só ele cura os de coração quebrantado e cuida das suas feridas."

Sim, o Senhor tem me curado. Obrigada, meu Pai.

> "Ele determina o número de estrelas
> e chama cada uma pelo nome.
> Grande é o nosso soberano e
> tremendo é o seu poder [...]
> O senhor se agrada dos que o temem,
> dos que depositam sua esperança no seu amor leal."

És maravilhoso, Deus. Não há outro como o Senhor.

> "Ele envia sua ordem à terra,
> e sua palavra corre veloz.
> Faz cair a neve como lã,
> E espalha a geada como cinza."

Abro a boca e ofego diante das palavras.

"[...] Ele envia a sua palavra, e o gelo derrete;
Envia o seu sopro, e as águas tornam a correr."

Meu coração acelera, os olhos lacrimejados voltam para os versos de novo e de novo.

"Ele faz cair a neve como lã."

Eu sei que Ele está falando comigo. Algumas lágrimas molham meu sorriso.

— Aleluia, aleluia — digo várias vezes, nesse espírito de contrição, até um toque fraco na porta me fazer lembrar que estou sentada na banheira fria de um quarto de hotel.

— Chefe?

Solto o ar lentamente pela boca e pigarreio.

— Joice, agora não é uma boa hora.

Ela fica em silêncio por apenas um segundo.

— Tá bom, mas... eu acho mesmo que você vai querer ver isso.

Junto as sobrancelhas e apoio a mão no mármore frio, tomando impulso para me levantar. Lavo o rosto antes de destravar a porta. O quarto já está claro, com fracos raios de sol atravessando a janela. Olho para Joice, que está parada diante do vidro, e abro os braços de maneira interrogativa, mas ela apenas me fita de volta com o olhar deslumbrado e... úmido?

— Você está chorando? — É a minha vez de ficar preocupada. — O que foi?

A garota vira o rosto na direção da cama dela e diz, quase sem fôlego:

— Olha isso.

Ao me aproximar da janela, minha boca se abre em perplexidade. Os passos ficam mais lentos, cuidadosos, como se um movimento brusco meu fosse desfazer a mágica. Abrimos o vidro juntas e no mesmo instante o ar frio toma conta do quarto enquanto centenas de flocos de neve dançam suavemente sobre nossas cabeças, refletindo o sol da manhã. Nós duas rimos, emocionadas.

— Eu nunca tinha... — ela sussurra com a voz embargada. — Nunca tinha visto.

A emoção também toma conta de mim. Levo a mão ao rosto para secar uma lágrima.

— Você também não tinha visto neve antes? — pergunta Joice, uma expressão deslumbrada no rosto.

Meus lábios se curvam em um sorriso.

— Já vi, mas não deixa de ser emocionante. É lindo, não é?

Ela assente com uma fungada.

— Ô!

Apoio os cotovelos no parapeito e me inclino para a frente. Com os olhos fechados, absorvo a sensação do ar frio contra a minha pele. Um floco toca o meu rosto. Com toda a alma, agradeço a Deus por esse momento. E, com os lábios, articulo sem emitir som algum:

— Ele faz cair a neve. Aleluia.

POR TODA A VIDA

A paz, a leveza e a alegria que sinto pelos próximos dias são difíceis de explicar. Na segunda-feira, já no avião, enquanto voltamos para casa, levo uma mão ao peito toda vez que me lembro do momento especial que tive com Deus. Ao pensar no perdão e na misericórdia de Deus, na paciência e no amor, tenho que conter um sorriso e segurar as lágrimas. Acredito que é impossível me sentir mais feliz. De repente, um toque curto no meu celular me tira do estado contemplativo. Abro a mensagem da Jô, espero a foto carregar e, quando a imagem se revela, descubro que eu estava errada. É possível me sentir mais feliz. A selfie mostra Rui segurando a câmera na frente do rosto, ao lado da Jô e de uma Eliz pequena e embrulhadinha. Ao fundo, a fachada do hospital. Levo uma mão à boca, tomada por emoção. A bebê recebeu alta! Aperto o celular contra o peito e, por dentro, solto um grito de felicidade.

Depois de responder à mensagem com mil emojis, algumas palavras e um punhado de figurinhas, descanso a cabeça no meu assento e fecho os olhos por um instante. A ideia era só esperar o peito transbordar as emoções até me sentir mais normal, mas acabo pegando no sono. Quando volto a abri-los, já se passou uma hora de voo e Joice parece animada para conversar. E, pelo visto, também reuniu alguma coragem para puxar o assunto no qual evitou tocar no domingo.

– Sabe, chefe... Lá na festa, o que raios aquele cara fez? Ele te ofendeu?

Eu me viro para encará-la e arqueio uma sobrancelha enquanto reflito.

— É, de certa forma.

— Ah, sinto muito — solta, mas alguma coisa nos olhos dela demonstra que minha resposta não a satisfez por completo.

Alguns minutos depois, Joice volta a quebrar o silêncio que fazemos ao nos concentrar nas telas dos nossos celulares. Pelo visto, uma de nós perdeu o medo do *wi-fi* do avião.

— Sabe, é uma pena mesmo. Eu queria muito que você encontrasse alguém legal.

— Por que você diz isso? — Enrugo a testa. — Acha que eu preciso de alguém?

— Não! — Ela arregala os olhos, corada. — Mas você é gata pra caramba e tá solteira há um tempão. Você não sente, você sabe...

Aguardo-a concluir.

— Tesão?

Entreabro os lábios, chocada com a audácia na escolha das palavras.

— Hã... — Pisco os olhos repetidas vezes antes de conseguir elaborar uma resposta. — Por incrível que pareça, eu tenho necessidades mais urgentes do que *isso*.

Ela deixa um riso na forma de lufada de ar escapar pela boca.

— O que pode ser mais urgente para um ser humano do que sexo?

— É sério, Joice? — Enquanto ela permanece inexpressiva, eu reviro os olhos e solto um suspiro, mas logo percebo a oportunidade e volto a fitá-la com carinho. — Sabe, existem várias coisas na vida que podem trazer satisfação. Para mim, já foi sexo. Já foi... — Eu me contenho por um momento. — Já foi comprar roupas até mal ter espaço em casa.

— Hummm. — Ela olha para o teto da cabine, reflexiva. — Uma boa comprinha pode ser muito eficaz para me satisfazer também. — Então abre um largo sorriso. — Ou uma viagenzinha para Paris.

Observo-a com cuidado e aperto os lábios em um sorriso complacente. Está longe de se parecer com a minha situação, mas não tem como ela entender isso em cinco minutos de conversa.

— Tá vendo só? Parece que você mesma trocaria uma noite de sexo por certas coisinhas sem pestanejar.

— Ah, sim. Paris, sem dúvida.

Estico o corpo e desfiro um leve tapinha na mão dela, então me acomodo em minha poltrona. Eu a observo sorrir enquanto acopla o fone de ouvido nas orelhas, prestes a se distrair com o celular novamente. Não posso deixar que essa conversa acabe assim. Solto um pigarro. Joice levanta os olhos para mim outra vez.

— O ponto é... — Inflo o peito com coragem. — A libido não é a coisa mais poderosa da vida.

— Não a *mais* poderosa — ela solta com uma careta débil —, mas é importante pra... — Ela se interrompe e abre um sorriso nervoso. — Bastante importante. Bastante.

— Não sei, não, Joice. Sabe o que eu penso?

Ela apoia o cotovelo no braço do assento e descansa o queixo na mão.

— O que mais quero é desvendar essa cabecinha bem-sucedida e independente. Livre de homens.

Meus olhos se abrem amplamente e elevo as sobrancelhas em um gesto de incredulidade. Ah, se ela tivesse viajado comigo três anos atrás, teria ficado desapontada — ou, vai saber, pelo visto talvez orgulhosa.

— Na verdade, aquilo que você alimenta cresce.

Joice faz o revirar de olhos mais lento e enfático da história da humanidade.

— Isso aí já é coaching, chefe.

— Não — respondo, angustiada. Começo a me perguntar se essa conversa trará algum bem. — É sério. Eu já vivi para esse tipo de desejo e precisava alimentá-lo sempre. Era um ciclo vicioso. Quanto mais ele crescia, mais alimento exigia. Aprendi — pondero —, com alguma dificuldade, que, se alimento meu espírito, e é ele que cresce e exige mais de mim, quanto mais eu o alimento, mais fome e sede sinto pelas coisas espirituais e mais meu coração é preenchido por elas. Menos me encontro refém de desejos efêmeros que saciam por um curto tempo; que exigem cada vez mais e satisfazem cada vez menos.

Joice me observa em silêncio. Posso jurar que há um grande sinal de interrogação se formando acima da cabeça dela.

— Bem, eu não sabia que você tinha essas questões tão profundas. Sério. Eu pensava que você só não tinha tempo por causa da criança. Sabe essas mães que se anulam por causa do filho?

Aperto os lábios.

— Poucas pessoas têm mais amor do que as que abrem mão de si mesmas por alguém.

Joice contrai o rosto e começa a parecer arrependida por ter entrado no assunto. A expressão agora beira o desespero.

— Mas não. Não é por causa da Grazi, é por mim.

Por um momento, eu acho que isso encerra a conversa, tanto que volto a me acomodar na poltrona com o corpo todo voltado para a tela de TV, mas a gerente não consegue ficar calada por mais de cinco minutos.

— Então você vai ficar solteira para sempre? — ela diz sem tirar os fones nem levantar o rosto. — Ou está esperando alguém especial?

Um sorriso involuntário inclina meus lábios.

— A segunda opção.

— Bom para você, chefe — diz mecanicamente.

Eu a observo com discrição por mais um tempo e sinto, no fundo da alma, um profundo desejo de orar para que, um dia, ela consiga entender. Ainda estou refletindo sobre isso quando um comissário anuncia que estamos prestes a pousar. Esse voo tem uma conexão, então vamos descer em Houston para trocar de aeronave. Serão duas longas horas de espera, por isso, a primeira coisa que fazemos em solo firme é ir até o banheiro. Depois, vamos até uma sala VIP e nos deitamos em poltronas dobráveis que parecem verdadeiras camas. Joice lê um livro no Kindle e eu aproveito para fazer a contabilidade das gemas que adquirimos na feira.

A calculadora do meu celular está em pleno funcionamento quando uma mensagem surge na tela.

Posso te ligar?

Um frio na barriga dispara meu coração na mesma hora. Depois de toda aquela experiência com Deus no hotel, parei de pensar em

Marco com aflição, mas, agora, não consigo controlar o nervosismo. Mordo os lábios e me levanto. Não acredito que, depois de todo esse tempo, ainda fico nesse estado com a mera possibilidade de falar com ele. Esfrego o abdome para amenizar o desconforto causado pela ansiedade e caminho para fora da sala VIP até um corredor estreito que a liga à área de embarque.

Claro.

Digito de volta, apoiada na parede. Um casal de idosos usando camisetas com a inscrição "I Love NY" passa por mim, caminhando de mãos dadas na direção do ambiente em que Joice está. Eu os cumprimento com um sorriso amarelo; as pernas sacudindo com ansiedade. Quando o telefone toca, eu o levo depressa até a orelha.

— Vânia? — ele pergunta, alto demais.

Pulo para trás e, um segundo depois, me dou conta de que esta é uma chamada de vídeo. É óbvio. Marco sempre faz chamadas de vídeo.

— Oi — respondo com um sorriso sem graça.

Aproveito para olhar ao redor e conferir se mais alguém testemunhou a cena ridícula. Respiro com alívio ao constatar que não. Ao me voltar para Marco, perco o fôlego. Ele está lindo, com uma camisa azul que ressalta a cor dos olhos, o cabelo um pouco emaranhado daquele jeito que eu gosto e muito, muito sério. O fato de o cenário ao fundo ser o saguão da pousada faz meu peito encolher de saudades e minha boca estremecer. E Marco percebe.

— Ei, o que está havendo aí?

Solto o ar lentamente pelos lábios entreabertos. Tudo o que não preciso é chorar no corredor de um aeroporto sem o menor motivo.

— Nada, eu... só falei sério na mensagem que você ignorou.

Ele meneia a cabeça, inexpressivo.

— Eu não entendo você — diz com a voz cansada.

Desvio os olhos para os pés antes de reunir coragem suficiente para os erguer de novo.

— O que você quer que eu diga? — falo encarando-o com firmeza.

— Por que está com saudades de mim? Estou aqui todos os dias, Vânia. Dando todos os sinais de que te amo. Dizendo isso com todas as palavras, pelo amor de Deus. Por que... — Ele se interrompe por um instante. — Por que tem que ser tudo tão complicado?

— Ah, Marco. Se você soubesse...

— Se eu soubesse de quê? Do que você tem medo?

Solto um suspiro.

— A Grazi vem primeiro, Marco.

— Ora, eu sei disso.

— Você nunca parou para pensar como vai ser a vida dela se a gente tentar ficar junto e der tudo errado? Se a gente nunca mais se der bem?

Ele franze o cenho.

— Eu não acho que levaríamos as coisas desse jeito se não ficássemos juntos, mas não. Não pensei. Não costumo pensar no fracasso de um relacionamento que ainda nem começou.

— Mas devia, principalmente quando envolve os sentimentos da nossa filha.

— É claro que eu penso nos sentimentos dela. Mas por que você precisa pensar sempre na pior hipótese?

— Muita coisa está em jogo.

— Eu sei. Mas e se fosse o contrário?

— Como assim?

Marco solta uma lufada de ar.

— E se déssemos certo, Vânia? Se ficássemos juntos e fôssemos felizes pelo resto dos nossos dias? Se envelhecêssemos juntos? Cuidássemos juntos dos nossos netos? Como seria a vida dela? Como seria *a nossa* vida?

Meu coração aperta. Por mais atraente e até mesmo óbvia que essa perspectiva sempre tenha sido, é otimista demais, arriscada demais, para que eu aceite sem pestanejar.

— Eles também tentaram isso, sabe? — deixo escapar.

Marco franze o cenho.

— Eles?

— Meus pais.

Os ombros dele caem do outro lado. Marco apoia o celular em algum lugar no balcão e, com os cotovelos descansados, cruza as mãos na frente do rosto.

— Como assim?

— Quando me reaproximei do meu pai, minha mãe e ele... hã, resolveram que seria uma boa ideia ficarem juntos por um tempo. Nós estávamos nos dando bem, eu e o velho, até que...

— Eles brigaram?

— Foi horrível. E eu tive... *precisei* ficar do lado dela, sabe? Ela sempre esteve comigo. De um jeito meio doido e peculiar, mas ela sempre foi a minha mãe, e ele...

— Eu já disse... — Marco começa a falar, mas se interrompe de um jeito abrupto.

Eu sacudo o telefone como se isso pudesse trazer a conexão de volta.

— Marco? Oi?

— Estou aqui — diz com a voz cansada. — Vânia, eu já disse a você. Não sou o seu pai.

— Eu sei.

Desvio os olhos para a escada rolante.

— Não, me escuta. Eu não sou como ele, de verdade. Não estou nem perto de ser e você não pode fugir toda vez que tivermos uma briga. Não pode simplesmente... Não dá para ser assim.

A área ao redor dos meus olhos começa a formigar. Sei que eles estão prestes a se encher de lágrimas. Então é isso. Eu vou mesmo chorar no corredor do aeroporto. Mas pelo menos vou ter um motivo.

— O que você quer dizer? — Coço o nariz.

O homem me encara com descrédito. De repente, tenho a sensação de que ele acha que eu deveria ter adivinhado o que está prestes a falar.

— Quero dizer que vamos brigar, Vânia. Juntos ou não, temos uma filha. Uma vida inteira para conviver, queiramos ou não.

— Então você acredita?

Ele pisca.

— Você sabe que sim.

— Chefe? — Joice aparece na entrada do corredor.

Sinto o constrangimento de ter sido flagrada em um momento de intimidade. Em um lugar pouco apropriado, talvez, mas ainda assim.

— Oi. — Esfrego o rosto para tentar disfarçar o aspecto de choro.

— Eu só queria saber se já podemos nos preparar. — Ela aponta para dentro com o polegar. — Falta meia hora para o embarque.

— Aham, já estou indo.

— Valeu. — Ela gira os calcanhares e caminha na direção da sala. Antes de sair, vira a cabeça sobre o ombro e olha para mim mais uma vez. — Tá tudo bem aí, né?

— Sim, eu já vou entrar.

— Tá bom.

Volto minha atenção para Marco outra vez. Um vinco de preocupação parece cada vez mais profundo na testa dele.

— Você precisa ir, né? Vai lá.

— Não, eu... não quero desligar assim.

— Vamos ficar bem. Estamos bem — ele garante. — Fico feliz por termos nos falado. Pode ir.

Aperto os lábios.

— Tá bom. Obrigada por ligar.

— Obrigado por atender. — Ele pisca um olho para mim e meu coração se agita. — E, Vânia...

Meu dedo interrompe o caminho até o botão de desligar.

— Deixa pra lá. Quero falar pessoalmente.

Um sorriso bobo começa a se formar nos meus lábios.

— Então tá — solto. — Eu também.

* * *

Dez horas depois dessa conversa, assim que coloco os pés em São Paulo, o ar quente me faz arrancar a jaqueta. Eu a jogo sobre a mala e faço uma nova chamada de vídeo, dessa vez para mamãe. Quero me certificar de que a dona Alba não saiu com Grazi justo no dia do meu retorno. Quando atesto que estão em casa, finalmente me despeço de Joice e chamo um carro pelo aplicativo.

Observo a paisagem com melancolia. Enquanto as árvores passam correndo pela janela, eu brinco com um pingente no cordão e apoio a cabeça no vidro. As lembranças correm pela minha mente na mesma velocidade das árvores e, com afeto, guardo no coração o que vivi nos últimos três dias.

Quando o Uber me deixa na portaria do prédio, cumprimento seu Alípio e subo o elevador ansiosa para reencontrar minha bebê. No último andar, giro a chave na porta do apartamento com um sorriso largo e de braços abertos, pronta para o abraço que me espera.

Ela vem correndo com os pequenos braços levantados, como eu sabia que estariam, e eu a ergo no colo com uma risada sonora. Esse abraço é sempre a melhor coisa que me recebe em casa. Encho-a de beijos, arrancando dela deliciosas risadinhas.

O curioso é que mal tenho tempo de colocá-la no chão e um toque metálico reverbera pela casa. Do outro lado da sala, minha mãe, que nem sequer teve tempo de me dar um beijo, lança para mim um olhar interrogativo.

— Que estranho — digo, caminhando até o interfone. — Só pode ser entrega. Você pediu iFood?

— Eu, não.

Levo o aparelho ao ouvido.

— Seu Alípio?

— Dona Vânia — o porteiro diz —, tem um rapaz aqui querendo subir. Eu disse que a senhorita acabou de chegar.

— Um rapaz?

Meu coração dá um salto.

— Como é o seu nome mesmo, garoto? — A voz soa abafada e, logo em seguida, volta ao tom normal. — É *Marcos*, dona Vânia. Pode subir?

Encaro minha mãe com os olhos arregalados enquanto ela se aproxima, levantando o queixo em um interrogatório silencioso.

— Hã... Po-pode, seu Alípio. Pode, sim.

Gasto os próximos minutos andando de um lado para o outro, paro apenas para observar meu reflexo no espelho da sala. O cabelo desgrenhado da viagem. Os olhos fundos de cansaço. A roupa amarrotada.

Antes que eu possa fazer alguma coisa a respeito, o som da campainha ressoa. Meu coração, a essa altura, está batendo nos ouvidos.

Mamãe diz alguma coisa sobre esperar no quarto, mas os passos arrastados só a levam até metade do caminho.

Com a mão trêmula, giro a maçaneta. A porta desliza devagar e revela a imagem de Marco do outro lado, bem na hora em que ele ergue a cabeça. Sinto o gelo da barriga se espalhar pelo corpo inteiro conforme ficamos em completo silêncio, nossos olhares presos um no outro, as emoções aflorando nos sorrisos que trocamos.

O momento mágico é quebrado por um grito rouco de criança.

— Papai *Maquinho*!

Giro para o lado bem a tempo de Grazi esbarrar nas minhas pernas enquanto corre. Marco se abaixa e ela se lança de uma vez só nos braços dele, que a embala no mesmo instante, envolvendo a cabeça dela com uma mão. Percebo que, com a outra, ele segura um envelope. Marco fecha os olhos e, aos poucos, os ombros largos começam a sacolejar. O ar escapa pela boca dele em um grunhido. Engulo o nó da garganta.

— Que saudade, minha gracinha — diz com a voz embargada, levantando um braço para secar o rosto na camisa.

Grazi joga o corpo para trás e apoia as duas pequenas mãos nas bochechas do pai, os olhinhos apaixonados. Logo em seguida, as enche com estalos de beijos. Marco mal consegue reagir ao carinho, porque em um minuto a criança se empurra para longe, tentando alcançar o chão.

— Vem ver a Lola, papai *Maquinho*! — ela diz, esbaforida.

Dou mais um passo para o lado, abrindo o caminho para que Marco passe. O perfume dele preenche a sala. Minha mãe observa tudo com olhos ávidos e curiosos.

— Oi, muito prazer! — Dona Alba mal disfarça a animação enquanto o estuda com os olhos. — Ouvi muito a seu respeito.

Ele esboça um sorriso simpático, embora tímido, e estende a mão para cumprimentá-la.

— Ah, é? Posso dizer o mesmo sobre a senhora.

Minha mãe enrubesce e logo inventa uma desculpa mal contada para nos deixar sozinhos. Quando ela some pelo corredor, desvio os olhos para o papel na mão dele.

— Isso aí é o que estou pensando?

O assentir positivo tira de mim um suspiro.

— Ah. — O desânimo fica evidente na minha voz. — Tá explicado.

Ele cerra a mandíbula e me lança um olhar opaco. Desliza a mão pelo cabelo de Grazi enquanto estuda o meu rosto.

— Como assim?

— Bom... — Encolho os ombros. — Agora você tem certeza. Foi por isso que veio?

Marco dá um passo para diminuir a distância entre nós, o rosto esboça uma expressão firme e decidida.

— É verdade. Tenho, sim.

Engulo em seco, desviando o olhar para os pés.

— Espero que isso tenha te trazido paz — falo com sinceridade. — Ler essas palavras.

— Sim, estou em paz. Mas ainda não li.

Levanto o rosto e afunilo os olhos. Marco mantém o olhar sereno fixo em mim.

— Vem, papaaai. — Grazi o puxa pela mão com um solavanco, mas o homem não sai do lugar.

Ele permanece me encarando, sério, e pestaneja suavemente antes de dizer:

— Não abri o envelope, Vânia. Está lacrado. Você pode conferir, se quiser. — Então olha para baixo e repousa uma mão na cabeça de nossa filha. — O papai já vai, meu amor.

No mesmo instante, Grazi para de balançar as pernas, com impaciência.

— Você não... — Engulo em seco. — Não abriu?

Marco solta um suspiro e estica o braço para pegar minha mão.

— Qual seria o sentido de fazer isso sem você?

Fecho os olhos por um momento enquanto desfruto da sensação do toque dele na minha pele.

— Você tinha razão, Vânia. — Ergo os olhos para ele, surpresa. Meu coração, preenchido de calor e euforia, bate mais forte. — No começo, eu não tinha motivos para confiar em você, mal nos conhecíamos, mas eu devia ter confiado em Deus.

— Ah, não. — Liberto minha mão do toque dele para segurar as bochechas quentes de vergonha. — Me perdoa por ter dito que você é um péssimo cristão. Aquilo foi cruel. E é óbvio que não é verdade.

— Não, eu sei que foi da boca para fora, mas... às vezes Deus fala de maneira clara e direta, e ele havia falado comigo.

Forço para não fazer uma careta. Não quero que ele leve isso como uma insinuação de que é mentira, nem nada assim, mas...

— Você jura que eu fui a primeira pessoa na vida que te ofereceu água?

Lentamente os lábios dele começam a se mover até formarem uma curva acentuada e Marco solta um som de riso, sem sorrir de fato.

— Não era bem *esse* o sinal.

— É sério?

— Sim — Ele esfrega a nuca. — Quero dizer, não. Não desse jeito simplório e ridículo que a Suzana fez parecer.

Emudeço. Ele explica:

— Eu não pedi a Deus para me apaixonar pela primeira pessoa que surgisse na minha frente com um copo de água — ele faz uma pausa e franze o intercílio. — O copo de água era só a confirmação de algo que caberia a mim perceber. Diferente de mim, o servo de Abraão orou pra encontrar a esposa escolhida por Deus, e, mesmo naquele caso, a água foi só um símbolo.

— Ah... então tá — digo, incerta. — Devo entender que você veio até aqui dizer que Deus não me escolheu para você?

Marco afunila os olhos, me fita com sarcasmo e balança a cabeça antes de continuar.

— Deus escolheu a esposa de Isaque, mas isso aconteceu com um propósito específico. — Outra pausa.

Me pergunto se o olhar que ele me lança é uma tentativa de descobrir se estou me fazendo de engraçadinha. Não é o caso. Anuo como quem está entendendo onde quer chegar, embora na verdade eu não esteja, e Marco continua:

— Dentro de um contexto em que Deus preparava o caminho para que a nação de Israel surgisse e, em consequência, a linhagem de Jesus. Eu não duvido de que ele possa fazer algo assim hoje, mas essa não é a regra. Eu só queria a benção dele assegurando que eu estava fazendo uma boa escolha, quando eu, por mim mesmo, tivesse a chance de fazer.

Engulo em seco, sem saber o que falar. Marco continua:

— Olha, para ser honesto, acho que também estávamos em uma situação muito específica, naquele momento você estava prestes a me dar a maior notícia da minha vida e creio que Deus realmente queria que eu enxergasse a verdade a seu respeito.

Esfrego os olhos, processando as informações profundas que acabo de receber. É um sinal muito menos superficial do que eu havia suposto, mas... como raios ele esperava entender e aplicar tudo aquilo? Seria preciso um relacionamento muito íntimo com Deus.

— Tá — digo enfim, ao envolver meu corpo com os braços —, mas pra que você fez tanto segredo?

Marco estende a mão e desliza um dedo pela curva da minha mandíbula.

— Ah, Vânia... — As palavras pairam no ar por um segundo, mas ele enfim conclui: — Que tipo de homem eu seria se simplesmente dissesse a você que Deus me falou para ficarmos juntos, sem saber dos seus sentimentos a meu respeito? Sendo você nova na fé, a mãe da minha filha e uma mulher solteira? Não acha que isso teria beirado à chantagem?

Mordo os lábios, absorvendo as palavras.

— *Ahn*, colocando desse jeito...

— Quando você apareceu me oferecendo água, para mim foi como se Deus estivesse falando "ela vem de mim, confie nela". Ele fez essa coisa excepcional, esse milagre, para me dar um empurrãozinho que só ele sabia que eu precisava. E mesmo assim, com todas as evidências, eu tive muito... — Marco se interrompe. Posso ver o pomo de adão se movimentar na garganta dele. — Muito medo. Mas prometo a você que isso — continua Marco enquanto passa o envelope para minhas mãos — é só um documento. E isso...

Ele me puxa para mais perto e me fita, esperando pelo consentimento. Desvio os olhos para Grazi, que nos observa com expectativa.

Assinto de leve. Marco pressiona os lábios contra os meus, um beijo puro e breve. Eu me derreto. Ele se afasta e me fita com gentileza.

— Isso é verdadeiro. E eterno.

Pressiono os lábios com o coração prestes a saltar pela garganta e faço a mão deslizar pela manga da camisa dele. Uma camisa social muito parecida com a que usava quando nos conhecemos, na minha joalheria na Barra da Tijuca. Ouço Grazi soltar uma risadinha e não consigo conter o impulso de deixar um sorriso escapar também. Faço um sinal com a cabeça para que ele me acompanhe até a sala de jantar e nos sentamos, os três, à mesa. Marco com Grazi no colo e eu com o envelope em mãos. Corro os dedos sobre o lacre e eu o rasgo de uma vez.

Retiro a folha lá de dentro e a deposito na mesa. Meus olhos passam rápido sobre as letras e percorrem todas até a conclusão. Giro o papel com os dedos e o empurro para Marco. Nosso olhar se demora um no do outro por alguns segundos.

— Você pode olhar, Marco. Deus não vai te condenar por causa disso.

Ele assente antes de abaixar a vista. Depois de um tempo de meditação, pestaneja, o globo ocular ficando avermelhado. Um sorriso irônico se forma quase involuntariamente nos meus lábios.

— Ainda precisava ver, né? — solto, arqueando uma sobrancelha.

— Sim, mas não por falta de fé.

Eu cruzo os braços, encostando o corpo na cadeira. Sei que as coisas não são tão simples, tão... preto no branco, por isso, estou disposta a tentar entender.

— Pelo que, então?

— É só que... — Marco trava a mandíbula e abaixa a cabeça para depositar um beijo no cabelo de Grazi. — É bom demais ler essas palavras.

* * *

Marco passa o dia conosco, o que obriga mamãe a sair do quarto e conversar um pouco com ele, mas os dois não levam mais do que uma hora de papo antes de o interfone tocar anunciando a chegada do meu padrasto na portaria. Dona Alba arranca o aparelho da minha mão e ordena que seu Alípio impeça o homem de subir.

— Ficou maluca? — disparo, assustada, assim que ela coloca o interfone de volta no gancho. — Pra que isso? O que ele vai pensar?

— Estou exausta, querida — justifica ela com um encolher de ombros e uma expressão dramática. — Com saudade da minha casa.

Ela dá um beijo rápido na bochecha de Marco e ele se embanana ao tentar dar o segundo. Mamãe solta uma risadinha e leva uma mão até a boca, depois cochicha alguma coisa sobre cumprimentos cariocas tão baixinho que é quase impossível entender. Então vai embora sem a menor discrição, fazendo caretas insinuativas enquanto espera o elevador. Faço um esforço descomunal para não brigar com ela na frente do Marco.

Passamos uma tarde tranquila assistindo a filmes infantis e comendo cookies de banana com cacau que minha mãe e Grazi fizeram juntas. Quando anoitece, Marco pede para colocar nossa filha na cama e fica lá até que ela pegue no sono. Horas depois, enfim a sós, caminhamos juntos até a sala de estar.

— Você vai ficar? — pergunto, mordendo os lábios para disfarçar a ansiedade.

Marco assente.

— Por uns dias, mas não na sua casa, fique tranquila.

Faço uma careta. Eu não sei por que ele acha que uma informação como essa me deixaria tranquila.

— Eu não negaria uma hospedagem a você. Não depois do último mês.

Ele solta uma risada pelo nariz.

— Entendo, mas não vai ser necessário e acho que não seria, hã, apropriado.

Desvio os olhos para os pés. Ele está certo.

— É, provavelmente não.

Marco leva uma mão até meu queixo e ergue meu rosto, encarando-me com ternura.

— Temos muito o que conversar, você não concorda?

Deixo um suspiro escapar e esfrego as mãos. Elas começam a suar com a simples menção de uma conversa, à lembrança de que ele queria me dizer alguma coisa que não podia ser dita pelo telefone.

— É, mas tenho medo de complicarmos tudo de novo — confesso com um suspiro. — Tudo ficou tão confuso entre a gente de repente...

Ele estica os braços para baixo e entrelaça nossas mãos.

— Não precisa ser assim.

Eu o fito profundamente e engulo em seco, tomando coragem para perguntar com a voz trêmula:

— O que você tinha para me dizer?

Marco me lança um olhar confuso.

— Ontem, no telefone. Você disse que precisava ser em pessoa.

Um sorriso singelo se forma nos lábios dele.

— Quer saber o que eu ia te dizer?

O tom de voz suave começa a apaziguar os batimentos errantes do meu coração.

— Que te amo — continua ele, dando de ombros, como se a afirmação fosse, todo esse tempo, muito evidente.

Sinto os músculos relaxarem. Marco levanta nossas mãos na altura do peito e as pressiona contra o próprio corpo. Então me fita dentro dos olhos.

— É verdade, Vânia. O que eu disse para você em Búzios, é tudo verdade.

— Marco...

— Eu te amo. Talvez não tenha sido à primeira vista, embora mesmo no começo você já tenha mexido comigo. Mas te amo, pelos céus, como amo! Desde que retornou para a minha vida, desde que ouvi Deus sussurrar que os meus olhos deveriam prestar atenção em você.

Minhas vistas embaçam pela umidade que começa a se formar e, quando pestanejo, uma pequena lágrima acaba escorrendo de um dos olhos. Marco a seca com o dedo e se inclina para completar baixinho:

— Você faz disparar meu coração, lembra? — Faço que sim com a cabeça. — Eu te amo hoje e prometo que cuidarei desse amor pelo resto dos meus dias na terra, se você me permitir. Eu sou só um cara. Sei que não tenho em mim mesmo o que é preciso para te oferecer uma felicidade plena. Por que isso — a voz dele embarga —, graças a Deus, você já tem... *Nele*. Mas, ainda assim, desejo de todo o coração que você seja minha. Um dia.

— Ah, Marco. Meu coração também deseja isso.

Ele sorri e me puxa para um abraço. Descanso a lateral do rosto no peito dele e me aconchego.

— Seja minha, Vânia — sussurra acima da minha cabeça, apertando os braços ao redor do meu corpo —, e darei a vida por você. Se torne a minha esposa e eu prometo que, pelo resto dos meus dias, sempre serei seu.

Fecho os olhos com força e me encolho, enroscando-me um pouquinho mais.

— Mesmo depois de como agi? Afastando você?

— Mesmo assim.

— Você acha mesmo que ainda pode, depois de tudo, me perdoar?

Marco me afasta um pouco, só o bastante para que nossos olhos se encontrem.

— É claro que sim — responde com uma carícia no meu rosto, sorrindo de um jeito apaixonado. — Quem sou eu para não perdoar você?

O olhar dele é sincero, puro. Quando volta a me puxar para si, eu, ainda assim, sinto uma necessidade quase visceral de explicar:

— Eu estava insistindo em carregar comigo um fardo do qual Jesus já tinha me livrado. Um fardo que me fez afastar as pessoas por tanto, tanto tempo. Mas não quero mais afastar ninguém. Muito menos você.

Ele me envolve ainda mais com os braços, a mão firme em minhas costas enquanto repouso o rosto no peito dele outra vez, depois beija meu cabelo.

— Então vai aceitar ser minha namorada de novo? — diz com uma pontada de sarcasmo.

Não consigo conter um sorriso. O sopro da respiração dele eriça alguns fios do meu cabelo. Inclino o corpo para trás e, com um sorriso contido e apaixonado, assinto.

— Precisamos nos manter jovens.

O comentário tira dele uma risada meiga que faz meu peito se agitar. Marco também faz disparar meu coração.

— Por mais de 48 horas dessa vez, né? — espeta ele quando nos afastamos.

Levo a mão até a mandíbula desenhada que ele exibe no rosto e a contorno em uma carícia, apreciando a maciez da pele recém-barbeada. Marco se inclina até que nossos narizes se toquem e então faz com que deslizem um sobre o outro. Entreabro os lábios conforme os movimentos cessam e ele os toma em um beijo lento. Ao se afastar, repousa a testa na minha e, usando o dorso dos dedos, acaricia meu rosto com delicadeza. Suspiro com o toque e, tomada de paz e certeza, finalmente respondo:

— Por toda a vida.

ESTE VOCÊ PODE CHAMAR DE EPÍLOGO, DE FIM OU, POR QUE NÃO, DE COMEÇO

Nosso casamento acontece no mesmo dia em que nos conhecemos. Se você prestou atenção nessa história, sabe que a data marcou minha vida de diferentes maneiras, mas pode acreditar que a coincidência não foi proposital. Escolhemos um dia em dezembro quando a pousada estava livre de reservas, com dez meses de antecedência, porque queríamos hospedar os convidados e, claro, evitar desconhecidos na cerimônia. Às vezes, Deus trabalha de maneira curiosa, não acha? Para você ter uma ideia, eu nem percebi de imediato. Juro! Só me dei conta quando fiz a encomenda dos convites. Assim, um dia que já me causou terríveis momentos de sofrimento se tornou uma data de comemoração e alegria.

Elegemos o gramado da pousada como cenário para a celebração das nossas bodas. Agora, é final de tarde e o mar está ao fundo de um gazebo que construímos e decoramos com nossas flores preferidas. As cadeiras para os convidados estão dispostas em um semicírculo, voltadas para o altar, permitindo que todos desfrutem da vista para o céu alaranjado refletido nas ondas. Estamos no altar, de mãos dadas, à espera das alianças, quando Graziela entra usando um pequeno vestido branco esvoaçante de tule e com alças fininhas, formadas por pequenas flores. O som do mar se mistura às notas de um violino. Ela sorri para nós, os cabelos sendo levados pela brisa salgada, enquanto carrega uma almofada com os anéis que eu mesma desenhei. Especialmente para nós. Para usarmos para sempre.

Grazi as entrega ao pai e, em troca, recebe um beijo no topo da cabeça. Nossos amigos e familiares soltam suspiros apaixonados. Marco faz os votos dele, eu faço os meus. Selamos o compromisso com um beijo.

Algumas horas depois, sozinhos em nosso quarto de núpcias, enfim nos tornamos, os dois, uma só carne.

* * *

Nossa lua de mel é na Espanha, um presente da minha mãe. Ela e o marido ficaram com Grazi na nossa casa, em Búzios, e nós vamos passar alguns dias aqui na capital antes de seguirmos para a casa deles na Andaluzia.

Na nossa primeira manhã em Madrid, decidimos visitar o Museu do Prado. A ideia é passar as próximas horas admirando obras de arte. Então nos juntamos a um grupo de turistas, e uma mulher nos guia ao longo do prédio para contar a história das peças em cada sala. É tudo tão encantador que mal posso acreditar que a mágica do momento está sendo maculada por causa do nome escrito em uma pequena plaqueta que pende na roupa dela.

— Sério? Ela também precisava se chamar Ana? — Reviro os olhos de um jeito dramático e Marco contrai as sobrancelhas enquanto me encara sem entender bulhufas.

Não que eu seja ciumenta, mas, depois de reparar, não é mais possível *desver*.

— Quem? — pergunta ele.

Eu me encolho com os braços cruzados e faço um sinal com a cabeça na direção da mulher. Marco vira a cabeça para olhar e volta a me encarar com uma expressão de perplexidade.

— Não vai me dizer que você não notou! — Afunilo os olhos.

— Meu Deus, esse deve ser o nome mais comum do mundo. Depois de Maria e... não. Só desse mesmo.

Ele meneia a cabeça em descrença. Eu pressiono os lábios em um sorriso breve, um daqueles falsos que a gente esboça quando se sente contrariada.

— É, não é bem um nome muito criativo — resmungo.

— Enfim, não acho que esse seja um tema muito adequado para uma lua de mel. — Marco aperta um braço ao redor do meu quadril enquanto me puxa para mais perto. — Além disso, esse passeio está começando a ficar chato.

A insinuação provoca uma risada genuína que escapa do fundo da minha garganta. Algumas pessoas nos encaram feio, mas a espanhola continua apresentando o local, alheia à discussão infundada que o nome gerou.

— *Shhh*! — faço para Marco, como se fosse ele o grande culpado pelos olhares enviesados. — Só estamos aqui há uns quinze minutos.

— Estou com saudade do nosso quarto. Ele é tão aconchegante e confortável.

— *Shhh*! — repito.

— Mas você não acha?

Seguro o riso de novo e, sem conseguir evitar, deixo escapar uma espécie de ronco. Dessa vez, um homem pede silêncio. Sinto o rosto queimar, em parte por vergonha e em parte por raiva do total desconhecido. Enquanto eu olho para um ponto qualquer, desejando sumir, Marco estende uma mão e faz um pedido de desculpas. Em italiano. Céus, ele pode ter sido uma criança rica, mas é péssimo em línguas.

Meu marido me conduz pelas costas para fora do ambiente antes que eu me envolva em uma confusão com o gringo mal-humorado. Vagamos de mãos dadas pelo museu até pararmos em uma lojinha de suvenires, e Marco decide comprar um globo de neve. Segundo ele, estamos começando uma tradição familiar de lembrancinhas de globos de neve de cada lugar que visitarmos, embora eu ache bastante improvável encontrarmos algum em Málaga.

— Eu não conhecia esse lado seu — ele diz assim que deixamos a loja.

— Que lado?

— Você sabe, ciumenta.

Eu bufo, na defensiva.

— Nunca sinto ciúmes.

— Estou vendo. — Antes que eu retruque, Marco continua: — Mas não precisa, eu nunca vou ter prazer em fazer ciúmes na minha esposa. — Ele entrelaça a mão na minha. — Além disso, passado é passado. Eu tenho o meu, você tem o seu. E agora temos um ao outro e é isso o que importa.

Meus lábios formam um biquinho orgulhoso.

— Como é bom ser casada com um homem maduro.

— Mas você não chegou a gostar de alguém, né? Digo, depois de nós...

Arqueio a sobrancelha.

— Achei que tinha acabado de ouvir alguém dizer que esse não era um assunto para se conversar durante a lua de mel.

Marco encolhe os ombros. Estamos chegando à parte externa do museu. Eu já sabia que ele não é muito fã de museus, mas não sei como me convenceu a encerrar o passeio tão rápido. Não vimos absolutamente nada. Ok, *nada* é exagero. Consegui admirar a pintura *As Meninas*, do Diego Vélazquez, que é uma das minhas favoritas. Mas com certeza perdemos muita coisa.

— Eu sei, mas já que estamos nele...

A gente caminha, ainda de mãos dadas, por uma calçada. O frio arrepia meus braços, mesmo por baixo da lã que estou usando, então faço uma pausa para vestir o casaco rechonchudo que tenho amarrado na cintura. Marco tira as luvas de um bolso do sobretudo e as coloca enquanto me encara com expectativa.

— Não precisa dizer se não quiser — ele solta, rabugento.

Entrelaçamos os dedos de novo, agora ambos devidamente protegidos, e voltamos para a caminhada.

— Não tem problema, querido — respondo, mordendo os lábios.

— Não, é sério. Não precisa.

— Bem, teve — começo a falar e ele enrijece as costas. — Foi um rapaz da igreja da Jô uma vez, o Êva.

— Êva? Que tipo de nome é esse? — meu marido resmunga com cara de poucos amigos.

Preciso prender o riso de novo.

— Apelido para Evaristo. Ele era um cara legal, mas desistiu beeem rápido.

Marco rosna, irritado, mas deixa o assunto de lado por um tempo. Pouquíssimo tempo, diga-se de passagem.

— Duvido. — Ele interrompe nossos passos para tirar um pequeno mapa de outro bolso e o estuda com os olhos por alguns segundos. — Vamos ao Jardim Botânico?

— Marco. — Espero ele olhar para mim. — Tô falando sério, o cara desistiu mesmo.

— Não, é da outra parte que duvido. — Ele aperta os olhos para o mapa, depois arqueia as sobrancelhas como se estivesse surpreso. — É bem aqui do lado.

A insistência em mudar de assunto tira de mim uma risada.

— De que outra parte você duvida? De que ele era legal? Porque era, sim.

Ele enfim resolve me olhar com atenção.

— Um cara legal não desistiria de alguém como você. — E lança uma piscadela como quem diz *touché*. — Então, quer ir? Vai sair um pouco do roteiro, mas não usamos o nosso tempo no museu mesmo...

— Tá bom — digo. — Vamos até lá, sim.

Meu marido me dá um beijinho rápido em agradecimento. Eu faço uma nota mental de inserir mais destinos que tenham plantinhas em nossas viagens. Caminhamos pela calçada até chegarmos à Praça Murillo, depois só precisamos atravessá-la para alcançarmos a entrada do Real Jardim Botânico.

— Não é tão simples, né? — volto ao assunto.

Marco não parece se lembrar.

— O que não é simples?

— Sobre o rapaz, Evaristo, ter ou não um bom caráter. Eu tenho uma filha e blá-blá-blá.

Ele vira a cabeça a fim de olhar para mim.

— Tente definir o blá-blá-blá e eu volto a te explicar por que esse cara não é um cara legal.

— Ah, você sabe, blá-blá-blá alguma coisa envolvendo a mãe dizer que Deus ia enviar para ele uma mulher pura.

— Pura?

— Ela quis dizer virgem, caso não tenha ficado claro. Que não tivesse, você sabe, uma filha na bagagem. Enfim, ela não estava totalmente errada.

Ele interrompe os passos e se vira completamente para mim.

— Como assim?

Deixo escapar uma risada nervosa. Olho ao redor. Algumas dezenas de pessoas passam por nós com aquele típico ar desinteressado europeu.

— Ora... — começo, sem jeito. — É bastante óbvio que eu não sou pura. — A expressão do homem se transforma em completo horror, então decido suavizar. — *Mais.*

— Vânia... — ele diz, enfático, com o olhar incerto, e dá um passo lento em minha direção. — Você está brincando, né?

Mesmo que esteja frio e o vento deixe a ponta do meu nariz gelado, o sangue ferve nas bochechas. Por que de repente ele me faz sentir como se estivesse dizendo uma bobagem teológica?

— Não, eu só quero dizer, hã, especificamente dessa forma.

— Vânia — repete ele em um misto de gentileza e chateação —, você *é* pura.

Torço o nariz exagerando na careta.

— Você não precisa dizer isso. Eu sei que estou casada agora, mas eu era uma mãe solteira e é assim que as pessoas pensam.

— Não, olha... Essas pessoas estão erradas. — Ele puxa a minha mão. — Você não é pura porque agora tem um marido. Não é esse tipo de coisa que purifica. — Então se interrompe. — É claro que o que fazemos com nossos corpos importa e devemos prezar pela santidade, mas você não tinha um rótulo de impureza colado na testa até dois dias atrás. Não se trata de nós. Ninguém nasce puro, mulher. Nós não temos esse poder. Só há uma escolha possível capaz de nos tornar, de verdade, puros.

— Jesus — completo, sentindo a garganta fechar.

Não é que eu me incomode com isso. Eu já aprendi que Cristo me perdoou, mas enxergar pureza em mim... Isso já é, talvez, demais. Eu nunca sequer cogitei...

— Sim — confirma ele com os olhos brilhando. — Sim! O sacrifício de Jesus na cruz é o que te purifica, assim como a mim e a todos que se entregam a ele.

Bato as pálpebras, emotiva.

— Obrigada por me dizer isso — respondo com um sorriso singelo e, em seguida, faço uma careta débil. — Parece muito óbvio agora.

Ele me encara com ternura e leva uma mão até o meu rosto. Acaricia minha bochecha com delicadeza e depois me puxa com suavidade para mais perto até estalar um beijo no topo da minha cabeça.

— Não se trata de nós, Vânia — repete com suavidade, apoiando a testa na minha. Depois fecha os olhos, eu faço o mesmo. — Mas de quem somos... *Nele.*

E, assim, Marco me faz sentir tão pura como acabou de definir.

* * *

Na saída do Jardim Botânico, resolvemos perambular um pouco pelos arredores. Tudo a nossa volta nos deslumbra. As ruas cheias de pessoas, os comércios movimentados e as construções antigas, deixam-nos extasiados. Marco quer registrar cada segundo e isso acaba nos obrigando a comprar espaço na nuvem para mais fotos. Ele tem a ideia de fazer um plano de compartilhamento familiar, e a percepção segura de que agora somos mesmo uma família aquece o meu coração.

Meu peito se enche de alegria quando ele entrelaça os dedos nos meus. Se me perguntassem, há um ano, como eu me sentiria na minha lua de mel, eu jamais poderia dizer que seria dessa maneira. Estar aqui com Marco faz a experiência parecer tão doce quanto o nome insinua.

Depois de fazer um registro de mim perto de uma fonte, ele se aproxima e estica o braço para fotografar nossos rostos. Quando nossas imagens aparecem enquadradas na tela do celular, eu me viro para beijar a bochecha dele. Marco abre um sorriso lento e também vira o pescoço, abaixa o celular e, ao me envolver pela cintura, se inclina para tomar meus lábios em um beijo voraz.

— Acho que está bom de passeio por hoje, não é? — sussurra contra a minha boca.

— Não é o que diz nosso roteiro — respondo com uma risadinha. Marco afunda o nariz no meu pescoço e solta uma fungada sofrida. — A gente precisa desfrutar da beleza da cidade.

Ele leva os lábios ao pé do meu ouvido.

— No momento, eu preferiria desfrutar de outro tipo de beleza.

Afundo os dedos no cabelo dele. Esse sujeito sabe ser bastante convincente. Estou prestes a ceder enquanto nos beijamos de novo quando sinto um toque frio na bochecha. Levo os dedos até ela e olho para cima.

— Não acredito — abro a boca em surpresa — que sejamos tão incrivelmente sortudos!

— Ah, amor... — Marco ri, erguendo a cabeça para o céu. Ele envolve meu corpo com um braço e me puxa para perto com tanta vontade que sinto as costelas apertarem. — Que beleza!

Permanecemos com os olhos erguidos para as nuvens. Uma neve fina e suave cai sobre nós. Ficamos ali, parados, enquanto outras pessoas circulam sem prestar atenção. Só depois de muitos minutos, quando nossos cabelos começam a ficar cobertos de branco, trocamos mais beijinhos gelados e retomamos a caminhada até uma cafeteria próxima do museu.

Há algumas mesas azuis cobertas de neve na entrada do Murillo Café e uma placa da mesma cor decora a fachada. Entramos no lugar por uma porta de madeira e sou invadida por uma onda de alívio com a mudança agradável da temperatura.

— Acho esse nome lindo — Marco diz conforme nos aconchegamos bem perto um do outro, pedimos chocolates quentes e observamos, por uma janela ampla, a neve cobrir a cidade.

— Murillo? — pergunto.

— É. Lindo, não é?

Depois de ponderar por um minuto, concordo com a cabeça.

— Nunca pensei muito nele, mas é bonito, sim.

— Quem sabe não vai ser o nome do nosso garoto? — ele solta.

Contraio o intercílio e o encaro com um sorriso vacilante.

— Garoto?

— É. Se tivermos... um dia.

— Aham, mas — digo com cuidado — como teríamos?

Marco devolve meu olhar com ternura e segura minha mão sobre a mesa.

— Não existe só uma maneira de se tornar pai de uma criança. — Eu o fito em silêncio, absorvendo a ideia. — Podemos pensar em alternativas no futuro se você estiver aberta a isso.

— Você está falando de adoção?

Marco dá de ombros, tímido.

— Quero dizer, por que não?

Meu coração dá um salto inesperado. Se fui adotada, por que não adotar? Começo a imaginar a ideia de termos outra criança em nossas vidas. Grazi sendo irmã mais velha ou, talvez, mais... nova? Eu me pergunto se, em algum momento no futuro, Deus nos dirá que nossa família já está completa ou se ainda falta alguém nela.

— É — sussurro, mais para mim mesma do que para ele. — Por que não?

E, POR FIM, ESSE É O COMEÇO.

AGRADECIMENTOS

ÀQUELE QUE ME CHAMOU para contar histórias e que, além de me conceder a imerecida honra de herdar seu caráter criativo, já fez — com e através deste romance — muito além do que eu jamais poderia imaginar. Ao meu Senhor e *Pai de amor*, minha mais profunda e absoluta gratidão.

Em seguida, ao meu marido, Caio, e aos meus pais, Aurea e Sandro. Cada um tem sua importância para a conclusão de toda história que o Senhor me permite escrever. O primeiro, pela paciência com os inevitáveis momentos de ausência durante a construção de um novo mundo; os últimos, pela construção de quem eu sou.

Três outras pessoas da família também precisam entrar na equação: minha irmã, Milena, que viabilizou, de várias maneiras, que a primeira versão deste romance chegasse até os leitores e por ter criado a marca de velas literárias mais maneira do Brasil — da qual, não sei se vocês notaram, Marco Remi é um grande fã. Mimi, obrigada por ter me ajudado a publicar esta história e por ter criado a Melting, porque sim; minha sogra, Rosemary, que nos apoiou muito em inúmeras situações durante o período em que eu me dediquei exclusivamente à escrita deste livro; e minha filha, Rafaela, por todos os momentos reais que vivemos e que inspiraram cenas inteiras — pelas pronúncias peculiares de palavrinhas inventadas que foram eternizadas aqui, por não ter sido ferida pelas águas-vivas em Búzios e por todas as tardes divertidas colhendo acerolas do pé no nosso quintal.

Meu cunhado, Igor, também merece ser citado. Ele não poderia ficar de fora por inúmeros motivos, mas a verdade é que espero que, tendo o nome escrito nos agradecimentos do meu livro, finalmente comece a me dar alguns sobrinhos. Sei que estou fazendo o papel da parente inconveniente que insiste para o casal ter filhos, mas é inevitável: desempenho esse papel muito bem e até me comprometo a não trocar nenhuma fralda. Brincadeirinha.

Agradeço também ao Rodrigo Aquino, o Bibo, e à minha grande amiga Noemi Nicoletti por terem indicado este livro aos meus editores. E ao Samuel Coto e à Brunna Prado por decidirem abraçar esta história. Ter uma casa como a Thomas Nelson Brasil é a realização de um sonho e um milagre.

Às minhas amigas escritoras que realmente acreditaram que meus dias na literatura não haviam chegado ao fim depois de um longo recesso na escrita; por terem torcido por mim e desejado essa nova aventura com sinceridade. Noemi Nicoletti, Becca Mackenzie, Queren Ane, Gabriela Fernandes, Pat Müller, Isabela Freixo, Marina Mafra e Milna Nunes, obrigada por serem as primeiras leitoras de *Deixa nevar* e por desejarem essa história tanto quanto eu. Vocês são provas vivas do amor de Deus por mim.

Meu muito obrigada à Camila Silva e à Allyne Fandiño por compartilharem suas experiências de vida e profissionais, respectivamente, e por terem me ajudado em algumas coisas técnicas que não teriam saído tão boas se não fossem pelos papos que tivemos. À Rachel Paiva, Aléxia Polastri, Lhays Macedo e Leila Cunha, pela gentileza de lerem antes de todos para endossar a história nas redes; e à Becca Mackenzie, de novo, por cuidar tão bem da primeira edição.

Um *obrigada* especial aos meus leitores mais antigos por não cansarem de pedir por mais (mesmo quando o *mais* é um novo livro de certa série que nunca sai). Eles me cobram, me incentivam e até oram pela minha vida. Eu me pergunto se fazem ideia de quanto são preciosos.

E, por fim, a vocês, leitores desta história. Obrigada pelas horas que passaram com este pedacinho de mim.

Este livro foi impresso pela Vozes, em 2025, para a Thomas
Nelson Brasil. A fonte do miolo é Baskerville Display PT.
O papel do miolo é Ivory Slim 65g/m².